美麗新世界

阿道斯・赫胥黎 著

唐澄暐 譯

BRAVE NEW WORLD

ALDOUS HUXLEY

目次

導讀

現在，也許是我們離《美麗新世界》最近的時刻

文／楊勝博　科幻評論家、研究者

「歐威爾擔心我們會毀於自身所惡，赫胥黎害怕我們會毀於自身所愛。」——尼爾·波茲曼《娛樂至死》

赫胥黎《美麗新世界》和歐威爾《一九八四》、薩米爾欽《我們》並稱三大經典反烏托邦小說，後世的反烏托邦作品如《華氏四五一度》乃至《飢餓遊戲》，其中的世界觀，大致不脫這些作品的範疇。

有趣的是，若將《美麗新世界》和《一九八四》兩相對照，我們會發現：如果說《一九八四》的未來社會，是透過嚴密監

控、思想控制、情感壓抑加上氣化極刑，藉由施予痛苦讓人民服從的極權社會，那麼《美麗新世界》則是沒有監控、沒有極刑、解放情慾、消除血緣、家族等紛爭根源，藉由給予幸福糖衣讓人民服從的人造天堂。

赫胥黎創造了一個無憂無慮、所有人都能感到幸福的世界。在出生之前，所有人都被決定了未來，依照經修改篩選的胚胎素質，建構了無可更動的固定階級，從小的教育灌輸，讓所有人都相信，自己的階級才是最幸福的一群。在這裡，沒有戰爭威脅、沒有家庭問題、沒有垃圾蚊蟲、也沒有任何人會衰老，取而代之的，是無盡的感官享受，滿足人們最原始的內在衝動。

即使有煩惱，來一片政府配給的迷幻藥劑「梭麻」就能解決，不快的情緒都會轉瞬而逝——如果不能，那就來兩片。

即便他們當中有人見識到新世界外的原始生活，卻對於充滿著痛苦與不確定的世界難以接受，一心想要回到美麗新世界。一如電影《駭客任務》的片段：一名角色明知在網路世界中的生活全是虛構之物，卻仍為了那口帶有虛擬香氣的數位牛排，選擇背叛了自己的人類夥伴。

他的選擇不難理解，既然有更容易獲得幸福的方法，為何需要和全世界對抗？面對痛苦和顯而易見的高壓統治，人們的反抗情緒自然因此高漲，面對原始慾望能輕易獲得滿足的社會，反抗的意願可能蕩然無存。

一如現在，智慧型手機的普及，讓人們更加容易獲得滿足，因為所有的娛樂都變得如此輕薄，無論是臉書或是抖音上的影片，使用者滑動手指，就能輕易在影片和影片之間游移，一路滑動總會看到感興趣的影片，輕鬆獲得簡單的快樂。

然而，所有的瀏覽內容、購物選擇與觀影偏好，都變成了商品本身，讓能夠取得數據的企業有了操控世界的本錢。一如布特妮·凱瑟在《操弄》一書的分析，人民的意志如此輕易地被鼓吹動搖，藉由針對使用者偏好，製作投其所好的廣告文宣，潛移默化或是喚醒他們內心的優越與恐懼感，甚至讓人們相信這是自己的選擇，自己的想法，從未被他人所動，從而改變了選舉的結果。

選擇推廣對社會更有利的政策，遠不如鼓動人們內心深處的歧視與偏見更受歡迎。許多仍待解決的人權問題、汙染議題的報導，對大眾來說，也遠不如一則動物趣味影片來得重要。因為，沒有痛苦、沒有煩惱、只有歡樂的美麗新世界，遠比所謂自由世界更讓人嚮往——

也許，現在是我們離《美麗新世界》最近的時刻。

那也是讓我們在這個年代，重新閱讀《美麗新世界》的最好理由。

美麗新世界

福特福氣！吾主福特！

第一章

僅僅三十四層的一座矮笨灰色建築。正面入口上頭寫著「中倫敦孵化與制約中心」，另有一面盾牌上寫著世界國的格言：**群體、身分、安定**。

一樓的巨大房間面朝北方。儘管玻璃窗外夏日炎炎，房間本身高溫如熱帶，一切還是冷冰冰的；一小道刺眼的光線透過窗戶照入，饑渴地搜索那些套著工作服的人體模型、那些面無血色學者身上的雞皮疙瘩，卻只能照在實驗室那些玻璃製、鎳製或者透著冷光的瓷製器皿上。只有冬季般的氣息相互照映。人員的工作服是白色的，雙手套著蒼白屍色的橡皮。光線冰凍、死寂，有如鬼魅。光線只從工作台上成排的顯微鏡黃色鏡筒上獲得些許生氣，像奶油般快速流過發亮的管身，一道一道甜美豐潤地沿著工作台劃成了一整列。

「而這裡呢——」主任打開了門說：「就是受精室。」

孵化與制約中心的主任進門時，三百名彎身在儀器前的受精員正因全神貫注而陷入幾乎屏息的沉默中，頂多漫不經心地獨自哼著歌或吹口哨。一群初次前來、十分年輕、稚嫩而不諳世事的學生，緊張地、甚至可說卑微地跟在主任後頭。每個人都帶了一本筆記本，不管那位大人說了什麼，都急急忙忙地照抄不誤。這是不可多得的恩惠啊。這位中倫敦的孵化制約中心主任總是堅持要親自帶學生巡視各部門。

「只是要給你們一個整體概念。」他會這樣跟他們解釋。因為，他們若要動腦筋工作，當然就得要曉得整體概念——但如果要成為社會的良善幸福分子，這種整體概念就是越不曉得越好。因為人人都知道，特性造就了美德與幸福；整體性在智識上則是必要的邪惡。構成社會棟樑的不是哲學家，而是鋸木匠和集郵者。

「明天——」他會以一種略帶威脅的和善微笑補上這句：「就會安排你們做正式工作。你們不會有空管什麼整體性，這段期間……」

這段期間，可是難得的恩惠啊。這些孩子抓著筆記本，一字不差地抄寫他的話。發狂似地猛抄。

身型瘦高但整個直挺挺的主任，就這麼進了房間。他下巴修長，略凸的大牙板一不開口就被紅潤飽滿的彎唇擋了起來。要說老嗎？還是年輕？是三十歲？五十歲？五十五歲？其實看不太出來。不管怎樣，沒人問起這事；在這安穩的AF[1]六百三十二年，你根本不會想到要問這問題。

「我就從頭開始講。」孵化與制約中心主任說，而比他更熱切的學生們立刻在筆記本記下他的意圖：**從頭開始**。「這些呢——」他揮了揮手，「是孵化器。」接著他打開一扇隔熱門，讓他們看看層層相疊的編號試管。「這星期的卵子配給。」他解釋道：「維持在等同血液的溫度；相較之下雄性的配子呢——」此時他打開了另一扇門，「它們就得維持在三十五度，而不是三十七度。完全比照血溫會失去生育力。」包在生熱器裡的公羊是當不了羔羊爸爸的。

眾人鉛筆在頁面間亂舞一通，依舊倚在孵化器上的主任，向

1. AF為福特紀元（After Ford）簡稱。

他們簡略描述了現代受精的過程；當然，先從外科處置說起——「手術是為了社會利益而義務強制施行，更別說這還附帶高達六個月薪水的獎金」；接著舉出一些讓切除後卵巢存活並活躍生長的技術；考量最適當溫度、鹽度、黏度；提到分離出來的成熟卵放在哪種溶液中；然後，他帶隊走向工作台，讓他們實際看看溶液是怎麼從試管裡抽出來的；看看溶液是怎麼一滴一滴點在特地加溫過的顯微鏡載玻片上；看看液體裡裝的卵是如何檢查有無異常，如何計量並換到可透水的儲存器裡；（現在他帶大家去看手術進行並）看看這儲存器是怎麼浸入讓精蟲可以任意游動的溫暖清湯裡——他堅持，最低濃度至少要每立方公分十萬隻；十分鐘後，看看溶液怎麼從容器中取出並重新檢驗其內含物；看看如果卵子還是沒受孕的話要怎麼再度浸入，若必要的話如何再來一次；看看受精的卵子如何回到孵化器裡；在此，阿爾法和貝塔受精卵一直到徹底密封之前都保留原狀，而伽瑪、代爾塔和艾普西隆受精卵則會在僅僅三十六小時後再度取出，以進行博卡諾夫斯基[2]流程。

「博卡諾夫斯基流程。」主任重複了這個詞，學生們便在小小筆記本上的這個詞底下畫了條線。

一個卵子、一個胚胎、一名成人——正常狀態是這樣。但博卡諾夫斯基化的卵子會出芽、會激增、會分裂。分裂八至九十六個芽，而每個芽都會長成一個型態完美的胚胎，而每個胚胎會化為尺寸完整的成人。過往生出一個人的場合，現在可以造出九十六個人。一大進展。

2. 推測此名取自莫里斯·博卡諾夫斯基（Maurice Bokanowski, 1879-1928），法國左翼政治家。

「基本上呢——」孵化與制約中心主任結論道：「博卡諾夫斯基化包括了一連串的抑制生長。我們抑制正常生長，然後很矛盾地，卵子會以出芽來回應。」

以出芽來回應。鉛筆桿忙碌不已。

他朝那頭指了下。極其緩慢的一條輸送帶上，滿滿一架試管正要進入一個巨大的金屬盒內，而另一滿架的試管正要從裡頭出來。機械發出平穩低沉的微弱聲響。他跟他們說，試管通過這一段要八分鐘。整整八分鐘都照著約莫接近卵子忍受上限的強力X光。會有少數卵子死去；至於其他的，其中最不受這道手續影響的會分裂成兩個，多數會分出四個，有些八個。這些卵子全部都會回到孵化器內，而這些新芽便在那裡開始發育；兩天後新芽會突然冷卻下來，冷卻並抑制。芽因應著抑制而出芽，兩個、四個、八個；抽芽出來的物體又被施以幾乎致死的酒精量；結果就是再一次快速成長並出芽——芽中生芽又再生芽之後——因為更進一步的抑制具有全面的致死性——就放任它們平靜生長。到了那時候，原本的卵子有可能會化為八到九十六個胚胎——你們該同意，這可是超越自然法則的一大進步。一模一樣的孿生子[3]——但可不是過去胎生時代那種沒什麼了不起的、一個卵子偶爾意外分裂出來的雙胞或三胞胎；現在可是一次十幾個，甚至幾十個。

「幾十個。」主任重複這句並揮著手臂，就好像在發善款一樣。「幾十個。」

但有個學生卻笨到開口問說，這樣的好處在哪。

3. 此處原文為twins，原指雙胞胎、孿生子；在本書情境中代指透過博卡諾夫斯基化而產出的多胞胎。

「唉喲喂呀！」主任的眼神銳利地轉向他。「你看不出來嗎？看不出來？」他舉起了一隻手，臉上表情嚴肅。「博卡諾夫斯基流程是社會安定的主要手段啊！」

社會安定的主要手段。

標準體格的男男女女；一組組規格齊一。整間小工廠的人員都是單一個博卡諾斯基化卵子的產物。

「九十六個一模一樣的孿生子操作九十六台一模一樣的機器！」他的聲音充滿熱情到幾乎在顫抖。「這讓你清楚知道自己該在什麼位子上。這可是史上第一次。」此時他引述了那句通行全球的格言：「群體、身分、安定。」了不起的詞語。「如果我們能無限地博卡諾夫斯基下去，整個問題就解決了。」

藉由標準的伽瑪人、無差異的代爾塔人、全體一致的艾普西隆人解決整個問題。幾百萬名一模一樣的孿生子。大量生產的原則總算運用到了生物學上。

「但是可惜呀——」主任搖了搖頭，「我們沒辦法無限地博卡諾夫斯基下去。」

九十六個似乎是極限了；七十二個就平均來說不錯。若用同一個卵巢及同一名男性的配子，盡可能生產最多組一樣的學生子的話——最好也只能做到這樣了（但很可惜這並不夠好）。但就算要做到這樣，也是很困難的。

「因為在自然環境中，要讓兩百個卵成熟得花三十年。但我們的工作就是要在當下穩定人口，此時此刻就要。花四分之一世紀把學生子一對一對擠出來——那樣有什麼用？」

很明顯地，一點用也沒有。但帕德史奈普技術大幅加速了卵成熟的速度。他們保證兩年內可以產出至少一百五十個成熟的卵。受精後再博卡諾夫斯基化——換句話說，再乘七十二倍——

平均來說，你就能從一百五十組一模一樣的孿生子獲得將近一萬一千個兄弟姊妹，全體年紀差不到兩歲。

「而在某些特例中，我們可以讓一個卵巢替我們生產一萬五千個以上的成年個體。」

他對著此時碰巧經過的一名金髮紅臉年輕人招了招手。「佛斯特先生。」他喚住他。那位臉色紅潤的年輕人走了過來。「佛斯特先生，方便告訴我們單一卵巢的紀錄嗎？」

「本中心的話是一萬六千零一十二。」佛斯特先生毫不遲疑地回答。他講話飛快，有一對熱情活力的藍眼睛，而且引述數字顯然讓他樂在其中。「一百八十九組同卵者，產出一萬六千零一十二人。但位於熱帶地區的某些中心——」他仍喋喋不休：「做得的確是好很多。新加坡常常生產到一萬六千五百以上；而蒙巴薩還衝到了一萬七千的標竿。可是他們有優勢，不算公平。

你一定要看看黑人卵巢對腦垂體賀爾蒙的反應有多大！你如果習慣處理歐洲材料的話，那真的會讓你嚇到。不過呢——」他笑了一聲（但眼裡鬥志雄雄、下巴挑釁地抬高）並補上一句，「不過呢，可以的話我們還是想打敗他們。我手頭上正在處理一個完美的負代爾塔卵巢。才十八個月大。已經產出超過一萬兩千七百個小孩了，脫瓶或者處在胚胎狀態的都算。而且狀況還是很好。我們遲早會贏過他們的。」

「我就喜歡這種幹勁！」主任邊喊邊往佛斯特先生肩膀一拍。「跟我們一起來，用你的專業知識嘉惠這些孩子吧。」

佛斯特先生謙虛地微笑。「樂意之至。」他們便走下去。

裝瓶室裡人們忙碌但一片和諧，行動有條不紊。一片片已經裁切成適當尺寸的新鮮母豬腹膜，靠著小電梯從地下的器官庫快速送上來。咻一聲，然後喀擦！電梯蓋就打開了；瓶內加襯員就只要伸出一隻手，拿起薄片、送進瓶裡、拉平，然後在裝好襯底的瓶子來得及沿無盡的輸送帶離開手邊之前，咻一聲，然後喀擦！另一片腹膜又從底下深處噴上來，準備好送進輸送帶上緩慢無止盡隊伍中的下一個瓶子裡。

瓶內加襯員旁邊站的是填入員。隊伍繼續前進；卵子一顆一顆地從試管轉移到更大的容器裡；人員靈巧熟練地切開腹膜襯裡，桑葚胚落進正確位置，生理食鹽水溶液倒了進去……此時瓶子已經通過，現在則是輪到了標籤員。遺傳內容、受精日期、博卡諾夫斯基組別——這些詳細資料從試管轉移到瓶子上。原本無名但如今有了名字身分的這支隊伍，繼續緩緩前行；穿過了牆上的一個開口，緩緩進入社會階級命定室。

「八十八立方公尺的索引卡。」當他們進房間時，佛斯特先生樂在其中地說。

「包含了所有的相關資料。」主任補充。

「每天早上將資料更新。」

「每天下午將資料整合。」

「他們以這為基礎來作計算。」

「把那麼多具有這種或那種性質的人——」佛斯特先生說。

「分配成或多或少的人數。」

「每一刻都要有最佳的脫瓶率。」

「預期以外的耗損會立刻補償。」

「立刻。」佛斯特先生重複道。「你們不知道上次日本地震讓我加了多少班！」他和善地笑了笑，並搖搖頭。

「社會階級命定員把數字送交給受精員。」

「他們便按前者要求給予胚胎。」

「而那些瓶子就進來這裡詳細命定階級。」

「那之後就將他們往下送到胚胎庫去。」

「而我們現在就要往那去。」

打開門後佛斯特先生便領路走下樓，進入地下室。

溫度仍然跟熱帶一樣。他們往下走進越來越模糊的昏暗光線中。兩扇門以及一條有兩個彎的通道，確保地下室不受一丁點的日光滲透。

「胚胎就像底片一樣。」佛斯特推開第二道門時帶點玩笑地說：「只有在紅光底下才安全。」

此刻學生們跟隨他進入的濕熱漆黑，其實是還看得見的深紅色，就像夏日午後閉上眼看見的漆黑一樣。層層排排一直沿伸到模糊遠處的圓鼓瓶身側面，閃爍著數不清的紅寶石光芒，而在那光芒間移動著的，是暗紅色遊魂般的男男女女，有著紫色的眼睛和所有狼瘡的症狀。機械的低吟與咯咯聲，些微攪動著空氣。

「給他們幾個數字吧，佛斯特先生。」已經懶得開口的主任說。

佛斯特先生樂得開口給他們幾個數字。

長兩百二十公尺，寬兩百公尺，高十公尺。他向上指了指。就像小雞呑水一樣，學生們抬高了頭望向遙遠的天花板。

架子分屬三層：地板層，第一道，第二道。

構成一層層通道的細長彎曲鋼架朝四面八方的暗處延伸消失。他們附近有三個紅色幽魂正忙著把罈子從不停運轉的樓梯上卸下來。

那是從社會階級命定室通過來的自動梯。

每個瓶子會被安放在十五個架子的其中一個上頭，儘管你們看不到，但每個架子其實是一條輸送帶，以一小時三十三點三公分的速度在移動。以一天八公尺的速度走兩百六十七天。總共兩千一百三十六公尺。瓶子先在地板層巡地下室一圈，接著上第一道巡一圈，再上第二道巡半圈，到了第兩百六十七天的早上，在脫瓶室照到日光，便成了所謂獨立的生命。

「但在這段期間——」佛斯特先生結論道：「我們會在它們身上下不少工夫。很多工夫喔。」他的笑聲聽起來話中有話又洋洋得意。

「我就喜歡這種幹勁。」主任再次說道。「我們到處走走吧，佛斯特先生，什麼都跟他們講講。」

佛斯特先生便一五一十地講給他們聽。

他跟他們講起在腹膜墊片上生長的胚胎。讓他們嚐一嚐用來培養胚胎的營養豐富代血。他向他們解釋為什麼得要用胎盤素和甲狀腺素來刺激胚胎。他講起怎麼萃取**黃體素**。他讓他們看看從零到兩千零四十公尺之間、每隔十二公尺用來自動注射黃體素的噴射口。他談起流程最後九十六公尺起逐漸增加的腦垂體施用劑量。他描述了在一百一十二公尺處每個瓶子上安裝的人工母體循環；讓他們看看代血的儲存庫，以及讓液體持續流經胎盤、持續進出人造肺臟與廢物過濾器的離心泵浦。他提到了胚胎令人困擾的貧血傾向，也提到因上述問題而必須提供給胚胎的大量豬腹萃取物和胎兒馬肝臟。

他給他們看一套簡單的機械運作，所有的胚胎藉由這套機制在每八公尺中的最後兩公尺裡同步搖晃，規則運轉。他暗示了所謂「脫瓶創傷」的嚴重性，並列舉出用來讓這種危險衝擊減至最低的預防措施，也就是給瓶內胚胎進行適當訓練。他告訴他們在兩百公尺左右進行的性別測試。他解釋了標籤系統——男性一個T字符號，女性一個圈圈，而那些命定要不育的人則是問號，白底黑字。

「因為，想當然地——」佛斯特先生說：「在絕大多數的案例中，有受孕力就只是件麻煩事。一千兩百個卵巢裡有一個有受孕力——就我們的目的而言，這樣就真的已經很足夠了。但我們希望有充足的選擇。當然，一定要保留很大的安全範圍。所以我們允許高達百分之三十的女性胚胎正常發展。其他的胚胎在接下來的流程中，每二十四公尺要施一劑男性賀爾蒙。結果就是：她們脫瓶出來就是不孕女性——構造上來說很正常（『除了說——』他得承認：『她們的確有那麼一丁點傾向會長鬍子。』），但無法生育。保證無法生育。而這總算呢——」佛斯特先生繼續說道：「讓我們拖離了僅僅盲目模仿自然的領域，而進入了更加有趣的人創世界。」

他搓了搓手。因為，想當然地，光一直孵出胚胎是不會讓他們滿足的：隨便哪頭母牛都辦得到。

「我們也替他們命定階級並實施制約。我們的嬰兒脫瓶出來就是社會化人類，就已身為阿爾法或艾普西隆，就已是未來的下水道工人或者未來的……」他原本要說「未來的世界控制者」，但立刻自行糾正，改口說「未來的孵化與制約主任」。

孵化與制約中心主任面露微笑，接受了他的奉承。

他們正通過第十一架的三百二十公尺處。一名年輕的負貝塔技工正忙著用螺絲起子和扳手調整面前瓶子的代血泵浦。電動馬達的低鳴聲隨著他扭動螺帽而一點一點低沉下去。越來越低、越來越低……扭完最後一下，看了看迴轉計數器，他就完工了。他沿線走了兩步，然後在下一個泵浦上開始同樣步驟。

佛斯特先生解釋：「降低每分鐘的迴轉數，代血的循環會變慢；那麼通過肺部的時間便會拉長；給胚胎的氧氣就會變少。若要讓胚胎低於一般水準，沒有比缺氧更有效的了。」他再次搓起手。

「可是為什麼你要讓胚胎低於一般水準呢？」一名天真的學生問。

「傻子！」主任開口打破自己漫長的沉默。「你沒想到一個艾普西隆胚胎除了得要有艾普西隆遺傳之外，也一定要有艾普西隆環境嗎？」

顯然他沒想到過。他看來一頭霧水。

「等級越低，氧氣越少。」佛斯特先生說。第一個受影響的就是腦。接著是骨骼。氧氣低到正常的百分之七十，就會生出侏儒。要是低於七十，就會生出沒眼睛的怪物。

「那就一點用也沒有。」佛斯特先生結論道。

然而（此時他的聲音彷彿有祕密要說而變得熱切），如果他們可以找到一種縮短成熟期的技術，那會是多大的成功，對社會會多大的助益啊！

「就想想馬好了。」

他們便想著馬。

六歲成熟；大象的話是十歲。然而男人到十三歲都還沒性成熟；非得到二十歲才完全長大。當然，也才因此得到發展延遲的果實，也就是人類智能。

「但艾普西隆的話——」佛斯特先生理直氣壯地說：「就用不著人類智能。」

不需要，也就沒得到。但儘管艾普西隆心智在十歲就發展成熟，艾普西隆肉體不到十八歲都還不能適應工作。就這麼浪費了好幾年過剩的不成熟時期。如果說肉體的生長能加速到，好比說，像母牛那樣快的話，那對於整個群體來說，會是多麼大的一筆節約啊！

「多麼大啊！」學生們低語著。佛斯特先生的熱情充滿了感染力。

他講話開始專門起來；他談起讓人成長如此緩慢的異常內分泌協調；他假定是一種基因突變造成的。這種基因突變效果能消除嗎？個別的艾普西隆胚胎生長能不能藉由適當的技術，回復到狗或牛的正常速度呢？那便是難題所在。而這幾乎要解決了。

蒙巴薩的皮爾金頓造出了四年性成熟、六歲半就成長完全的個體。科學上這是一大成功，但對社會一點用也沒有。六歲的男女笨到連艾普西隆的工作都做不來。而他們的改造工法可說非黑即白；你要不就無法改造，要不就得改造到底。他們還在找尋二十歲成年和六歲成年之間的理想折衷。但目前還沒有成功。佛斯特先生嘆了口氣，搖了搖頭。

他們在深紅微光中漫步，來到第九架一百七十公尺附近。過了這一點之後第九架就封閉了起來，接下來那些瓶子便在某條不時被兩、三公尺寬的開口所打斷的隧道裡，走完剩下的旅程。

「熱度制約。」佛斯特先生說。

瓶子交替著進入高溫及低溫的隧道。藉著在隧道內照射強力X光，涼意和不舒服感連結了起來。等到胚胎脫瓶時，就會對冷感到恐懼。他們命定要移居到熱帶，成為礦工、人造絲紡工和鋼鐵工。再過一陣子，他們的心智就會制約好，而能接受肉體的判斷。「我們將他們制約到能在熱天裡茁壯。」佛斯特先生作出結論。「我們樓上的同事會教他們愛上這熱度。」

「而那呢——」主任自以為是地插了進來：「就是幸福與美德的祕訣——喜愛你們必須做的事。所有的制約都以此為目標：讓人們喜愛他們不可逃脫的社會命運。」

在兩條隧道的空隙間，一名護士正用一根極細的注射器仔細刺進面前瓶子裡的膠狀物。學生和領隊們站在原地，靜靜看了她一陣。

「哎呀，列寧娜。」當她總算抽回注射器並起身時，佛斯特喊道。

那女孩驚訝地轉過身來。誰都能看出，儘管臉上有那些狼瘡、眼睛還是紫色的，但她還是漂亮得不同凡響。

「亨利！」她對他閃過一瞬紅潤的微笑——與一排珊瑚般的牙齒。

「可愛，真可愛。」主任邊小聲說，邊拍了她兩、三下屁股，並換來一個相當有禮的微笑。

「妳在為他們施打什麼呢？」佛斯特拿出十分專業的語氣問。

「喔，就平常的傷寒和昏睡病。」

「熱帶工作者會在一百五十公尺處開始接種疫苗。」佛斯特先生向學生們解釋。「胚胎那時候還有鰓。我們讓這些魚免疫於未來的人類疾病。」接著他又回身朝向列寧娜。「跟平常一樣。」他說：「下午四點五十屋頂見。」

「可愛。」主任又說了一次，拍了她最後一下屁股，便隨著其他人走遠。

第十架上，成排的未來化學工正接受著訓練，忍耐鉛、氫氧化鈉、焦油、氯氣。兩百五十名胚胎火箭飛機工程師中的第一個，才剛通過第三架上標記的一千一百公尺記號。有一套運作方式讓容器持續轉動。「是要增進他們的平衡感。」佛斯特先生解釋道。「在飛行中的火箭外側維修，是一項得小心謹慎的工作。當他們頭上腳下時我們會把代血循環放緩，所以他們只能半飽，接著當他們頭下腳上時再把代血流量加倍。他們就學會把上下顛倒和良好感受聯想在一起；事實上，他們只有倒立時才會真正感到快樂。」

「現在呢——」佛斯特先生繼續説：「我想要給你們看一些非常有趣的、針對正阿爾法知識分子的制約。這一種人我們在第五架上面有一大票。在第一道。」他對兩個正要朝下往地板層走的男孩呼喊。

「他們大概在九百公尺那邊。」他解釋道。「在胎兒尾巴退化之前，你實在沒辦法做什麼有用的智能制約。跟我來。」

但主任看了看錶。「兩點五十分。」他説：「我怕沒時間看智能制約了。我們得在小孩子午睡結束前上到育兒室那邊。」

佛斯特先生有些失望。「至少看一眼脱瓶室。」他懇求道。

「那好吧。」主任寬容地笑了。「就看一眼。」

博卡諾夫斯基流程
是社會安定的
主要手段！

第二章

佛斯特先生留在脫瓶室裡。孵化與制約中心主任和學生們走進了最近的電梯裡，被送上了五樓。

嬰兒保育室。新帕夫洛夫[4]制約室，告示牌這麼宣告著。

主任打開了一扇門。他們進了一間空蕩蕩的大房間，裡頭陽光充足而明亮；因為整面朝南的牆壁就是一扇窗。六名從褲子到夾克都依規定穿著人造絲混亞麻制服、頭髮整潔藏在白帽子底下的護士，正忙著把一盆一盆的玫瑰成排地擺在地板上。巨大的盆裡滿滿裝著花朵。幾千片成熟綻放的花瓣像絲綢一樣柔順，像無數個小天使臉頰，但在明亮的光芒下，那些臉頰可不只是粉紅的雅利安人，也有發亮的中國人，也有墨西哥人，也有像是吹了太多天國號角而面紅耳赤的顏色，也有死亡般的蒼白顏色、透著死後產生的那種大理石蒼白。

孵化與制約中心主任進門時，護士們全神貫注地繃了起來。

「把書本拿出來。」他簡短地吩咐。

護士們沉默地聽從指示。書本便在玫瑰花盆間按要求擺了開來——一整排四開本幼兒教育書，各自誘人地攤開到那些蟲魚鳥獸的鮮豔圖片上。

「現在把孩子帶進來。」

4. 帕夫洛夫（Ivan Petrovich Pavlov, 1849-1936），俄羅斯生理學家，以古典制約的研究而聞名。

她們急忙離開房間，一、兩分鐘後回來時，每個人都推著某種高聳的小型升降梯，上頭的四個網狀架子上都裝滿了八個月大的小孩，全都一模一樣（很明顯是同一個博卡諾夫斯基組的），也全都穿著卡其色衣服（因為他們的等級是代爾塔）。

「把他們放到地上。」

嬰兒們便全給卸了下來。

「現在把他們轉過來，好看見花和書。」

一轉過來，嬰孩們先是沉默，然後就開始爬向那一整片平滑發亮的色彩，那些白色書頁上明亮鮮豔的圖樣。在他們向前進的同時，太陽從片刻遮蔽的烏雲後探了出來。玫瑰就彷彿瞬時從內產生一股熱情似地綻放；書本發亮的頁面上似乎洋溢著嶄新而深切的意義。爬來爬去的嬰孩們冒出興奮的小小尖叫聲、咯咯的笑聲和充滿愉悅的啁啾聲。

主任搓了搓手。「好極了！」他說：「這時機準到像預先安排的一樣。」

最敏捷的幾名爬行者已經抵達目標。小小的手不太確定地往前伸，摸著、抓著、剝著變形的玫瑰花瓣，弄皺著書本的繪圖頁。主任等著，直到所有嬰兒都忙得不亦樂乎。接著他說：「仔細看。」然後，他舉手打出信號。

站在房間另一頭電盤旁邊的護士長，便按下一個小拉桿。

一陣劇烈的聲響爆出。一個警報器尖叫起來，聲音越來越刺耳。警鈴令人發狂地猛敲。

孩子們驚慌地尖叫起來；他們的臉孔都因恐懼而扭曲。

「現在呢——」主任大吼（因為聲響已震耳欲聾）：「現在我們用輕微的電擊讓教訓再沉痛一點。」

他再次舉起手，護士長便按下第二個拉桿。嬰兒們的尖叫瞬時變了調。現在他們間歇發出的淒厲叫聲裡，有著某種絕望而幾近發瘋的感覺。他們小小的身體抽搐僵直；他們的四肢就像接上看不見的線一樣拉扯著。

「我們可以把那整片地板都通電。」主任吼著解釋。「但這樣可以了。」他對護士打了個信號。

爆響聲平息下來，警鈴也不再作響，警報器的尖叫聲一個音一個音逐漸減弱直到完全靜止。僵直抽搐的身體放鬆開來，嬰兒們發狂的尖叫與啜泣，再度回復為尋常恐懼下的普通哀號。

「再把花跟書給他們。」

護士們聽命行事；但在接近玫瑰的時候，嬰兒光是看到那些顏色鮮豔的貓咪、公雞、黑羊圖片，就害怕地退了開來；他們哀號的聲音瞬間響亮起來。

「仔細看啊。」主任得意洋洋地說：「好好觀察。」

書與巨響，花和電擊——這些配對已經難堪地在嬰兒的心中結合起來；類似的課程重複個兩百次以後，連結將牢不可破。人接連起的事物，自然界無力能將其打碎。

「他們會帶著心理學家過去所謂的『本能』，厭惡著書本和花而長大。本能反應已制約完成，無法更改。他們一輩子都不會再被書本和植物學所害。」主任轉頭望向他的護士們。「把他們重新帶走吧。」

還在哭喊著的卡其服嬰兒便被裝上小型升降梯推了出去，留下一股酸奶味和最宜人的一片寧靜。

一名學生舉起了手；儘管他很能了解為何不能讓低等人在書本上浪費屬於群體的時間，也了解閱讀具有「將制約好的部分本能抵銷」這種不當危險，然而……老實說，他無法了解的是花朵。幹麼要大費周章讓代爾塔打從心理層面不可能喜歡上花朵呢？

孵化與制約中心主任耐心地解釋。讓孩子們一看到玫瑰就尖叫，是基於高度經濟政策。沒多久以前（一世紀左右），伽瑪、代爾塔甚至連艾普西隆都經制約而喜愛花朵——特定的花種，而且整體來說是喜愛大自然。當初的想法是要讓他們一有機會就去鄉下，迫使他們大量使用交通工具。

「難道他們沒大量使用交通工具嗎？」學生問。

「用得可兇了。」孵化與制約中心主任回答。「但就那一樣而已。」

他指出，櫻草花和野外風光有一個嚴重的瑕疵：無利可圖。喜愛自然沒辦法讓工廠忙起來。因此他們決定廢止人對自然的喜愛，至少低階級的人要廢止；對自然的喜愛得廢止，但大量使用交通工具的傾向要留著。因為，想當然地，就算他們討厭，還是有必要讓他們繼續往鄉下走。問題在於，要找到一個比喜愛櫻草花和野外風光更經濟健全的理由，來讓他們大量使用交通工具。他們後來便適時找到了這個理由。

「我們制約大眾使其討厭鄉下。」主任結論道：「但同時我們制約他們喜歡上所有鄉間運動。同一時間，我們也讓所有鄉間運動必定使用精細設備。所以他們除了交通工具外，還會大量使用大批生產的物資。所以才要有那些電擊。」

「我了解了。」學生說，接著不再開口並陷入崇敬之情。

當下一片沉默；接著，主任清了清喉嚨開始說道：「很久以前，當吾主福特還在世上時，有一個叫做盧本·拉賓諾維奇的小男孩。盧本的雙親講波蘭語。」主任自己插了個問題進來。「我想你們都知道波蘭語是什麼吧？」

「一種死語。」

「就跟德語和法語一樣。」另一名學生賣弄地補上這句。

「那『雙親』呢？」孵化與制約中心主任問。

現場一陣難堪的沉默。好幾個男孩子臉紅了。他們還沒學會在淫穢言語與純科學之間畫出那條顯著但微妙的界線。最後，一個學生鼓起勇氣舉了手。

「人類過去……」他猶豫了；血液竄進他的臉頰。「那個，他們過去是胎生的。」

「沒錯。」主任讚許地點頭。

「而當嬰兒脫瓶出來……」

「『生下來』。」主任糾正。

「那個，接著他們就成了雙親——我的意思是，當然不是說嬰兒；是另外的那兩個人。」這可憐的孩子已經暈頭轉向了。

「簡而言之——」主任總結道：「雙親就是父親和母親。」

這個其實屬於科學的淫穢用詞，就這麼嘩啦一聲掉在孩子們眼神閃躲的沉默中。「母親——」他仗著科學大聲刻意重複這字眼，然後靠回椅背嚴肅地說：「這些都是令人不快的事實；我知道。但是呢，大部分的史實都令人不快。」

他回頭講起小盧本——講起有天晚上，這個小盧本在自己房間裡，他的父母（鏗拎，匡啷！）一時疏忽，讓收音機一直開著。

（「你們要記得，在那段噁心的胎生日子裡，孩子都是由他們的雙親養大，而不是國立制約中心。」）

當孩子睡著時，一個來自倫敦的廣播節目突然開始播送過來；第二天早上，他的鏗拎和匡啷（男孩們更大膽冒昧地對彼此咧嘴笑）驚訝地發現，小盧本一起床就在一字一句複誦那名叫蕭柏納的古怪老作家（「只有他與其他極少數人的文字獲准流傳給我們」）的長篇演講，此人依據著一種已確切證實存在過的傳統，在談論自己的天才。當然，眨眼竊笑的小盧本根本聽不懂這番演說，而他的雙親以為自己的孩子突然發了瘋，便帶他去看醫生。運氣很好地，醫生懂得英語，聽出這番演說就是昨晚廣播裡蕭柏納的話，也察覺到眼下發生的事情有多重大，便寫了封信到醫學報刊談論這件事。

「睡眠時教學的原理，或者稱睡眠學習法，就這麼給發現了。」孵化與制約中心主任在此有意地頓了頓。

原理發現了；但要有效應用，還得等非常非常多年。

「吾主福特的第一台T型車上市才二十三年，小盧本的案例就出現了。」（這時主任在肚子上劃了一個T字，所有學生便虔敬地照作。）「然而……」

學生猛烈地胡亂抄寫。「睡眠學習法，第一次正式使用於

AF二一四年。為什麼先前不用？兩個理由。第一……」

孵化與制約中心主任說：「這些早期實驗走錯了路。他們以為睡眠學習法可以當作智能教育的手段……」

（一個小男孩朝右側躺睡著，右臂露出，右手癱軟地掛在床邊。一個盒子側面的圓形格柵裡流出輕聲細語。

「尼羅河是非洲最長的河流，也是全球第二長的河流。尼羅河長度雖然不及密西西比—密蘇里河，以流域長度來說卻領先所有河流，共跨越三十五個緯度……」

第二天吃早飯時，有人問：「湯米啊，你知道非洲最長的河流是哪一條嗎？」他搖搖頭。「可是你不是記得這個開頭嗎：尼羅河是……」

「尼—羅—河—是—非—洲—最—長—的—河—流—也—是—全—球—第—二—長—的—河—流……」字句傾瀉而出。「尼

—羅—河—長—度—雖—然—不—及……」

「好了好了，那非洲最長的河流是哪一條？」

他的眼神空洞：「我不知道。」

「那個尼羅河呀，湯米。」

「尼—羅—河—是—非—洲—最—長—的—河—流—也—是—全—球—第—二……」

「那最長的是哪條呢，湯米？」

湯米哭了出來。「我不知道。」他哭喊著。）

主任表示，那一哭喊讓早期研究者大受挫折。整個實驗都廢棄了。沒有人再去嘗試趁小孩睡覺時教他們尼羅河有多長。這很正確。你若不知道一門學問在做什麼，就不可能學會它。

「不過呢，要是當初他們從**道德**教育開始就好了。」主任邊説邊領路朝門口走去。學生們跟在後頭，一路走進電梯還著急地猛抄。「不管什麼狀況下，都從來不理性的，道德教育。」

「安靜、安靜。」當他們踏出電梯來到第十四樓，一個擴音器悄悄地說著，接著又是「安靜、安靜」。喇叭口孜孜不倦地在每條走廊間複誦著。不只學生，連主任都自動踮起腳尖。當然，他們都是阿爾法沒錯；然而就算阿爾法也有好好制約過。「安靜、安靜。」十四樓整層的空氣都因這確切緊迫的訊息而嘶嘶作響。

踮腳尖走了五十碼[5]後，他們來到一扇門前，主任小心翼翼開門。他們踏過門檻走進擋了窗板的大寢室。八十張嬰兒床貼牆立成一排。周圍有一種規律的輕微呼吸聲，還有持續的低語聲，

5. 一四十五・七二公尺。

就好像有個十分微弱的聲音在遠處講著悄悄話。

他們進房時，一名護士起身並讓主任注意到她。

「今天下午上什麼課？」主任問。

「頭四十分鐘上基礎性愛。」她回答：「但現在換到基礎階級意識。」

主任慢慢走過整列的嬰兒床。臉色紅潤而安睡的八十個小男孩與小女孩躺在那輕柔地呼吸著。每個枕頭底下都傳出悄悄話。孵化與制約主任停了下來，對著其中一張小床彎下身，認真地傾聽。

「妳剛說基礎階級意識是吧？我們用喇叭給它大聲點重聽一下。」

房間盡頭有個擴音器從牆上突出來。主任走到那按了個開關。

「……都穿綠色。」一個輕柔但明確的聲音從句子中間開始說起：「而代爾塔小孩穿卡其色。喔不，我不想和代爾塔小孩玩。艾普西隆更糟糕。他們笨到不會讀寫。而且，他們穿黑色，那實在是種討厭的顏色。我能當貝塔實在太好了。」

停頓一陣後，聲音再度開始。

「阿爾法小孩穿灰色。他們比我們努力太多，因為他們聰明得嚇人。我能當個貝塔真的實在是太好了，因為我不必那麼努力。而我們又比伽瑪和代爾塔好太多了。伽瑪很笨。他們都穿綠色，而代爾塔小孩穿卡其色。喔不，我不想和代爾塔小孩玩。艾普西隆更糟糕。他們笨到不會……」

主任推回開關。聲音靜了下來。只剩它的一縷幽魂繼續在八十個枕頭底下喃喃自語。

「他們醒來之前還會再重聽個四、五十次；然後週四再一回，然後週六再一回。一週三回各一百二十次，連聽三十個月。那之後他們會接著上更進階的課。」

玫瑰和電擊，代爾塔的卡其色和阿魏草根粉的氣味——都在孩子能講話前就牢不可破地結合在一起。但無言的制約既粗糙又籠統；沒辦法深刻學會更精細的區隔，也沒辦法反覆灌輸更複雜的行為方針。因此得要有詞句，但得是沒有道理的詞句。簡而言之，就是睡眠學習法。

「史上最偉大的道德化與社會化力量。」

學生們把這抄進小小筆記本裡。照抄不誤。

又一次地，主任按了開關。

「……聰明到太嚇人了。」那輕柔、暗示又孜孜不倦的聲音說著：「我能當個貝塔真的實在是太好了，因為……」

這並不那麼像水滴，儘管水滴確實能在最堅硬的花崗岩上穿出洞來；應該說像是一點一滴的液態封蠟，不管滴在哪都能黏附其上、形成表層、包覆其外，直到整塊岩石都成了深紅色的一坨黏膩。

「到最後孩子的心智**就是**那些暗示，而那些暗示的總和**就是**孩子的心智。而且不只是孩子的心智。也是大人的心智——一輩子都是如此。那個作判斷、生慾望、下決定的心智——都是由這些暗示構成的。但這些暗示都是**我們給的**暗示！」主任得意到幾乎是用喊的了。「來自**世界國**的暗示。」他一拳打在最靠近的桌面上。「因此接下來就是……」

一陣聲響使他轉過頭去。

「喔，福特啊！」他口氣一轉：「我居然把小孩吵醒了。」

他們一輩子
都不會
再被書本
和植物學
所害！

難。這一類幼稚娛樂他們自己也才剛拋棄，現在要他們不覺得丟臉，實在是有點難。哪裡可愛？不就是一對小孩在那邊瞎搞；就這樣而已。小孩子罷了。

「我總覺得呢——」當主任還在持續同一種頗為感傷的口吻時，響亮的哭聲突然打斷了他。

旁邊的灌木中走出了一名護士，前頭一個小男孩手拉著她，一路邊哭邊走。一個面色焦慮的小女孩小跑步跟著。

「怎麼回事？」主任問。

護士聳聳肩。「沒什麼大事。」她回答道：「就只是這個小男生好像不怎麼想參加尋常的性遊戲。我有注意到之前發生過一、兩次。然後今天又來一次。他剛剛開始大喊……」

「真的。」一臉焦慮的小女生插話：「我沒有要弄痛他還是怎麼樣。真的。」

「我知道妳沒有，親愛的。」護士再三保證地說。「所以呢——」她轉頭繼續對主任說：「我正要帶他進去見心理科副科長。只是去看一下有沒有哪裡異常。」

「的確該這樣。」主任說。「帶他進去吧。小女孩妳等一下。」主任補了一句，此時護士正隨著她還在哭號的照顧對象離去。「妳叫什麼名字？」

「波莉．托洛斯基。」

「是個好名字。」主任說。「快去吧，看能不能找到別的小男孩跟妳玩。」

這孩子便蹦蹦跳跳地進了樹叢，看不見了。

「真是個精緻的小東西！」主任望著她的背影說。接著他轉頭面對學生們說：「我現在要跟你們說的事情，聽起來可能很難以置信。不過呢，當你們不熟悉歷史的時候，有關過去的事實確實聽來會不可思議。」

他便洩漏起驚奇的過去。吾主福特在世之前的很長一段時間，甚至在那之後的好幾個世代裡，孩童之間的色情遊戲都被當成異常行徑（語畢哄堂大笑）；而且不只是異常而已，其實是當成不道德行為（不會吧！），因此曾遭到嚴厲打壓。

他的聽眾表情盡是震驚到難以置信。小孩子可憐到不准自行取樂？他們無法相信。

「甚至包括青少年。」孵化與制約中心主任說著：「甚至像你們這樣的青少年……」

「不可能吧！」

「連一丁點偷偷的個人性行為和同性性行為都禁止──什麼都不行。」

「都不行？」

「在大多數情況下，都要滿二十歲才行。」

「二十歲？」學生紛紛傳出不肯相信的呼喊。

「二十。」主任重複道。「就跟你們說過，你們會難以置信。」

「可是發生什麼事了？」他們問。「結果怎樣了？」

「結果很糟。」一個低沉宏亮的聲音驚人地打斷對話。

他們四處張望。這群人的外邊站著一名陌生人──中等高度的男人，黑頭髮，鷹勾鼻，鮮紅的嘴唇，眼神犀利深沉。「太糟糕了。」他再度重複。

那時孵化與制約主任還坐在為了方便而散置花園各處的鋼架橡皮長椅上；但他一看到陌生人，馬上兩腳一彈，飛身向前伸出雙手，笑容熱情到牙齒全露了出來。

「控制者！實在是意想不到的榮幸啊！孩子們，你們還在想什麼？這位就是控制者；穆斯塔法．蒙德福下[6]。」

中心的四千個房間裡，四千台電子鐘同時來到四點。喇叭口放送出無形的聲音。

「第一組日班下班。第二組日班接班。第一組日班下……」

電梯裡，正要去更衣室的亨利．佛斯特和社會階級命定室副主任都擺明了背對著心理局的伯納德．馬克思——想要避開他令人討厭的名聲。

機械的微弱低鳴和喀喀響仍在攪動著胚胎庫裡的深紅空氣。

6. 「福下」原文為his Fordship，為英國貴族「閣下」（his Lordship）尊稱的轉化。

輪班人員來來去去，一個面帶狼瘡的人交班給另一個；但永恆壯觀的輸送帶仍持續承載著未來的男男女女向前運行。

列寧娜．克朗恩輕快地朝門口走去。

穆斯塔法．蒙德福下！向他致敬的學生們眼睛都快蹦出眼眶了。穆斯塔法．蒙德！西歐的常駐控制者！全世界十位控制者之一。十人之一……而他就這樣跟孵化與制約中心主任一起坐在長椅上，他準備要留下來，要留下來，沒錯，而且還真的要跟他們説話……親口開示。直接從福特之口而出。

兩個蝦棕色的孩子從一旁的灌木叢冒出來，用驚愕的大眼望了他們一下，然後就回頭去做他們在樹葉間的好事了。

「你們都記得。」控制者用他強大而低沉的聲音説：「我想你們都記得吾主福特那句美麗而鼓舞人心的話：歷史是胡説八道。歷史——」他慢慢重複：「是胡說八道。」他揮了揮手；彷彿用一支看不見的羽毛撢子揮走了一點灰塵似的，而那灰塵是哈拉帕[7]，是迦勒底人的吾珥[8]；揮去了一些蜘蛛網，而那蜘蛛網是底比斯[9]、巴比倫[10]、克諾索斯[11]和邁錫尼[12]。一揮、再揮——然後奧德修斯、約伯、朱比特、釋迦牟尼和耶穌都去哪了呢？又一揮——那稱作雅典和羅馬、耶路撒冷和埃及

7. 巴基斯坦旁遮普省的古印度文明時期古城。
8. 伊拉克納西里耶一帶的兩河文明時期古城。
9. 埃及盧克索一帶的埃及文明前王朝時期古城。
10. 伊拉克希拉的兩河文明時期古城。
11. 希臘克里特島的米諾斯文明古城。
12. 希臘阿爾戈斯平原的愛琴文明古城。

中王國的一丁點遠古塵埃——就什麼都不剩了。再一揮——曾經是義大利的地方就空了。揮一下，大教堂沒了；揮一下、再一下，《李爾王》和帕斯卡的《思想錄》沒了。一揮，沒了《受難曲》；一揮，沒了《鎮魂曲》[13]；一揮，沒了交響曲；一揮……

「晚上要去看感觸電影嗎，亨利？」命定室副主任詢問。「我聽說阿爾罕布拉宮那部新片是頂級的。裡面有熊皮地毯上的愛情場面；他們說那棒透了。熊的每根毛都重製了。最神奇的觸覺效果。」

「所以才不教你們歷史。」控制者說著。「但現在時機已來到……」

孵化與制約中心主任緊張地看著他。一直有那種詭異的謠言，說有古老的禁書藏在控制者書房的一個保險櫃裡。聖書、詩集——福特才曉得那是什麼。

穆斯塔法．蒙德逮到主任焦慮的一瞥，於是他鮮紅的嘴角便帶點諷刺地抽動起來。

「沒關係的，主任。」他以一種微微嘲諷的口吻說：「我不會汙染他們的。」

孵化與制約中心主任一頭霧水。

那些覺得自己被鄙視的人，看起來就很有輕蔑之貌。伯納

13. ——十七世紀法國哲學家布萊士．帕斯卡（Blaise Pascal, 1623-1662）為捍衛基督教所寫之書。

德・馬克思臉上的微笑就是那麼輕蔑。熊的每一根毛是吧！

「我應該會特地去。」亨利・佛斯特說。

穆斯塔法・蒙德向前靠，對他們搖了搖手指。「就來想像一下吧。」他說，聲音沿著橫隔膜送出一股古怪的興奮顫抖。「就試著想像一下有個胎生的母親是什麼感覺。」

又是那個下流字眼。這一次沒有人膽敢笑。

「試著想像『和家人同住』代表什麼。」

他們都試了；但顯然完全失敗。

「那你們知道『家』是什麼嗎？」

他們搖頭。

列寧娜・克朗恩從深紅的地下室向上急升十七層樓，一出電梯便向右轉，穿過一條長長的走廊，打開一扇標著女更衣室的門，投身於一整片震耳欲聾的、手臂乳房和內衣交雜的混亂中。幾百間浴室裡，熱水猛力噴濺，或者汩汩流出。八十台振動真空按摩機隆隆嘶嘶作響，同步揉捏吸吮著八十具堅實且曬黑了的極品女體樣本。每個人都用最大的聲量聊著。一台合成音樂機正高唱著超短號的獨奏。

「哈囉，芬妮。」列寧娜對旁邊那組掛衣鉤和衣物櫃的年輕女性說。

芬妮在裝瓶室工作，而她的的姓也是克朗恩。但既然全世界的二十億居民只有一萬個姓名，這樣的巧合可說並不意外。

列寧娜開始拉拉鍊——拉下夾克的拉鍊，用兩隻手同時拉下撐住褲子的兩條拉鍊，再往下一拉讓內衣也脫落下來。仍穿著鞋子和絲襪的她朝浴間走去。

家，所謂的家啊——幾間小房間，令人窒息的屋裡住了太多人，有一個男人、一個定期懷孕的女人，還有一群年紀大小不一的男孩女孩。沒有空氣，沒有空間；是一間未消毒的監獄；又暗，又有疾病，又臭。

（控制者這番招魂儀式實在太栩栩如生，以至於其中一個比別人更敏感的男孩，光聽到描述就臉色發白，快要吐了。）

列寧娜走出浴間，擦乾身體，抓起牆上一條長而有彈性的管子，把噴嘴對準了胸脯，就像要自殺一樣地按下扳機。一陣加溫空氣將最好的爽身粉灑在她身上。浴缸上頭的小水龍頭提供八種不同的香味和古龍水。她轉開左邊數來第三個，稍微試了試柑苔調，然後帶著鞋襪，走出去看看有沒有哪台振動真空機沒人用。

而家，在心理上就跟在生理上一樣汙穢。心理層面來說，那裡就是個兔子窩，一團糞堆，因為擁擠生活的摩擦力而發熱，因為彼此的情感而發臭。親密關係是多麼地令人窒息，家庭成員間有著多麼危險、瘋狂、淫穢的關係啊！更抓狂的是，那母親還會憂心忡忡地護著小孩（是她的小孩喲）……像一隻貓護著成群小貓那樣；但這隻貓還會說話，會「我的寶貝、我的寶貝」這樣反覆個不停。「我的寶貝、還有呀，喔、喔，在我的胸脯上，那雙小手，那種飢渴，還有那說不來折磨人的舒服！直到我的寶貝總算睡了，我的寶貝嘴角帶著一個牛奶的白泡泡睡了。我的小寶貝睡了……」

「的確——」穆斯塔法．蒙德點頭說：「你們是該發抖沒錯。」

「妳今晚要跟誰出去？」列寧娜問。從震動真空機回來的她，像顆從裡到外都發亮的珍珠，透著粉紅光澤。

「沒要跟誰。」

列寧娜驚訝地瞪大了眼。

「我最近覺得有點不對勁。」芬妮解釋道。「威爾斯醫師建議我做個替代孕。」

「可是啊，親愛的，妳才十九歲耶。二十一歲才開始強制替代孕呀。」

「我知道啊，親愛的。但有些人早點開始比較好。威爾斯醫師跟我說，像我這種骨盆寬的深色頭髮白人，十七歲就該做第一次替代孕。所以我其實是晚兩年，不是早兩年。」她打開自己櫃門，指著上層架子上那一排盒子和貼了標籤的小藥水瓶。

「**黃體素糖漿**。」列寧娜大聲唸出品名。「**卵巢素，保證**

新鮮：AF六三二年八月一日前使用。乳腺萃取物：一日服用三次，餐前配少量水服用。胎盤素：每三天靜脈注射五毫升……呃啊！」列寧娜顫抖起來。「我超討厭靜脈注射，妳不會嗎？」

「會啊。可是如果那有好處的話……」芬妮是個特別理智的女孩。

吾主福特——或稱吾主弗洛伊德，舉凡祂提及心理學問題時，基於某個高深莫測的理由而選擇用這名字自稱——吾主弗洛伊德是揭露家庭生活凶險之處的第一人。世界上充斥著父親——因此充斥著悲慘；世界上充斥著母親——因此有了各式各樣從性虐到禁慾的性變態行為；充滿了兄弟、姊妹、叔舅、姑姨——因此充斥著瘋狂和自殺。

「此外，在薩摩亞那邊，也就是新幾內亞外海某些島嶼上的野人之間……」

熱帶的陽光像溫暖的蜂蜜一樣，塗在那些淫亂翻滾於木槿花叢間的孩童裸身上。那二十間茅草屋頂房都可以是自己家。而在特羅布里恩群島，懷孕是先祖靈魂造成的；從來沒人知道什麼叫父親。

「極端的兩頭會合而為一。它們有充分的理由必定要合而為一。」控制者說。

「威爾斯醫師說，一趟三個月的替代孕會讓我接下來三、四年的健康有天壤之別。」

「這個嘛，我希望他說得沒錯。」列寧娜說。「可是芬妮，妳是真的接下來三個月都不打算……」

「喔不是啦，親。就一、兩週而已。晚上我都會在俱樂部玩音樂橋牌。妳是要跟人出去嗎?」

列寧娜點點頭。

「跟誰?」

「亨利・佛斯特。」

「又跟他?」芬妮親切的圓臉露出不高興且不以為然的錯愕表情。「妳居然還在跟亨利・佛斯特約會啊?」

母親父親、兄弟姊妹。但還有夫妻情侶。此外還有一夫一妻制以及浪漫愛情。

「雖然說,你們應該都不知道那是什麼。」穆斯塔法・蒙德說。

他們搖搖頭。

家庭、一夫一妻制、浪漫愛情。到處都有人在獨占,到處都有人在集中喜好，將人的衝動和能量引入狹路。

「但人人都屬於彼此。」他引用睡眠學習法的格言作結。

學生們點頭，堅決同意那句在深夜中重複超過六萬兩千次而讓他們接受的陳述，不只把那當成正確的話，而且還是不需證明的、不言而喻的，完全無可爭辯的一句話。

「可是，畢竟啊——」列寧娜反駁：「我用亨利用到現在也才四個月而已。」

「四個月而已！不錯嘛。更棒的是呢——」芬妮伸出一根指頭繼續指責：「一天到晚除了亨利之外根本沒別人。還是說有？」

列寧娜臉色通紅；但她的雙眼、她的口氣還是保持抵抗。

「不，都沒有別人。」她幾乎有點挑釁地回答。「而且我實在是一點也不懂為什麼要有別人。」

「唉喲，她實在是一點也不懂為什麼要有別人啊。」芬妮又重講一遍，就好像講給列寧娜左邊肩膀後面哪個看不見的聽眾似的。接著，她口氣突然一轉：「但說真的——」她說：「我真的認為妳要小心一點。像這樣跟單一個男人長長久久實在是種很糟糕的形式。如果是到四十歲，或者三十五歲，可能還不會那麼糟。但在妳這年紀的話啊，列寧娜！不行，真的不行。妳也知道孵化與制約中心主任多反對所有密切或者長期的東西。跟亨利．佛斯特四個月，中間都沒用別人——唉，如果他知道了一定會很火……」

「就想想水管裡加壓的水。」他們就想了。「我給它刺一下。」控制者說。「看它真能噴！」

他刺了二十下。這樣就只有二十道微弱的小噴泉。

「我的寶貝。我的寶貝……！」

「母親！」這種瘋狂有傳染力。

「我的愛，我的唯一，最珍貴的，最珍貴的……」

母親，一夫一妻制，浪漫愛情。噴泉高高地噴出；狂野的噴射既猛烈又冒著泡沫。慾望衝動就只有單一個出口。我的愛，我的寶貝。難怪那些可憐的前現代人既瘋狂又頑劣又可悲。他們的世界不允許他們放輕鬆，不允許他們心智健全、道德高尚，進而幸福。因為有母親和愛人，因為有他們無法習於遵守的禁令，因為有誘惑和孤單的悔恨，因為有一切的疾病和無止盡的孤單痛苦，因為有茫茫的前路加上窮困——他們被迫得要強烈地感受。一旦他們去強烈地感受（又因獨處、又因絕望地自我孤立而更強烈），那怎麼可能會安定呢？

「當然也用不著放棄他。三不五時用一下別人，這樣就好了。他也有其他女孩，沒錯吧？」

列寧娜坦承是如此。

「他當然有。亨利·佛斯特怎麼想都是完美的紳士——他始終舉止得體。而且妳還得考慮到主任。妳也知道他實在是很堅持要……」

列寧娜點點頭。「他下午還拍了我屁股。」她說。

「妳看吧！」芬妮得意洋洋。「這就看得出他是哪種人。最嚴格恪守常規的那種。」

「安定。」控制者說：「安定。沒有社會安定就沒有文明。沒有個人安定就沒有社會安定。」他的聲音有如號角。聽著聽著，他們就感覺更龐大，更溫暖。

機械轉動著，轉動著且必須一直轉動——直到永遠。它停止轉動就代表死亡。有幾十億人胡亂翻扒著地球的外殼。輪子開始轉動。一百五十年內人口就變成二十億人。把所有的輪子停下來。一百五十週內就再一次地只有十億人；數以十億的男男女女都餓死了。

輪子必須穩定地轉動，但無法在無人照看下自轉。要有人來照料那些輪子，要有如輪子套進車軸那樣穩定的人們、理智的人們、服從權威的人們，在滿足中維持穩定。

喊著：我的寶貝，我的母親，我唯一、唯一的愛；呻吟著：我的罪，我敬畏的上帝；痛苦地尖叫著，因發熱而喃喃自語，悲嘆著年老和窮困——這樣的人要怎麼照料輪子？如果他們無法照料輪子……十億男男女女的屍骸要埋要燒都很麻煩。

「而且，畢竟呢——」芬妮的口吻帶著哄勸：「又不是說，在亨利之外用一、兩個男人，就會有什麼痛苦還是不舒服的事。從這點來看，妳應該要再放蕩一點……」

「安定。」控制者堅稱：「安定。最初也是最終極的需求。安定。然後才有了這一切。」

他手一揮，指向了整座花園，指向制約中心的巨大建築，指向在林下灌木叢裡偷偷摸摸或者跑過整片草地的那些裸體孩童。

列寧娜搖了搖頭。「不知道為什麼。」她思考著：「我最近對雜交都沒那麼熱衷了。有時候人就是會不想。妳都沒這樣覺得過嗎，芬妮？」

芬妮點頭表示同情跟理解。「但人總得要努力。」她口氣如說教：「該做什麼就得做。畢竟，人人都屬於彼此。」

「是，人人都屬於彼此。」列寧娜慢慢重複這句話，嘆了口氣，然後沉默了一陣；接著，她拉起芬妮的手輕輕捏了捏。「妳說得真沒錯啊，芬妮。一向都不會錯。我會努力的。」

抑制了的衝動會滿溢而出，而那洪水便是感受，那洪水便是激情，那洪水甚至是瘋狂：這就要看水流的強度，以及屏障的高度與堅固程度。未受約束的水流緩和地流經指定的通道，進入平穩的幸福健康。胚胎是飢餓的；日進、日出，代血泵浦每分鐘八百轉地轉個不停。脫瓶的嬰兒嚎哭；護士立刻帶著一瓶外分泌液現身。感受潛伏在慾望和慾望獲得圓滿的間隔中。縮短那間隔，把用不著的老屏障全部打破。

「幸運的孩子們啊！」控制者說。「我們可是不遺餘力地讓你們的生命在情感上好過——不遺餘力地盡可能避免你們有任何情感。」

「福特安居其T型車中。」孵育中心主任喃喃自語。「世界一片平安。」

「列寧娜．克朗恩？」亨利．佛斯特邊拉上褲子拉鍊，邊回應命定室副主任的問題。「喔，這女孩很不錯。整個人膨到極品。我很訝異你居然還沒用過她。」

「我也想不到我怎麼會還沒。」命定室副主任說。「之後一定會。一有機會就會。」

在更衣室走道的另一頭，伯納德．馬克思偶然聽見他們在講什麼，因而臉色發白。

「而且說真的——」列寧娜說：「天天只跟亨利一起，讓我開始有一點點無聊了。」她拉起左腿絲襪。「妳知道伯納德·馬克思嗎？」她以一種太刻意漫不經心的口氣問。

芬妮看起來嚇了一大跳。「妳不是真的要……」

「為什麼不行？伯納德是正阿爾法耶。而且，他邀請我跟他去某個野人保留區。我一直都想去看看野人保留區。」

「可是他有那種名聲耶？」

「我幹麼管他有什麼名聲？」

「他們說他不喜歡障礙高爾夫。」

「對啦，他們說，都他們在說。」列寧娜嘲諷地回答。

「而且他大部分時間還自己一個人——**獨處**喔。」芬妮的聲音帶著恐懼。

「不過呢，他跟我一起的話就不會獨處了。先不管那個，為什麼別人都對他那麼壞？我覺得他挺可愛的。」她自己微笑起來；心裡想著，這人還真是害羞到不行！幾乎像是被嚇到一樣——就好像她是哪個世界控制者，而他是負伽瑪礦機工一樣。

「就想想你們自己的生命吧。」穆斯塔法．蒙德說。「你們有誰遇到過一次難以克服的障礙？」

他們回以一片沉默來否定。

「你們有誰曾經在感覺到慾望後，還被迫等了很長一段時間才滿足慾望？」

「那個——」有一個男孩開口，但猶豫了。

「說呀。」孵化與制約中心主任說。「別讓福下一直等。」

「我曾經等我想要的女孩將近四週，她才讓我用她。」

「結果你感受到了強烈的情感？」

「可以說很糟糕嗎？」

「很糟糕；這詞用得好。」控制者說。「我們的祖先實在是太愚蠢太短視了，第一批改革者現身時，想幫他們免除糟糕的情緒之苦，他們卻不理會對方。」

「講起她好像把她當一塊肉似的。」伯納德咬牙切齒。「用她東、用她西。就好像羊肉似的。把她貶低到羊肉的程度。她說她會考慮考慮，她說她這週會給我答覆。噢，福特、福特、福特啊。」他好想走到他們面前給他們臉上一拳——用力地、一拳接一拳。

「是的，我真的很建議你試試她。」亨利・佛斯特說。

「好比人工繁殖。費茲那和川口讓這整套技術得以實現。但政府捨得看一眼嗎？不會。當時有個東西叫做基督信仰。女人被迫要進行胎生。」

「他很醜耶！」芬妮說。

「但我還滿喜歡他的長相呀。」

「而且又那麼**小隻**。」芬妮作了個鬼臉；小隻是如此恐怖又典型的低等級特徵。

「我覺得那也挺可愛的。」列寧娜說。「會讓人想養他。妳懂的，就跟養貓一樣。」

芬妮震驚不已。「他們說他還在瓶子裡的時候，有人出錯了——以為他是伽瑪然後把酒精倒進他的代血裡。他才那麼發育不良。」

「太胡扯了！」列寧娜氣了起來。

「以前英格蘭其實是禁止睡眠教學的。那時候有種東西叫作自由主義。國會，如果你們知道那是什麼的話，通過了一條法令反對睡眠教學。當時的紀錄有留下來。有關人民自由方面的演說。人有活得差勁悲慘的自由。人有無法融入群體的自由。」

「唉喲，老兄啊，你用不著客氣，我跟你保證。你用不著客氣。」亨利・佛斯特拍了拍命定室副主任的肩膀。「畢竟，人人都屬於彼此。」

不就連續四年每週三天晚上各重複一百回，身為睡眠學習法專家的伯納德・馬克思心裡想著。六萬兩千四百回的重複，造就了一個真理。真是白癡！

「或者是等級系統。一直有人提案，一直被駁回。當時有種東西叫作民主。就好像人在生理化學上還不夠平等似的。」

「總之呢，我只能說，我會接受他的邀約。」

伯納德討厭他們，討厭極了。但他們有兩個人，他們高大、他們強壯。

「九年戰爭在AF一四一年開打。」

「就算那些什麼代血裡有酒精的事情都是真的也沒差。」

「光氣、氯化苦、碘乙酸乙酯、二苯氰胂、雙光氣、芥子氣。還不提氰化氫。」

「反正我就是不信。」列寧娜作出結論。

「一萬四千架飛機的噪音以散開隊形推進。但在選帝侯大街和巴黎第八區，炭疽桿菌炸彈的爆炸聲並沒有比紙袋擠破的聲音還大。」

「因為我真的就想去看野人保留區。」

CH3C6H2(NO2)3+Hg(CNO)2=什麼呢？[14]地上的一個大洞，一

堆石塊，幾片肉和黏膜液，一隻腳，靴子都還穿在上頭，全都劃過天空然後掉下來，噗通一聲掉在天竺葵中間——深紅的那一種；那年夏天的景色還真是有看頭啊！

「妳沒救了，列寧娜，我放棄。」

「俄羅斯那種感染供水的技術實在是特別巧妙。」

芬妮和列寧娜背對背，在沉默中繼續換衣服。

---

14. 此為三硝基甲苯（Trinitrotoluene, TNT）加上雷酸汞（雷管）的算式，即炸彈。

「九年戰爭，經濟大崩潰。當時得要作選擇，看是要控制世界還是毀滅。看是要安定還是……」

「芬妮·克朗恩這女孩也不賴，」命定室副主任說。

在育兒室裡，基礎階級意識課已經過了，聲音現在正將未來的需求灌輸給未來的產業生力軍。「我好愛飛行。」聲音們悄悄說著：「我好愛飛行，我好愛有新衣服，我好愛……」

「當然，自由主義因為炭疽桿菌而滅亡了，但你還是不能強迫行事。」

「完全比不上列寧娜那麼膨。喔，一點也比不上。」

「但舊衣服很糟。」孜孜不倦的悄悄話繼續說著。「我們要丟掉舊衣服。丟掉比縫補好，丟掉比縫補好，丟掉比……」

「治理是一門坐下來談的事物，不是站起來打的。你要用腦和屁股來統治，千萬不要用拳頭。舉例來說，就有所謂的消費義務役。」

「好，我弄完了。」列寧娜說；但芬妮還是不說話，眼光轉向另一邊。「芬妮親親，我們和好吧。」

「強迫每個男男女女和孩子一年內消耗掉那麼多的量。為了產業的利益。其唯一的結果……」

「丟掉比縫補好。針腳越多，財富越少；針腳越多……」

「總有一天——」芬妮悲傷地強調說：「妳會給自己惹上麻煩的。」

「出現極大規模的全力反對。就是不去消費。回歸自然。」

「我好愛飛行，我好愛飛行。」

「回歸文化。是的，真的回歸文化。如果你就坐在那邊看書，你就沒辦法消費多少了。」

「我看起來還行吧？」列寧娜問。她的夾克是深綠色人造纖維布製的，袖口和衣領上還有綠色的人造絲絨毛。

「戈爾德斯格林那邊有八百名簡單生活者被機槍掃平。」

「丟掉比縫補好，丟掉比縫補好。」

綠色燈芯絨短褲和翻到膝蓋下的白色人造羊毛絲襪。

「接著就是知名的大英博物館大屠殺，兩千名文化迷被芥子氣毒殺。」

綠白相間的騎師帽替列寧娜的眼睛擋住了光；她的鞋子是鮮

綠色的，擦得光亮。

「到最後——」穆斯塔法．蒙德說：「控制者了解到力量沒有用。比較慢但極其保險的方法是人工繁殖、新帕夫洛夫制約和睡眠學習法……」

而她在腰上繫了一條嵌銀的綠色人工摩洛哥皮彈匣帶，裝滿了（因為列寧娜不是不孕女性）常規配備的避孕藥。

「費茲那和川口的發明總算派上用場了。發動了一股反對胎生的密集宣傳……」

「真完美！」芬尼熱情地喊。面對列寧娜的魅力，她實在抵抗不了多久。「還有這條馬爾薩斯[15]皮帶，實在是太可愛了！」

「搭配上一場反對過去的運動；手段包括關閉博物館，炸毀歷史紀念物（滿好運的是多數都已經在九年戰爭中先毀掉了）；以及查禁所有AF一五〇年前出版的書。」

「我也要弄一條那樣的皮帶。」芬妮說。

「舉例來說以前有一種東西叫作金字塔。」

15. 馬爾薩斯（Thomas Robert Malthus, 1766-1834），英國人口學家及政治經濟學家，於1798年發表《人口學原理》（*An Essay on the Principle of Population*）。

「我那條黑亮皮的舊彈匣皮帶……」

「還有一個叫莎士比亞的人。你們當然是沒聽過。」

「實在有夠丟臉的——我那條彈匣皮帶呀。」

「那就是真科學教育的長處。」

「針腳越多，財富越少；針腳越多，財富……」

「引進吾主福特第一輛T型車的那一刻……」

「到手到現在已經快三個月了。」

「被選定為新紀元的起始日。」

「丟掉比縫補好。丟掉比……」

「我前面説過，有一種東西呢，叫作基督信仰。」

「丟掉比縫補好。」

「消費不足的倫理學和哲學……」

「我愛新衣服，我愛新衣服，我愛……」

「生產不足的時候是十分必要；但到了機械與氮固定的時代——就肯定是種反社會的罪行。」

「亨利．佛斯特給我的。」

「所有的十字架都砍掉上端，變成T字架。以前還有個東西叫作上帝。」

「這是真正的人工摩洛哥皮。」

「現在我們有了世界國。還有福特日慶典，還有群體歌唱會，還有團結儀式。」

「福特啊，我真討厭他們！」伯納德．馬克思心想。

「以前有個東西叫作天堂；但同樣地，他們以前也攝取大量的酒精。」

「就跟肉一樣，實在太像肉了。」

「以前有個東西叫作靈魂，還有個東西叫作不朽。」

「拜託問問亨利在哪裡弄到的。」

「但他們以前也攝取嗎啡和古柯鹼。」

「而且更糟的是，她自己也認為自己是塊肉。」

「福特一七八年，兩千名藥物學家和生物化學家獲得了津貼。」

「他看起來真的悶悶不樂的。」命定室副主任指著伯納德·馬克思說。

「六年後就商業化生產了。那種完美的藥物。」

「我們去鬧他吧。」

「有亢奮性、麻醉性，愉悅地引起幻覺。」

「悶啊，馬克思，悶啊。」肩膀上的一拍讓他嚇一大跳，他抬起頭看。是那個粗野的亨利．佛斯特。「你需要來一克梭麻。」

「有所有基督信仰和酒精的長處；完全沒有它們的短處。」

「福特啊，我要殺了他！」但他實際上只有說：「不了，謝謝你。」並擋開遞給他的藥片管。

「只要你喜歡就可以放個假離開現實，回來之後連一點頭痛或神話都沒沾到。」

「來點吧。」亨利．佛斯特堅持著：「來點吧。」

「如此便確實地保障了安定。」

「一立方公分治療十份憂鬱傷感。」命定室副主任引用了一段來自睡眠學習法的平庸智慧。

「最後只剩下要戰勝年老。」

「去你的，去你的！」伯納德．馬克思大吼。

「蹺什麼蹺。」

「生殖腺賀爾蒙、輸入年輕血液、硫酸鎂……」

「還要記得啊，一克總比一罵好。」他們走了出去，還一路大笑。

「所有衰老的痕跡都被清除了。當然，除此之外……」

「別忘了問他馬爾薩斯皮帶的事。」芬妮説。

「除此之外還一併削除老人的心理怪癖。一個人一輩子的性格會維持一致。」

「……天黑前還得打兩局障礙高爾夫。我得飛了。」

「好好工作、好好遊戲——六十歲時我們的力量和口味都還跟十七歲一樣。在過去那段慘痛日子裡，老人都會放手、退休、信起宗教，把時間耗費在閱讀、思考上——思考呀！」

「白癡、豬頭！」穿過走廊往電梯走的伯納德·馬克思自言自語。

「現在呢——這就叫作進步——老人還在工作，老人還在交媾，老人享樂到沒有空閒，沒一分鐘坐下來思考——或者，如果真的運氣太差，他們那些堅固牢靠的娛樂消遣不幸浮現了時間的裂痕，還是有**梭麻**在，美味的**梭麻**，半公克讓人休上半天假，一克休上一個週末，兩克讓人前往風光明媚的東方，三克讓人進入月球永恆的暗面；從那回來後，人們會發現自己越過了裂痕來到另一端，安安全全地落在日常勞動與娛樂消遣的堅實表面上，可以遊走於一間又一間的感觸電影、一個比一個膨的女孩，玩完電磁高爾夫之後又去……」

「走開，小女生。」孵化制約中心主任大吼。「走開，小男生！你沒看到福下正忙著嗎？去別地方玩你們的性遊戲！」

「可憐的小孩呀！」控制者說。

輸送帶響著機械的微弱低鳴，緩慢而莊嚴地向前，一個小時三十三公分。紅色的黑暗中閃爍著無數的紅寶石光芒。

第四章

1.

電梯裡擠滿了來自阿爾法更衣室的男人，列寧娜一進來，就有許多人對她友善地點頭微笑打招呼。她很受歡迎，而且她幾乎和他們每個人都處過一、兩晚。

當她回應他們的招呼時，她心想，他們都曾是心愛的男生呀。可愛的男生呀！不過她還是會想，喬治．艾德澤的耳朵要是沒那麼大就好了（可能在三百二十八公尺處多給了他那麼一點點副甲狀腺素？）看著班尼多．胡佛時，她實在無法忘掉他脫下衣服之後居然那麼多毛。

她別過那一雙因班尼多捲曲黑毛的往事而有些感傷的眼睛，看到角落處那瘦小的身形，還有伯納德．馬克思憂鬱的面孔。

「伯納德！」她站到他面前。「我正在找你呢。」她的聲音清楚蓋過了上升電梯的低鳴。其他人好奇地環顧四周。「我想跟你談談我們新墨西哥的計畫。」她可以從眼角餘光看見班尼多．胡佛驚訝地瞪大了眼。他那樣傻傻地盯著令她不悅。「是在訝異我居然沒去求你再約我吧！」她對自己說。接著她用溫暖到極點的口吻大聲地說：「我實在是很想在七月時陪你跑個一週呢。」她繼續說下去（不管怎樣，她正公然證明著自己並沒有忠於亨利。這樣的話芬尼應該會滿意吧，雖然說對象是伯納德）：「前提是呢——」列寧娜給了他一個最甜美深長的笑容：「如果那時候你還想要用我的話。」

伯納德蒼白的臉紅了起來。「他幹麼這樣？」她感到納悶、驚訝，但他這種讚美她魅力的奇怪方式，卻也同時打動了她。

「我們是不是在別的地方談比較好？」他結結巴巴地，看起來極度不自在。

「好像我説了什麼很震撼的話一樣。」列寧娜心想。「我就算講個低級笑話——好比説問他母親是誰之類的，好像都不會讓他看起來那麼不開心。」

「我的意思是，這邊有這麼多人……」他因為慌亂而呼吸困難。

列寧娜的笑既坦率又毫無惡意。「你真的很好笑耶！」她這麼説道；而且她是打從心裡覺得他很好笑。「至少提前一週跟我講，你會吧？」她用另一種口吻繼續説下去。「我想我們應該會搭藍太平洋火箭？那是從查令T字塔那邊起飛嗎？還是從漢普斯特德那邊？」

在伯納德能回答之前，電梯就停了下來。

「屋頂！」一個嘎吱作響的聲音說。

電梯員是個猴子一樣的東西，穿著負艾普西隆半白癡的黑色上衣。

「屋頂！」

他猛力打開門。午後陽光的溫暖光輝讓他吃了一驚並眨起眼來。「噢，屋頂！」他以一種狂喜的聲音重複著。他就好像突然又快樂地從滅盡昏暗中醒來一樣。「屋頂！」

他帶著一種有如狗在引頸期盼似的敬愛，對著他的乘客微笑。他們邊聊邊笑地走進光線中。電梯員在他們背後看著。

「屋頂？」他語帶疑問地又說了一次。

接著一個響鈴響起，電梯天花板一個擴音器開始相當溫和又十分傲慢地發布指令。

「向下。」它說：「向下。十八樓。向下，向下。十八樓。向下，向……」

電梯員用力關上門，按了個按鈕然後就立刻退回了電梯井裡轟然巨響的昏暗光線中，回到他自己習於恍惚的那片昏暗裡。

屋頂溫暖而明亮。夏日午後因直升機往來的低鳴而令人昏昏欲睡；而看不到的火箭飛機在頭頂五、六英哩高處加速穿過明亮天空的轟鳴聲，則像是給柔軟空氣的一陣愛撫。伯納德．馬克思深吸了一口氣。他抬頭看著天空，環望藍色的地平線，最後終於低頭望向列寧娜的臉。

「真美不是嗎？」他的聲音有點顫抖。

她以一種最充滿同情與理解的表情，對他微笑。「最適合打障礙高爾夫了。」她欣喜地回答。「我現在得飛了，伯納德。

如果我再讓亨利等下去，他會不爽的。什麼時候方便出發就跟我說。」接著她便揮揮手，跑過又寬又平的屋頂往機庫過去。伯納德站在原地，看著那對白絲襪逐漸遠去的閃爍，那一對被太陽曬黑的雙膝迷人地彎起又拉直，一次又一次，還有深綠夾克底下那條燈心絨短褲合身柔軟的波盪。他的臉上帶著痛苦的表情。

「要我說的話她實在很漂亮。」一個響亮愉快的聲音在他背後說。

伯納德嚇了一大跳，環顧四周。班尼多．胡佛紅潤的圓臉正對著他發笑——以一種明顯的友好與莊重對著他笑。班尼多可是出了名的和藹可親。人們說他一輩子都用不上梭麻。那些會讓別人想放假的惡意和壞脾氣，從來都不會令他痛苦。對班尼多來說，現實始終晴朗無雲。

「而且又膨。真不是蓋的！」接著他口氣一變：「可是，我說啊——」他繼續說：「你看起來真的是悶悶不樂！你需要的是一克**梭麻**。」班尼多往褲子右邊口袋一掏，拿出了一個小藥水瓶。「一立方公分治療十份憂鬱……嘿，你幹麼啊！」

伯納德突然轉身跑走了。

班尼多盯著他的背影。他心想：「這傢伙到底是有什麼問題？」然後搖了搖頭，認定這可憐蟲的代血裡應該是真的有摻酒精。「影響到他的腦子吧，我猜。」

梭麻瓶子歸位後，他拿出一小盒性賀爾蒙口香糖，塞了一小片到嘴裡，然後邊走邊嚼地慢慢離開機庫。

亨利．佛斯特已經讓人將他的直升機推出了庫房，而當列寧娜抵達時，他已經在駕駛艙坐定等著了。

「遲到四分鐘。」當她爬進來坐在他旁邊時，這是他唯一的評論。他啟動引擎，並把升降旋翼打上檔。整台直升機便直直地衝上空中。亨利將轉速加快，飛行螺旋槳的低鳴聲便從虎頭蜂的頻率一路拉高到黃蜂，再從黃蜂拉高到蚊子；速度計顯示他們正以幾乎每分鐘兩公里的速度在上升。倫敦在他們腳底下消失了。那些有著桌狀頂部的巨大建築在幾秒內就變成了抽象幾何的磨菇，從公園和花園的綠地上冒出來。在那之中，有一株更高更纖細的菇，也就是查令T字塔，正朝空中舉起一面發亮的水泥碟。

肥大烏雲模糊的輪廓有如頂尖運動員的軀幹，懶散地坐臥在他們頭頂上的藍天裡。其中一朵裡頭突然掉出一隻小小的深紅色昆蟲，一邊落下一邊嗡嗡叫。

「那是紅火箭。」亨利說：「剛從紐約過來。」他看了看手錶。「晚七分鐘。」他補上這句，並搖了搖頭。「這些大西洋班次——實在是不準時到丟臉啊。」

他將腳移開油門。頭頂旋翼的低鳴聲掉了十二度音階，又按順序從黃蜂回到虎頭蜂然後到熊蜂，接著金龜子，來到鍬形蟲的聲響。機身向上的衝勁散去；一分鐘後他們便動也不動地懸在空中。亨利推動一根控制桿；傳來喀擦的一聲。他們前頭的飛行螺旋槳開始轉動，一開始慢慢地，然後越來越快，直到在他們眼前成了一面模糊的圓形。期間水平吹襲的風聲越來越刺耳。亨利直盯著轉數計；當指針指到一千兩百的記號時，他便將升降旋翼退檔。機身現在有了足夠的動力，而能以機翼來飛行。

列寧娜從她雙腳間地板上的窗戶往下看。他們正飛過那一道把中倫敦和倫敦第一圈衛星郊區住宅分隔開的六公里公園區。那片綠地上長滿了因距離而縮小的人，就像生滿了蛆一樣。離心柱球塔所種成的森林，在樹木間發著微光。靠近牧羊叢的地方，由負貝塔人組成的兩千組混合雙打正玩著黎曼曲面網球。從諾丁丘通往威爾斯登的主要道路上，有著沿路邊蓋起的兩排自動梯壁手球場。在伊令的體育場中，正在進行著代爾塔體操展演和群體歌唱會。

「卡其真是種醜到極點的顏色。」列寧娜評論道，吐露了她所屬等級在睡眠教學中學會的成見。

豪恩斯洛感觸電影製片廠的建築群涵蓋七公頃半的範圍。離那不遠處，一支黑色與卡其色組成的勞動大軍正忙著把大西路的路面重新玻璃化。當他們飛過時，其中一個持續轉動的巨大坩堝正要打開塞子。融化的石頭帶著炫目的白熱光流出並穿過路面；石棉滾筒來回碾壓；在一台隔了熱的灑水車尾端，蒸氣冒起來形成一片白雲。

來到布蘭福特，電視公司在此設立的工廠就像一座小鎮一樣。

「他們應該正在換班。」列寧娜說。

就跟蚜蟲和螞蟻一樣，葉綠色的伽瑪女孩，黑色的半白癡都繞著入口邊擠成一團，或者排隊準備坐上單軌路面電車。桑葚色的負貝塔在人群中來來去去。主建物的屋頂滿是起起降降的直升機。

「實在是呀——」列寧娜說：「幸好我不是伽瑪。」

十分鐘後他們人已經到了史托克波格斯，並開打第一局的障礙高爾夫。

2.

一路上伯納德眼神低垂，一旦突然遇上同類就立刻悄悄避開，就這樣加速穿過了屋頂。他就像一個被追捕的人，然而是被他不願見到的敵人所追捕，唯恐他們比他想像的更有敵意，進而使他覺得自己更有罪，且比原本還要更孤立無援。

「那個糟透了的班尼多．胡佛！」然而那人實在是夠好心了。某種意義上，就是這一點才讓他糟糕透頂。那些出於好心的所作所為，跟那些出於惡意的其實都一樣。甚至連列寧娜都讓他苦不堪言。他還記得那幾週的害羞猶豫不決，他在那段期間裡努力過、渴望過，也絕望過，就只為了鼓起勇氣約她。他有膽面對被她輕蔑拒絕而蒙羞的情況嗎？但如果她點頭，那會是多開心的事！結果呢，她都已經點頭了，他還是苦惱不已——擔心她覺得這下午太適合打障礙高爾夫，擔心她會跑去跟亨利．佛斯特一起；擔心自己這樣不想公然討論彼此的私密事，會被她覺得很好笑。簡單來說，他苦惱，是因為她表現得就有如任何一個健康端正的英格蘭女孩應該要表現的那樣，而不會展現其他某些反常的、超常的行為。

他打開他的庫房門，並呼喚兩個懶洋洋在一旁閒晃的負代爾塔人員，將他的直升機推到屋頂。機庫的成員都是來自單一個博卡諾夫斯基組，所有人都是孿生的，一樣矮小、黝黑且醜陋。伯納德以一種當人不確定自己是否夠優越時才會使用的，不只刻薄、還有點狂妄，甚至頗冒犯人的口吻下命令。對伯納德來說，和較低等成員來往是最讓他苦惱的一種經驗。因為不管原因為何（而且最近那些說他代血摻了酒精的流言很有可能是真的——因為意外是會發生沒錯），伯納德的體格甚至連一般的伽瑪素質都不到。他身高比標準阿爾法身高矮了八公分，比例上也比較纖細。和較低等的成員接觸，總是會痛苦地提醒他這種身體上的不足。「我是我自己，而我希望我不是」；他的自我意識敏銳又容易擔憂苦惱。每次發覺自己望著代爾塔的面孔時居然不是俯視而是平視，他就感覺到羞辱。面前這東西會依照等級來尊敬他嗎？

這個問題始終令他煩擾。這不是沒理由的。因為伽瑪、代爾塔和艾普西隆經制約後，某種程度上已經會把身體質量和社會優劣聯想在一起。因睡眠學習法而對體型尺寸有先入為主的偏見，的確是普遍的現象。也因此，他追求的女人們才會笑他，他的男性同類們才會開他玩笑。那些嘲諷讓他感覺格格不入；一旦感覺格格不入，行為也會格格不入，而那又增加了人們看待他的偏見，並強化了因他身體缺陷而起的蔑視和敵意。而這又反過來強化了他的異樣感和孤獨感。他長期害怕被輕視，因而躲避著同等人，但面對低等人就會刻意擺架子。他是多麼羨慕亨利．佛斯特和班尼多．胡佛那種人啊！那種人永遠不用對艾普西隆人大吼，他們就會遵命；那種人能理所當然地立於自己的地位；那些人遊走在等級系統中如魚得水——自由自在到沒什麼自覺，也察覺不出自己生活在多少好處和舒適要素中。

在他看來，那兩個雙胞胎推著那架直升機到屋頂的樣子，整個吊兒啷噹又心不甘情不願。

「快點！」伯納德暴躁地說。其中一個看了他一眼。他從那一對空洞灰眼中看到的，是某種殘忍的嘲笑嗎？「快一點！」他更大聲地喊，聲音醜陋刺耳。

他爬進了機內，一分鐘後已在往南朝河流飛行。

宣傳局各部門和情感工程學院都坐落於弗利特街的一棟六十層建物內。地下室和較低層的印刷廠及辦公室，分屬倫敦三大報——上等取向的報紙《鐘點廣播報》，白綠色的《伽瑪公報》，還有《代爾塔鏡報》，使用的是卡其色紙張並限用單音節字詞。接著是分成電視、感觸電影、合成聲音和音樂等部門的宣傳局——共二十二層樓。在那之上是研究實驗室，以及聲軌寫作者和合成作曲家精心創作作品的隔音間。最上頭的十八層樓由情感工程學院所占據。

伯納德停在宣傳大樓的屋頂並踏出機艙。

「通知何姆霍茲．華森先生。」他對正伽瑪門房下令：「跟他說伯納德．馬克思先生在屋頂等他。」

他坐下來點了支菸。

當信息傳下來時，何姆霍茲．華森正在寫東西。

「跟他說我馬上去。」他說完掛上話筒。接著，他轉頭朝向祕書，用同一種官樣而無感情的口吻說：「你把我東西收一收。」接著，他一邊忽略祕書光彩熠熠的笑容，一邊起身輕快地走向門口。

他是個結實的人，胸膛厚，肩膀寬，身形巨大，但動作又快，既輕巧又敏捷。他粗硬的頸柱頂著美麗的頭顱。他的頭髮又黑又捲，五官分明。他的相貌屬於那種強硬堅毅的英俊，而且就像他祕書講起來從不厭煩的那樣，全身上下每一寸都是正阿爾法。他的工作是情感工程學院的（寫作系）講師，而在教學活動之餘的空檔，還兼任情感工程師。他固定替《鐘點廣播報》寫作，替感觸電影寫劇本，而且他發想標語和睡眠學習法押韻詩的能力都非常巧妙。

「有才。」他的上司們都這麼評價他。「或許呢——（這時他們會搖搖頭，明顯地壓低聲音說）「太有才了一點。」

是的，太有才了一點；他們沒說錯。精神上的過剩，在何姆霍茲．華森的身上產生一種十分類似生理障礙的效果，就跟伯納德．馬克思的情況很類似。骨架和肌肉的不發達讓伯納德跟同儕產生隔閡，而這種與人相隔的感覺，若是來自於一種就當前標準來看的精神過剩，便會與人產生更大的隔閡。讓何姆霍茲感覺極端不自在而孤單的東西就是能力過強。這兩個人共享的，是認知到自己為獨立個人。但有別於身體障礙的伯納德一輩子苦於這種分離意識，何姆霍茲卻是相當近期才在逐漸察覺自己的精神過剩時，意識到自己和周圍人們的差異。這位自動梯壁球冠軍，這位不知疲倦的情人（據說他四年內用了六百四十個不同的女生），這位可敬的委員會成員和頂級社交大師，很突然地察覺到，就他而言，運動、女人、社交活動都不是最棒的事物。真的，而且他打從心底對那之外的東西感興趣。但那是什麼？是什麼？那就是伯納德來跟他討論的難題——或者說，因為都是何姆霍茲在講話，所以該說是伯納德又來聽他朋友探討這難題了。

當他走出電梯時，從宣傳局合成聲音部來的三個可愛女生攔住了他。

「喔，何姆霍茲親親，晚上拜託和我們一起去埃克斯穆爾野餐吧。」她們懇求地纏在他身邊。

他搖了搖頭，他推開一條路穿過她們。「不、不。」

「我們沒有要邀別的男人喔。」

儘管有這麼愉快的承諾，何姆霍茲還是不動搖。「不。」他重複道：「我在忙。」然後他便堅決地直直走下去。女生們尾隨在他後頭。直到他真的爬進了伯納德的直升機並猛力關上艙門，她們才放棄，並開始說起他的不是。

「這些女人啊！」當直升機升空後，他說道。「這些女人啊！」他搖了搖頭，皺了皺眉。「她們太糟糕了。」伯納德虛情假意地同意，但在開口的同時，卻暗中希望自己能像何姆霍茲一樣用那麼多女孩，而且麻煩越少越好。他突然急著想吹噓一下。「我會帶列寧娜．克朗恩一起去新墨西哥。」他盡可能讓口氣顯得尋常無奇。

「是喔？」何姆霍茲以一種完全沒興趣的口吻說。停頓一陣後他繼續說：「過去這一兩週，我和所有委員會以及所有女孩都斷絕了來往。你沒辦法想像他們在學院裡有多麼吵。不過呢，我覺得，這還是值得的。產生的效果是……」他猶豫了。「怎說呢，效果很怪，非常奇怪。」

生理上的短缺可以產生某種精神上的過剩。而這樣的過程，看起來是可以逆轉的。精神過剩可以不為別的目的，而在有意為之的獨處中主動進入盲目耳聾，產生人工的禁慾無能狀態。

這趟短程飛行的剩下時間都陷入一片無言。當他們抵達目的地，並在伯納德房間的充氣沙發上舒服地伸展開來時，何姆霍茲又開始了。

他緩慢地問道：「你有沒有過一種感覺，就好像你身體裡有個東西，就只是在等你給個機會讓它跑出來？某種你沒在使用的額外力量——你知道的，就像所有沒通過渦輪機而落下瀑布的水，那樣的力量？」他詢問地望著伯納德。

「你是指如果一切都變了的時候，會感受到的那種情感嗎？」

何姆霍茲搖頭。「不太一樣。我在想的是一種我有時會有的奇怪感覺，覺得我有很重要的事情要說、也確實有能力要說——只是我不知道那是什麼，而我也無法利用那種力量。如果有什麼不同的寫法……或者有什麼不同的東西可以寫……」他沉默不語；接著，他總算開口說：「你知道，我滿會發明成語的——你也知道，就是那種突然讓你整個人跳一下的詞，簡直就像坐到針頭那樣跳起來，那些詞就算跟睡眠學習一樣淺白，看起來也是極度新鮮而令人興奮。但那似乎還不夠。那些成語光是好還不夠；你用它們組成的東西也得要好。」

「但你寫的東西挺好的啊，何姆霍茲。」

「喔，還可以啦。」何姆霍茲聳了聳肩。「但也就那樣。某方面來説它們不夠重要。我覺得我可以做出一些比這重要太多的東西。是的，而且還要更強大，更暴烈。但那是什麼呢？有什麼更重要的事要說？一個人依照期待所寫的東西怎麼可能多暴烈？如果適當使用，文字就可以像X光一樣——什麼都能穿透。一讀它，你就被刺穿了。這是我試著教導學生的其中一件事——如何讓文筆有穿透力。但被一篇關於群體歌唱會的文字刺穿、或者被香味風琴的最新進展報導刺穿，到底有什麼好的？還有，當你寫這類事情的時候，你的文筆能那麼有穿透力嗎——你知道，就像強力的X光那樣——？你有辦法針對空無一物說出什麼嗎？到頭來，問題都凝聚在這一點上。我試了又試……」

「噓！」伯納德突然說，同時舉起一根警告的指頭；他們聽著。「我覺得門外面有人。」他悄悄說。

何姆霍茲起身，踮起腳尖穿過房間，一個快速敏捷的動作便敞開房門。當然，外頭沒有人。

「抱歉。」伯納德說，不論表情還是內心都蠢到不自在。「我想是我神經過敏了。當人們對你充滿疑心，你也會開始懷疑起他們。」

他伸手擋在眼前，嘆了口氣，聲音變得傷感起來。他正替自己辯解：「如果你知道我最近都在忍受什麼的話。」他幾乎是帶淚地說——而他一口氣湧上來的自卑自憐就像突然噴發的湧泉一樣。「你要是知道就好了。」

何姆霍茲帶著一種不安感受聽他訴苦。「可憐的小伯納德啊！」他在內心底喊。但同時他也替他朋友感到有點不好意思。他希望伯納德可以多展現一點自尊。

SOMA
SOMA
SOMA
SOMA
SOMA
SOMA
一克總比一罵好！

第五章

1.

到了八點，天色逐漸轉暗。史托克波格斯俱樂部那座塔上的擴音器，開始以一種不太像人的語調，宣布競賽場地關閉。列寧娜和亨利中止比賽，往俱樂部走回去。內外分泌聯合企業的場地上傳來牛鳴聲，那裡有數千頭牛給皇家法納姆那間大工廠提供賀爾蒙和牛乳這兩種未加工原料。

暮色裡充斥著接連不斷的直升機嗡嗡聲。每隔兩分半，就會響起鐘聲和刺耳的口哨聲，宣布又有一班搭載低等高爾夫球手的輕型單軌車要出發，從各自的球場回到大都會。

列寧娜和亨利爬進直升機並起飛。到了八百呎的高度時，亨利放慢直升機旋翼，他們便在那褪色的鄉間景色上滯留了一、兩分鐘。奔漢山的毛櫸林像一片深色湖泊那樣朝西方天空明亮的邊際展開。地平線上一片深紅，最後一點日落也消失了，橙色的天空往上轉黃色，然後轉為一股蒼白的水綠色。北邊，在越過樹林那頭的上空，內外分泌工廠二十層樓的每一間窗戶都透著劇烈的電光。在那些窗戶底下是高爾夫俱樂部的建築群——巨大的低等營房，以及被牆分隔到另一邊、保留給阿爾法和貝塔成員的較小房屋。單軌列車站的入口因為螞蟻般湧出的低等人們在萬頭鑽動而顯得一片黑。玻璃穹頂下，一輛點起燈的列車正往外衝出。順著列車向東南方穿越漆黑平原的路徑看去，他們的目光被廢棄物焚化廠的壯觀建築所吸引。為了夜間直升機具的安全，廠房的四座高大煙囪都被泛光燈整個照亮，頂端還打著深紅色的危險信號。那成了一座地標。

「為什麼那些煙囪周圍有像露台的東西圍著？」列寧娜問。

「磷回收。」亨利像通電報一樣地解釋。「氣體往煙囪頂端跑的時候，會經過四道手續。以前每次火化人，五氧化二磷都直接脫離循環。現在他們可以回收百分之九十八以上。每具成人屍體可以回收超過一公斤半。這樣的話，每年光是英格蘭就能生產將近四百噸的磷。」亨利帶著愉快的驕傲說著，打從心底為這項成就高興，就好像那是他自己的成就一樣。「光想到我們即便死後也對社會有益，就覺得很不錯。可以讓植物生長。」

這時，列寧娜正別過了眼神，垂直朝下看著單軌列車站。

「挺好的。」她表示同意。「但滿奇怪的是，阿爾法和貝塔養大的植物，居然沒有比下頭那些討厭的小伽瑪和代爾塔和艾普西隆來得多。」

「物理化學上人人皆平等。」亨利一副頭頭是道的嘴臉。「而且，就算是艾普西隆人也提供了不可或缺的貢獻。」

「連一個艾普西隆嗎……」列寧娜突然想起自己還是學校裡一個小女孩的時候，有一次她半夜醒來，因而打從出生以來第一次察覺到那縈繞她夜夜睡眠的低語聲。她再次看見月光，整排的小白床；再次聽見那極其柔和的聲音說著（那些字詞就在那，整夜又整夜地重複那麼多回，想忘也忘不掉）：「人人為人人工作。沒有別人我們就辦不到。連艾普西隆人也有用。沒有艾普西隆人我們就辦不到。人人為人人工作。沒有別人我們就辦不到……」列寧娜記得她第一次充滿恐懼和驚訝的衝擊；她在這難以入睡的半小時中的種種猜想；然後，在那無數次重複的影響下，她的心逐漸鬆軟，逐漸鬆軟、柔順，而睡意就悄悄爬了上來……

「我想艾普西隆不會真的介意自己身為艾普西隆。」她大聲地說。

「當然不會啊。怎麼會？他們又不知道當別種人是什麼感覺。當然，我們是會在乎啦。但我們受的制約不一樣。況且，我們一開始遺傳就不同了。」

「幸好我不是艾普西隆。」列寧娜確信地說。

「而且如果妳是艾普西隆的話——」亨利說：「妳的制約就恰好會讓妳慶幸自己不是貝塔或阿爾法。」他將前螺旋槳掛上檔，並讓直升機朝倫敦前進。在他們背後的西方，深紅與橙黃的天色幾乎都消失了；一團黑雲爬上了天頂。當他們飛過火葬場時，直升機順著煙囪冒出的熱氣向上竄升，一穿過去進入外頭溫度驟降的冰涼空氣後，就瞬間掉了下去。

「滑得漂亮！」列寧娜開心地笑了。

但亨利的口氣有那麼一刻幾乎是鬱鬱寡歡。「你知道那一下滑的是什麼嗎？」他說。「那是一些人類最終徹底地消失。跟著一陣熱氣噴湧上去了。會讓人想知道那是誰——男的還是女的，阿爾法還是艾普西隆……」他嘆了口氣。接著，以歡欣中帶著毅然決然的聲音總結道：「不管怎樣，有一件事我們可以確信；不論他曾經是誰，他活著的時候都很幸福。現在每個人都很幸福。」

「是，現在每個人都很幸福。」列寧娜回應。這幾個字他們每天晚上聽了一百五十回，聽了整整十二年。

他們降落在西敏市亨利住的那棟四十層樓公寓的屋頂上，隨即直接前往下頭的餐廳。他們在吵鬧又歡樂的人們相伴下，在那吃了頓好料。咖啡和梭麻一起送上。列寧娜吃了兩片半公克，亨利吃了三片。九點二十分，他們走過街來到剛開幕的西敏寺酒店。那晚天空幾乎無雲，月亮不在而滿天星斗；但列寧娜和亨利很幸運地，對這一片整體令人掃興的景色毫無所覺。電子空中招牌有效地擋住了外頭的漆黑。「**喀爾文·斯特普和十六人性克斯風**」。巨大的字母在新西敏寺的正面誘人地發著光。「**倫敦最佳香味色彩風琴。全新合成音樂。**」

他們走了進去。空氣感覺炙熱，溢著龍涎香和檀香氣味而有點無法呼吸。在大廳的圓形穹頂上，色彩風琴不時畫出一抹熱帶日落。十六人性克斯風正吹著一首懷舊流行歌：〈世上沒有哪一瓶如我這親愛的一小瓶〉。四百對情侶正繞著拋光的地板跳著五重步。列寧娜和亨利很快就成了第四百零一對。性克斯風像是月亮下悅耳的貓叫春一樣嚎啕，在中高音區呻吟著，就好像體驗到高潮一樣。他們充滿豐富泛聲且微微顫抖的合音來到高峰，越來越響亮——直到最後，指揮手一比，放出最後令人精疲力盡的乙太音樂樂章，徹底蓋過那十六個僅是人類的吹奏者。有如降A大調的雷鳴。在一片安靜與漆黑中，緊接著出現了角膜逐漸脫水的情況，一段漸弱演奏以四分之一音階為單位緩緩下滑到模糊如低語般徘徊的主和弦（同時那五四拍仍在下頭跳動），帶著一股強烈的渴望往逐漸變暗的片刻衝過去。最後，那股渴望終於獲得滿足。那時突然爆發出一片日出，同時，十六人一起放聲開唱：

我的瓶啊，我要的總是你！
我的瓶啊，為何當初我要脫離？
在你裡頭天一片藍，
天氣總是好；
因為
世上沒有哪一瓶
如我這親愛的一小瓶。

列寧娜和亨利和其他四百對舞者一圈又一圈繞著西敏寺跳著五重步，卻又更像是在另一個世界裡跳舞——那個溫暖、色彩豐富、無限友善的梭麻假期世界裡。每個人都好親切、好好看又有趣到讓人開心呀！「我的瓶啊，我要的總是你……」但列寧娜和亨利擁有了他們想要的……他們此時此刻就在瓶裡——和美好的天氣，和永久的藍天一起安然地待在瓶裡。而當那十六人疲倦地靠在性克斯風上，合成音樂設備開始以慢拍馬爾薩斯藍調奏出最新曲目時，他們倆可能已經是一對在瓶內代血海洋波浪上溫柔舞動的胚胎。

「晚安，親愛的朋友。晚安，親愛的朋友。」擴音器用一種友好且有音樂感的禮貌，掩飾著話語的命令本質。「晚安，親愛的朋友……」

列寧娜和亨利便順服地跟隨群眾離開建築物。已經跨過一大片天空的繁星正在下沉。然而，儘管遮蔽繁星的空中招牌已暗去一大半，這兩名年輕人仍持續以愉快的心情忽視著夜空。

在打烊前半小時吞下的第二份梭麻，在真實宇宙和他們內心之間築起了一道難以穿越的牆。封在瓶裡的他們倆過了街；封在瓶裡的他們倆搭電梯上樓進了亨利位於二十八樓的房間。然而，儘管列寧娜整個人封在瓶裡，儘管她剛剛吃了那第二份的梭麻，她還是沒忘記按規定採取所有避孕措施。多年來的強大睡眠學習法，還有十二到十七歲那幾年每週三回的馬爾薩斯程序，都讓這些措施的施行幾乎跟眨眼一樣自動而不可免。

「喔，那倒讓我想起一件事。」當她從浴室走回來時說：「芬妮．克朗恩想知道，你給我的那條可愛的綠色人工摩洛哥皮彈匣帶，是在哪裡找到的。」

2.

伯納德的團結儀式日是在每隔一週的週四。在阿芙蘿黛蒂館（何姆霍茲最近依第二條規章而獲選為會員）早早用了晚餐之後，他便向何姆霍茲告辭，然後在屋頂上叫了一架計程機，叫駕駛飛到福特森群體歌唱堂。機器爬升了幾百公尺後往東轉，而當它一轉頭，在伯納德眼前的就是那龐大而美麗的歌唱堂。這棟被泛光燈點亮的三百二十公尺高白色仿卡拉拉式建築，在拉德蓋特山頂透著雪一般的白熾光；直升機起降平台的四角各有一個巨大的T字架對夜空亮著深紅光芒，而那二十四隻巨大的黃金喇叭口，都隆隆響著莊嚴的合成樂曲。

「該死，我遲到了。」一瞧見歌唱堂的大亨鐘[16]，伯納德便對自己說。而且的確，當他正在付機錢時，大亨鐘就報起了鐘點。「福特。」所有的黃金喇叭都以巨大的低音喊著。「福特、福特、福特……」喊了九次。伯納德衝向電梯。

福特日慶典和其他大型群體歌唱會所使用的大禮堂，位於建築物底層。在那上頭是團結雙週儀式團體所使用的房間，每一層樓各一百間共七千間。伯納德往下搭到三十三樓，快速奔過走廊，在三二一〇室外面猶豫地站了一下，然後上緊自己的發條，打開門走了進去。

感謝福特啊！他不是最晚到的。圍著圓桌的十二張椅子還有三張是空的。他盡可能低調地滑進最靠近的一張，並準備在比他更晚到的人出現時對他們皺眉頭。

---

16. 此名稱來自於實際存在於倫敦西敏宮之大笨鐘（Big Ben），以亨利．福特之名替代。

坐在他左邊的女孩轉頭望向他：「你下午在打什麼？」她詢問道。「障礙還是電磁？」

伯納德看著她（福特啊！居然是摩甘娜．羅斯柴德）並紅著臉承認他兩個都沒去打。摩甘娜吃驚地瞪著他。現場陷入了尷尬的沉默。

接著她不以為然地別開頭，專程去和她左邊那個更有在運動的男人說話。

「團結儀式一開始就這樣，還真不賴。」伯納德悲慘地想，並預料自己這一次又將無法達到調和。要是剛剛花點時間環顧四周，不要急著找最近的椅子坐下去就好了！那樣的話，他或許就能坐在菲菲．布萊德拉弗和喬安娜．狄塞爾中間了。但他卻沒這麼做，反而瞎了眼跑去坐在摩甘娜旁邊。**摩甘娜呀！**福特啊！她那一對黑眉——應該說，一道黑眉——因為那兩條在鼻樑上頭連在一起了。福特啊！而在他右邊則是克拉拉．狄特丁。的確，克拉拉的眉毛沒有連在一起。但她實在是太膨了。相比之下，菲菲和喬安娜可說絕對端正。既豐滿、又金髮，也不會太大隻……而現在坐在她們倆中間的，是那個大屁孩，湯姆．川口。

最後抵達的是薩洛吉尼．恩格斯。

「妳遲到了。」團體主席嚴厲地說。「下不為例。」

薩洛吉尼致歉並溜進她在吉姆．博卡諾夫斯基和赫伯特．巴庫寧之間的座位。這組現在滿了，團結圈完美無缺。男、女、男，繞著桌子形成一圈無止盡的交替。十二個人準備合而為一，等著成為一體，等著被熔合成一團，等著失去他們十二人各自的身分以成為更巨大的存在。

主席站了起來，劃了個T字手勢，然後打開合成音樂，釋放出那溫柔不倦的鼓擊聲，以及那樂器合奏——包括了似號角和超弦樂——低鬱地重複再重複著《第一團結讚美詩》那簡短而難以逃脫的縈繞曲調。一次，再一次——而聽到這脈動節奏的並不是耳朵，是腹部；那些反覆出現的合聲裡的慟哭與叮噹作響，糾纏的並不是心靈，而是在最深處渴望著的共感。

主席又劃了個T字手勢並坐下。儀式就此開始。儀式專用的**梭麻**藥片放在餐桌中央。十二個人遞著那用雙耳杯裝著的草莓冰淇淋梭麻，並在說出慣例的那句「為了我的消滅而飲」之後，一個接一個大口痛飲。接著，在合成交響樂的伴奏下，人們開始唱出《第一團結讚美詩》。

福特啊，我們有十二人；喔，讓我們合而為一，
像社會河流裡的水滴；
喔，讓我們一起奔馳

像閃亮的T型車那麼迅速。

十二節渴望的詩詞。接著，雙耳杯傳起第二輪。現在的慣例句是「為了更偉大之存在而飲」。所有人喝了下去。音樂不知疲倦地演奏。眾鼓敲擊。合音中的喊叫和碰撞在融化了的體內深處成了一種執念。現在唱起了《第二團結讚美詩》。

來啊，更偉大之存在，社會之友，
將十二人消融為一！
我們渴望一死，因為要到那時，
超然之生才開始。

然後又是十二節詩。這一次，梭麻開始生效了。人們眼睛發亮，臉頰潮紅，普世善意的內在光輝綻放在每一張臉上的幸福友好微笑裡。甚至連伯納德都覺得自己有點融化了。當摩甘娜．羅斯柴德轉頭過來對他笑時，他也盡力笑回去。但那眉毛，那兩條合一的一道黑——唉，怎麼還在那，他沒辦法忽視，不管他怎麼努力，就是無法忽視掉。融解得還不夠透徹。假使他坐在菲菲和喬安娜中間的話……雙耳杯傳起第三輪了。「我為祂即刻到來而飲。」恰巧輪到當循環儀式起點的摩甘娜．羅斯柴德說。她的聲音響亮而狂喜。她喝了下去，將杯子傳給伯納德。「我為祂即刻到來而飲。」他重複道，並誠心誠意地試著去感覺祂的來臨多麼即刻；但那道眉毛持續纏繞他心頭，而在他看來，降臨可是遠得要命。他喝了下去並把杯子遞給克拉拉．狄特丁。「又會失敗了。」他內心自語。「我知道一定會的。」但他還是繼續盡可能地微笑。

雙耳杯繞圈完畢。主席舉起手給了個信號；合聲唱起《第三團結讚美詩》。

感受更偉大存在如何到來！
喜悅啊，並在喜悅中，死去！
在鼓聲的音樂中融化！
因為我是你而你是我。

隨著詩一節節過去，唱詩聲也因極度激動而興奮。降臨的迫切感就像空氣中的一陣電壓。主席關掉了音樂，而當最後一節詩的最後一個音消失，現場也陷入絕對無聲——渴望繃緊到極限的無聲，帶著觸電般的生命顫抖亂竄。主席伸出了手，突然之間一個聲音，一個低沉而強大的聲音，比任何純粹人聲都來得有音樂感，都要更豐富、更溫暖、更充滿著愛與渴望和同理心的振動，一個美好的、神祕的、超自然的聲音從他們的頭上開口。緩緩地，「喔，福特、福特、福特。」它以越來越小且逐漸降低音階的聲音說。一種溫暖的感覺令人激動地從腹腔神經叢散發到聽者身體的每一寸末梢；淚水從他們眼中流出；他們的心臟、他們的腸子似乎在體內游動，就好像它們有自己的生命一樣。「福特啊！」它們融化著，「福特！」一直融解、融解。接著，那聲音突然地、驚人地變了調。「聽吶！」那聲音大吼。「聽吶！」他們便聽著。一陣停頓後，聲音降為悄語，卻是那種不知為何比更大聲的呼喊更有穿透力的悄悄話。「更偉大存在者的雙腳。」它繼續說道，並重複這串字詞：「更偉大存在者的雙腳。」那悄悄話幾乎要斷了氣。「更偉大存在者的雙腳踏上了階梯。」然後又是一陣無聲；而人們短暫舒緩的期待又再度緊繃起來，繃得更緊，更緊，到了幾乎要斷裂的那一點。更偉大存在者的雙腳——喔，他們聽到了它們，他們聽到了它們，從樓梯上輕柔地走下來了，在那看不見的樓梯上越走越靠近了。更偉大存在者的雙腳。突然那繃裂點就到了。她的眼睛直瞪著，她的雙唇分開，摩甘娜·羅斯柴德跳了起來。

「我聽到祂。」她哭了。「我聽到了祂。」

「祂來了。」薩羅吉尼·恩格斯大喊。

「對，祂來了，我聽到了祂。」菲菲·布萊德拉弗和湯姆·川口同時站了起來。

「噢、噢、噢！」喬安娜口齒不清地佐證。

「祂來了！」吉姆·博卡諾夫斯基吼著。

主席向前一靠，同時一按，放出了一陣癲狂的鈸聲和銅管樂，一陣狂熱的筒鼓敲擊。

「喔，祂來了！」克拉拉．狄特丁尖叫。「唉咿！」那聲音就好像她脖子給人割斷了一樣。

伯納德覺得這時該他來做點什麼了，因此跳了起來大喊：「我聽到祂；祂來了。」但這不是真的。他什麼也沒聽到，而且也沒有誰來找他。沒有誰——只有音樂，只有逐漸累積的興奮氣氛。但他還是揮舞自己的雙臂，他還是不輸人地大喊；而當其他人開始上下左右甩動跺腳並滑步舞動時，他也跟著甩動滑步。

他們圍成一圈跳舞，每個人的手都放在前面舞者的屁股上，一圈又一圈，高聲齊喊，隨著音樂的節拍踏腳，打拍子，用手拍打在前面人的屁股上；十二雙手齊一地打著；有如一體地，十二個屁股渾圓地響著。十二如一，十二如一。「我聽到祂，我聽到祂來了。」音樂加速；腳踩得越來越快，有節奏感的手落下得越來越快。突然間，一個合成低音爆出話語，宣告了調和來臨、團結達到最終圓滿、十二合而為一、更偉大存在已體現。「群交雜交。」那聲音唱著，同時筒鼓繼續打著狂熱的節奏：

群交雜交，福特福氣，
親親女孩讓她們合一。
男孩女孩一體平靜；
群交雜交讓人如釋。

「群交雜交。」舞者跟儀式的副歌唱和：「群交雜交，福特福氣，親親女孩……」當他們歌唱時，燈光開始慢慢暗下——暗下的同時越來越溫暖、豐沛、發紅，直到最後他們在胚胎庫那種深紅的微光裡跳舞。「群交雜交……」在嬰兒於體內所見的血色陰暗中，舞者持續繞了一陣子圈，將那不知疲倦的節奏一打再打。「群交雜交……」接著整個舞圈動搖起來，斷裂開來，崩倒在那一圈繞著恆星桌子和行星椅子的沙發上——如此一圈又包著一圈。「群交雜交……」低沉的聲音溫柔地低唱細語；在泛紅的微光中，那聲音就好像某隻巨大的黑色鴿子，正慈愛地盤旋在如今或俯或仰的舞者們上頭。

他們站在屋頂上，大亨鐘剛響過十一點。夜晚既平靜又溫暖。

「不覺得很美好嗎？」菲菲．布萊德拉弗說。「不覺得就是那麼美好嗎？」她以一種極其喜悅的表情看著伯納德，但那狂喜裡沒有一絲一毫的緊張躁動或興奮——因為若是興奮，就代表尚未滿足。她的極其喜悅是達到圓滿的平靜飄然，而那平和並不只是空白的滿足和虛無，更是平穩的生命，是能量處於靜止平衡狀態。一種豐富而在世的平靜。因為團結儀式在拿取的同時也給予，抽出只是為了重新填滿。那使她現在滿足，那使她現在完美，那使她超乎原本僅有的自己。「你不覺得這很美好嗎？」她堅持地說著，用那一對超乎自然閃亮的眼睛望著伯納德的臉。

「是啊，我覺得那很美好。」他撒謊並看往別處；她變了樣的臉孔正控訴著他，同時也諷刺地提醒著他自身的疏離。他現在的悲慘孤立，就跟儀式開始時一樣——因為他未填滿的空虛感和他已死的滿足感而孤立。他疏離又未能調和，但其他人卻都融入了更偉大的存在；甚至連在摩甘娜的擁抱中都感到孤獨——當然，這比他這輩子過往經歷的都還要孤獨絕望。他帶著強大到極度痛苦的自我意識，走出深紅的微光，進入普通的刺眼電子光線中。他悲慘到了極點，而或許（她閃亮的眼睛控訴著他），或許那是他自己的錯。「頗美好的。」他重複道；但他唯一能想到的就只有摩甘娜的一道眉。

第六章

1.

奇怪，奇怪，**真奇怪**，列寧娜就是這麼認定伯納德的。真的奇怪了，接下來幾週裡她不只一次懷疑說，關於新墨西哥假期的事情她是不是該改變心意，改成跟班尼多．胡佛一起去北極。麻煩的地方在於北極她見識過了，去年夏天才跟喬治．艾德瑟去過，而且更不好的是，她發現那裡就是一片慘澹。沒有事情做，而旅館也老派到絕望的地步——臥房沒配備電視，沒有香味風琴，就只有最讓人不爽的合成音樂，而且兩百多名房客卻連二十五個自動梯壁球場都不到。不，她確定自己無法再面對北極了。此外，她只去過美洲一次而已。就連那次，也實在是不夠好！在紐約度過了廉價的一週——那是跟尚—雅克．哈比布拉，還是跟博卡諾夫斯基．瓊斯？她想不起來了。不管怎樣，那一點也不重要。能再次向西飛行，而且是整整一週，就覺得很吸引人。此外，那週至少有三天會待在野人保留區。整個中心進過野人保留區的不超過六個人。身為一名正阿爾法心理學家，伯納德是她所知少數有資格獲准進入的人。對列寧娜來說，這機會實在罕見。然而，同樣罕見的是伯納德的古怪，這讓她一度猶豫要不要答應，也真的想過要不要冒個險再跟那個好好玩的老班尼多去一次北極。至少班尼多是個普通人。可是伯納德他就……

「是他代血裡的酒精啦。」不管有什麼古怪，芬妮都這樣解釋。但有天晚上，當列寧娜有些焦慮地和一起躺在床上的亨利討論起她這位新情人時，亨利倒是拿可憐的伯納德跟犀牛相比。

「你沒辦法教犀牛學會把戲。」他用他簡短有力的風格解釋。「有些人就幾乎是犀牛；面對制約他們不會產生適當的反應。可憐啊！伯納德就是其中一個。但他很幸運，他工作很能幹。不然的話主任早就不留他了。不過呢——」他安慰地補上一句：「我覺得這人也傷不了誰。」

傷不到誰，或許吧；但也滿令人擔心的。首先讓人擔心的，就是他有種什麼事都想私下做的狂熱。實際上呢，這就代表什麼事都不做。因為，哪有幾件事是**能夠**私下做的呢（當然，上床例外：但人總不能一天到晚都做這件事吧）？是啊，有什麼事可以嗎？就那麼一丁點。他們一起出去的第一個下午就特別不錯。列寧娜提議在托奇鄉村俱樂部游個泳，然後在牛津大學辯論社吃晚餐。但伯納德覺得那邊人太多了。那，在聖安德魯斯打一局電子障礙高爾夫如何？但還是一樣，不好：伯納德覺得電子障礙高爾夫浪費時間。

「那時間要拿來幹麼？」列寧娜有點驚訝地問。

顯然是用來在湖區走走；因為他此時就是這麼提議的。降落在斯基道峰頂，然後在石南叢間走幾個鐘頭。「就只跟妳獨處，列寧娜。」

「可是啊，伯納德，我們整晚不也都獨處呢。」

伯納德臉紅看向別處。「我是說，獨處來聊聊天。」他囁囁嚅嚅地說。

「聊聊天？可是要聊什麼？又走又聊的——那樣度過一個下午感覺還真怪。」

最後她說服了他，逼他飛去阿姆斯特丹看女子重量級摔角半準決賽。

「又在人群中。」他抱怨道。「一如往常。」他整個下午都固執地保持愁悶；他都不跟列寧娜的朋友聊（比賽中間空檔時，他們在冰淇淋梭麻吧遇見了幾十來個）；而且儘管這麼慘，他還是斷然拒吃她硬塞給他的半公克梭麻覆盆子聖代。「我比較想照自己意思來。」他說。「寧願照自己意思而討人厭。也不要照別人意思，就算那有多快樂也一樣。」

「即時來一克省九克。」列寧娜複誦了睡眠教導的智慧金句。

伯納德不耐煩地推開她遞過來的玻璃杯。

「好了別發火。」她說。「記得，一立方公分治療十份憂鬱傷感。」

「喔，你他福特的閉嘴！」他大吼。

列寧娜聳了聳肩。「一克總比一罵好。」她不失端莊地做出結論，自己把聖代喝了。

在橫跨英吉利海峽的回程途中，伯納德堅持要停下飛機螺旋槳，改用直升機旋翼在海浪上一百呎[17]處盤旋。天氣正在轉壞；一股西南風突然吹起，天空也陰暗下來。

「看。」他下令。

「但那好恐怖，」列寧娜邊說邊從窗邊縮回來。夜晚疾馳的空虛、底下起伏的黑色泡沫斑點、疾走雲朵間憔悴憂心的蒼白月色，都令她驚駭莫名。「打開收音機吧，快點！」她伸手扣住儀表板上的撥號旋鈕，並隨意轉動。

「在你裡頭天一片藍。」十六個顫音假聲唱著：「天氣總是……」

17. 一三十．四八公尺。

這時突然來了一個打嗝聲，然後靜了下來。伯納德切掉了電源。

「我要靜靜看海。」他說。「放那種難聽音樂，根本連看都沒辦法看。」

「但那好聽啊。而且我又不想看。」

「但我要看啊。」他堅持地說。「海會讓我覺得好像……」他猶豫了一下，尋找著能表達情緒的字眼。「就好像我變得更像是**我**，如果妳懂我在說什麼。更像是本來的我，不會那麼完全地就是別的什麼的一部分。不會只是社會體裡的一個細胞而已。列寧娜，海不會讓妳有這種感覺嗎？」

但是列寧娜在哭。「那好恐怖，那好恐怖啊。」她重複著這句。「而且你怎麼可以說什麼不想成為社會體的一部分？說到底，人人為人人工作。沒有別人我們就辦不到。連艾普西隆……」

「對啦，我知道。」伯納德嘲諷地說。「『連艾普西隆人也有用』！我也有用。而且我還真希望我沒用！」

他這番褻瀆話語令列寧娜震驚不已。「伯納德！」她以帶著驚愕的憂慮口吻反駁：「你怎麼可以這樣？」

「我怎麼可以這樣？」伯納德以完全不同的口氣，在思考中重複這句話。「不，真正的問題是：我怎麼會連這樣都不可以——但畢竟我很清楚我為什麼不可以——或許我應該要問的是，如果我可以，如果我自由了——不被我受的制約所奴役的話——會變成什麼樣呢？」

「可是伯納德，你現在說的東西是最糟糕的啊。」

「妳不希望自己是自由的嗎，列寧娜？」

「我不懂你的意思。我很自由啊。我能自由擁有最美好的時刻。現在每個人都很幸福。」

他笑了。「對啦，『現在每個人都很幸福』。我們五歲就開始這樣灌輸小孩了。可是列寧娜，妳不會想用別的方式，來自由自在地感受幸福嗎？舉例來說，用妳自己的方式；而非每個人用的方式。」

「我不懂你的意思。」她又重複了這句。接著她轉頭望向他，「哎喲，伯納德，我們回去啦。」她哀求著：「我真的好討厭這裡。」

「妳不喜歡陪我嗎？」

「我當然喜歡啊，伯納德！問題是這地方太恐怖。」

「我以為我們在這裡——這個除了海與月亮什麼都沒有的地方——可以更……更像是在一起。比在那堆人群中，或者比在我房間裡更像是在一起。這妳不了解嗎？」

「我什麼都不了解。」她果決地說，鐵了心要讓她的不理解固若金湯。「我都不懂。尤其最不懂的是——」她口氣一變又繼續說：「當你有這些可怕想法時，為什麼不吃梭麻。你會全都忘掉啊。你就不會覺得悲慘，而會很開心。開開心心。」她重複這個詞，同時，儘管眼中充滿了迷惑的疑慮，她還是擺出了理當性感誘人的誘騙微笑。

他靜靜看著她，面孔毫無反應且極其嚴肅——他專注地看著她。幾秒鐘後，列寧娜的眼神退縮了；她緊張地小聲笑出來，試圖想點什麼東西來說卻想不到。沉默就這樣自行延長下去。

當伯納德最終開口時，聲音又小又倦。「好吧。」他說：「我們回去。」然後他用力踩下油門，讓直升機高高衝進天空。到了四千的時候他開啟螺旋槳。他們無言地飛了一、兩分鐘。接著，突如其來地，伯納德開始笑了。列寧娜心想，有夠奇怪的；

但不管怎樣，那至少是在笑。

「覺得好一點了嗎？」她大膽地問。

為了回答，他把一隻手從控制桿上舉起，然後伸臂攬過她，開始撫弄她的胸部。

「感謝福特。」她對自己說：「他又恢復正常了。」

半小時後他們回到他的房間。伯納德一口吞了四片梭麻，打開收音機和電視並開始脫衣服。

「那個——」第二天下午他們在屋頂相遇時，列寧娜帶著意味深長的狡黠向他打探：「你昨天開心嗎？」

伯納德點點頭。他們爬進機身。先是震動一下，然後他們就起飛了。

「每個人都說我膨到不行。」列寧娜拍著腿，若有所思地說。

「相當呢。」但伯納德的眼裡有著痛苦的表情。「就跟肉一樣。」他心想著。

她相當憂慮地抬頭望向他。「但你沒有覺得我太肉，對吧？」

他搖頭。就跟肉一樣。

「你覺得我都挺好的。」他又點了頭。「從哪邊看都好嗎？」

「完美。」他大聲說。暗地裡他心想：「她就那樣看待自己。她不介意當塊肉。」

列寧娜得意地微笑。但她的心滿意足早了一步。

「但不管怎樣——」稍微頓了頓之後他繼續說：「我還是寧願別那樣就結束。」

「別那樣？還能怎樣結束嗎？」

「我並不想以上床結束。」他擺明了說。

列寧娜嚇了一跳。

「不要立刻就上，不要頭一天就這樣。」

「可是那要……？」

他開始講起一大堆無法理解又危險的胡說八道。列寧娜盡了力不聽進去；但三不五時就會有哪個詞非要給她聽進去不可。「……嘗試抑制我個人衝動之後的效果。」她聽見他這麼說。這幾個詞似乎讓她心頭一震。

「今日能取樂，絕不待明日。」她嚴肅地說。

「一天重複兩百次，從十四歲到十六歲半每週兩天。」這是他唯一的評論。他們就這樣沒完沒了地扯下去。「我想要知道什麼是激情。」她聽見他這麼說。「我想要強烈地感受點什麼。」

「個人感受，群體難行。」列寧娜朗讀著。

「那，幹麼不讓它難行一下看看？」

「伯納德！」

但伯納德還是恬不知恥。

「論及知性以及上班時是個大人。」他繼續說：「但到了感受和慾望時就成了嬰孩。」

「我們的福特愛嬰孩。」

他不理她插嘴：「有天我突然想到，或許可以無時無刻都當個大人。」

「我不懂。」列寧娜的口吻堅定。

「我知道妳不懂。那就是為什麼我們昨天一起上了床——就跟嬰孩一樣——而不是當個大人來等待一下。」

「但很好玩呀。」列寧娜堅持己見。「不是嗎？」

「喔，好玩到了極點。」他回答，但聲音如此憂傷，表情極其悲慘，使列寧娜感覺到自己的勝利瞬時煙消雲散。追根究底，恐怕他還是覺得她太肉了。

「我跟妳說過啦。」當列寧娜來示好時，芬妮回的還是這句。「是他代血裡的酒精害的。」

「不管。」列寧娜堅持地說。「我就是喜歡他。他那雙手實在漂亮。還有他挪動肩膀的方式——好吸引人。」她嘆了口氣。「但要是沒那麼怪就好了。」

2.

在主任室門外等了片刻後，伯納德深吸一口氣，正一正肩膀，準備去面對必定會在裡頭碰上的厭惡和否定。他敲了敲門進去。

「這份許可請主任簽名。」他盡可能快活地說出口，並把文件放在寫字桌上。

主任不悅地望著他。但世界控制者辦公室的印已經蓋在文件上端，而且穆斯塔法．蒙德又黑又醒目的簽名，也已經寫在底端。一切都完美就緒。主任根本沒得選。他以鉛筆寫下姓名字首——兩個小小的蒼白字母卑微地在穆斯塔法．蒙德的腳邊屈膝——當他正打算不評論，也不祝一句一路福安[18]就交回文件時，突然注意到許可文件中間寫著某件事。

「前往新墨西哥保留區？」他說，而他的口氣，以及他抬頭望向伯納德的臉，都表現出激動震驚。

因為他的驚訝而驚訝的伯納德點了點頭。瞬間一片沉默。

主任倒回椅背上，皺起眉頭。「那是多久以前了？」他開口，比較像是對自己而不是對伯納德說。「我想是二十年前吧。比較接近二十五年前。我應該跟你差不多年紀時……」他嘆了口

18. 一　此祝詞原文為「Fordspeed」，改自一路順風原文「Godspeed」。

氣，搖了搖頭。

伯納德感覺極度不自在。像主任那麼傳統、那麼謹慎不出錯的人——居然會如此噁心到失態！這讓他想遮住臉跑出房間。這並不是因為他覺得人講起遙遠過往有什麼本質上令人不快之處；那是他（自認為）已經徹底擺脫的各種睡眠學習偏見之一。讓他覺得難為情的是，他知道主任不喜歡這樣——儘管不喜歡，但又背叛了這種觀感而做出禁忌的行為。是什麼樣的內在強迫力能使他這樣？伯納德忍住不快，熱切地聽了下去。

「我以前的念頭就跟你一樣。」主任說了起來。「想要看一看野人。拿到了前往新墨西哥的許可，然後用暑休去了那邊。跟當時我用的女孩一起去。她是負貝塔，好像吧——」（他閉上了眼）「她頭髮好像是黃色的。不管怎樣，她很膨，特別膨；這我就記得。總之，我們去了那，我們看了野人，然後我們騎馬亂晃之類的。接著呢——那幾乎是離開前的最後一天了——接著呢……怎麼說呢，她不見了。我們騎上那一排煩人山岳中的其中一座，當時熱到快窒息，而在午餐後，我們就睡了。應該說至少我睡了。她應該是獨自去散步了。不管怎樣，等到我起來時，她就不在了。而我遇過最恐怖的一場雷陣雨就在我們後頭炸開。雷陣雨猛下、一直吼、閃個不停；馬匹脫韁跑了；我摔在地上，想要抓住牠們，弄傷了膝蓋，所以我根本沒辦法走路。然而，我還是邊吼邊找，找了又找。但都沒看到她。接著我想說她可能自己回旅舍了。所以我順著來時路爬下山谷。我的膝蓋痛到不行，而且**梭麻**都掉了。我花了好幾個鐘頭。過了午夜我才回到旅舍。她不在那；她不在那。」主任重複著這句。又是一陣沉默。「總之呢——」他總算再說下去：「第二天進行了搜索。但我們找不到她。她可能掉到哪邊的溪谷；或者被山獅吃了。福特才曉得。不管怎樣，實在是糟透了。當時那讓我非常煩悶。我敢說，比我理當要煩悶的程度還要更煩。因為，畢竟那是誰都可能遇上的意外；而且，想當然地，儘管組成的細胞可能會代謝，社會體還是會留存下來。」但這句睡眠裡教導的安慰話語似乎沒什麼效果。他搖搖頭說：「其實我有時候還會夢到這件事。」主任以低沉的聲音繼續說下去：「夢到被那雷聲叫醒然後發現她不見了；夢到我在樹林底下找了又找。」他陷入回憶往事的沉默中。

「你想必受到了強烈衝擊。」伯納德幾乎有點嫉妒地說。

主任一聽到他的聲音，才帶著罪惡感驚醒過來；他望了下伯納德，然後避開眼神，憤怒地臉紅；他以突然的疑心再度看著他，並出於自尊而憤怒地駁斥：「你可不要亂想。」他說：「想說我和那女孩有什麼不得體的關係。我們之間沒有情感，沒有什麼長期持續的關係。那都是健康正常的關係。」他把文件遞給伯納德。「我真不知道自己幹麼講這段芝麻綠豆小事讓你覺得無聊。」氣自己居然洩漏了如此丟臉祕密的他，把氣都出在伯納德身上。他的眼神如今明確帶著惡意。「另外呢，馬克思先生，我想利用這個機會——」他繼續說：「說一下我對於我所收到有關你在工作時間外行為的報告不是非常開心。你可能會說那與我無關，但其實有關。我必須顧慮本中心的好名聲。我的職員必須不受懷疑，尤其是那些最高等的。阿爾法因為制約得太好，他們的情感行為不需要像幼兒一樣。但他們也就更有理由要去努力順從。就算違反他們的傾向，他們的情感行為也有責任得要像嬰孩一樣。因此呢，馬克思先生，我給予你適度警告。」主任因憤慨而顫抖的聲音，現在變得全然正當而不講人情——也就是社會本身那副不同意的表情。「如果我又聽說你偏離了嬰孩合宜舉止的妥當標準，我會要求你調任到次級中心——最好是冰島。那就早安了。」接著他一旋椅子，拿起筆開始寫字。

「他應該學到教訓了。」他對自己說。但他錯了。因為伯納德可是大搖大擺、喜形於色地甩上門離開房間，滿腦子都想著他剛剛一個人屹立不搖地對抗著事物秩序；因為強烈意識到自己的顯要性而歡欣鼓舞。連遭到打壓的感受都沒能使他沮喪，那並不令人喪氣，反而使他精神一振。他覺得自己已經強大到能面對並克服痛苦，強大到連冰島都可以面對。而這種自信更強大的立基點，在於他打從心底不相信有人真的會要求他面對什麼。哪有人會因為這種事情而被調職。冰島只是用來威脅他而已。是一種最刺激提神的威脅。行經走廊時，他甚至一路吹起口哨。

那晚他把自己造訪孵化制約中心主任一事描述得極其英勇。

「那之後——」他的描述以此作結：「我就叫他自己去往事深淵底下待著吧，然後大步走出房間。就這樣。」他滿心期待地望著何姆霍茲．華森，等著他理當要給他的同情、鼓勵、仰慕等讚賞。但他一個字也沒給。何姆霍茲靜靜坐著，盯著地板。

他喜歡伯納德；作為他認識的人中唯一能與他討論重要主題的人，他也相當感激他。儘管如此，有些地方他還是很討厭伯納德。比方說，這種吹牛。還有那種吹牛所轉化形成的一股腦自卑自憐。還有他那種事發後才大膽無畏、不在場時整個人才異常處變不驚的可悲習慣。他討厭這些地方——就因為他喜歡伯納德這個人。時間一秒秒流逝。何姆霍茲繼續盯著地版。突然間伯納德整個臉紅，把頭別了過去。

3.

旅程相當平淡無奇。藍太平洋火箭提早兩分半抵達紐奧良，在德克薩斯上空被龍捲風拖遲了四分鐘，但在西經九十五度處進入了順風氣流，而能在比預定時間晚不到四十秒時降落於聖塔菲。

「六個半小時航程慢四十秒。還不壞。」列寧娜勉強承認。

那晚他們睡在聖塔菲。旅館非常棒——遠比去年夏天令列寧娜苦不堪言的那間恐怖的極光冷風皇宮要好上太多。清澈的空氣、電視、振動真空按摩、收音機、煮沸的咖啡因溶液、加溫的避孕用具，每間臥房還提供八種不同的香味。他們一進入大廳，合成音樂設備就已在運作，讓他們已無奢求。電梯裡的通知欄公告，旅館有六十組自動梯壁球球場，公園裡同時會有障礙高爾夫和電磁高爾夫。

「但這聽起來實在太可愛了。」列寧娜喊著。「我簡直有點希望留在這裡就好。六十個自動梯壁球球場呀……」

「保留區裡一個都不會有。」伯納德警告她。「也沒有香味，沒有電視，甚至沒有熱水。如果妳覺得會受不了，就留在這等我回來。」

列寧娜覺得頗受冒犯。「我當然忍得住。我會說這裡可愛只是因為……那個，因為進步就很可愛，不是嗎？」

「從十三到十七歲每週一天重複五百回。」伯那德憂慮地說，彷彿自言自語。

「你說啥？」

「我說進步很可愛。所以說，妳如果不真的想來保留區就不該來。」

「但我真的想。」

「那就這樣囉。」伯納德說；而這語氣幾乎跟威脅沒兩樣。

他們的許可還需要保留區管理人的簽名，第二天早上他們便如期於辦公室現身。一名正艾普西隆黑人服務員收下了伯納德的名片，幾乎同一時間他們便獲准進入。

管理人是一名金髮短頭顱的負阿爾法人，矮小、紅潤、圓臉、寬肩、大嗓門，非常習慣講出睡眠學習法的名句。他滿肚子都是不相關的消息和不問自答的好主意。一旦開口，他就停不下來——而且嗓門宏亮。

「……五十六萬平方公里，分成四個隔離的次保留區，每個都有高壓電籬圍起來。」

這時候，沒出於什麼明確理由，伯納德突然想起他浴室的古龍水沒關，一直放著水龍頭在流。

「……由大峽谷水力發電廠提供電流。」

「等我回去都不知道多少錢了。」伯納德的腦海中浮現了香氣表上的指針爬了一圈又一圈，像螞蟻那樣，孜孜不倦。「趕快打電話給何姆霍茲．華森。」

「……至少五千公里的圍籬，強達六萬伏特。」

「不會吧。」列寧娜禮貌地說，儘管她完全不知道管理人在說什麼，但他做出戲劇性的停頓時，她就會適時插入這句。剛才管理人放聲開講時，她就已經悄悄地吞了半公克梭麻，結果就是她現在可以坐在那安寧地充耳未聞，什麼也沒在想，但會用她那對藍色大眼睛緊盯著管理人的臉，做出全神貫注的表情。

「一碰圍籬就會立刻死亡。」管理人莊嚴地宣稱。「誰都逃不出野人保留區。」

「逃」這個字很讓人多想。「或許呢——」伯納德半起身說：「我們該看看要不要走了。」黑色的小指針正快速地小跑步，像隻昆蟲一樣，小口啃穿時間，吃進他的錢裡。

「誰都逃不出去。」管理人又重複了這句，揮手示意他坐回去；因為許可還沒會簽，伯納德也別無選擇，只能服從。「那些生在保留區裡的人——對了要記得啊，親愛的年輕女士。」他淫猥地望著列寧娜，用不得體的悄聲對她說：「記得啊，在保留區，小孩還是**用生的**，沒錯，儘管那麼噁心，但真的就是生出來……」（他希望這樣提及下流題材可以讓列寧娜臉紅；但她只是帶著偽裝聰明的笑容，並說：「不會吧！」於是失望的管理人再度開口）「我再重複一次，那些在保留區出生的人注定要死在裡頭。」

注定要死……每分鐘一公合的古龍水。一小時六公升。「也許——」伯納德又試了一次：「我們應該……」

主任向前一靠，用食指敲著桌子。「你問我有多少人住在保留區。我的回答是——」他很得意地說：「我的回答是我們不知道。我們只能用猜的。」

「不會吧。」

「我親愛的年輕女士呀，真的就會喔。」

六乘以二十四——不，六乘以三十六比較接近。伯納德臉色蒼白，因為不耐煩而顫抖。但大嗓門還是不為所動地持續下去。

「……大約六萬名印第安人和混血兒……完全是野人……我們的巡官偶爾會造訪……此外，和文明世界沒有任何聯絡……仍保留他們糟糕的習慣和風俗……婚姻，我親愛的年輕女士呀，或許妳知道那是什麼；家族……沒受制約……醜惡的迷信……基督信仰、圖騰崇拜以及祖先崇拜……絕種的語言，好比說祖尼語[19]和西班牙語和阿薩巴斯卡語……山獅、豪豬和其他兇猛動物……傳染性疾病……祭司……有毒的蜥蜴……」

19. 祖尼人（Zuni）為一支居住於祖尼河附近的美洲原住民普韋布洛人（Pueblo）部落，其語言被稱為祖尼語。

「不會吧？」

他們總算擺脫了。伯納德衝向電話。快點、快點；但他花了將近三分鐘才聯絡到何姆霍茲．華森。「我們搞不好已經在野人堆裡了。」他抱怨道。「該死的廢物！」

「來一克吧。」列寧娜建議他。

他拒絕了，比較想保持憤怒。總算，感謝福特，電話接通了，而且接電話的就是何姆霍茲；他跟何姆霍茲解釋發生了什麼事，他也答應馬上去巡一趟，馬上就去，然後關掉了水龍頭，太好了，馬上就關，但他也用這機會告訴他，孵化制約中心主任昨天晚上公開說了……

「什麼？他要找人頂我的位子？」伯納德的聲音痛苦不已。「所以真的已經決定了嗎？他有提到冰島嗎？你說他有？福特啊！冰島……」他掛上話筒，轉身面對列寧娜。他的臉色蒼白，表情沮喪到極點。

「出了什麼事？」她問。

「什麼事？」他重重倒進一張椅子裡。「我要被送去冰島了。」

過去他常常會想像，遭受某些強烈的考驗、某些痛苦、某些壓迫（而且沒有梭麻，只能仰賴自己的內在素質去面對）會是什麼感覺；他甚至渴望獲得折磨。僅僅一週前，在主任的辦公室裡，他還想像過自己一句話也不說就勇敢地抵抗、堅忍地接受苦難。主任的威脅其實令他興高采烈，讓他自命不凡。但他現在才知道，那是因為他並沒有把那些威脅當真；他並不相信當時機來到時，孵化制約中心主任會有什麼作為。現在威脅似乎是真的要成真了，而伯納德則是震驚不已。至於他想像中自己會有的處之泰然，那種假定中的勇氣，早就全都煙消雲散了。

他氣他自己——真是傻——也氣主任——不給他第二次機會，那個他總是願意接受、如今更是無疑必定會接受的第二次機會，實在是太不公平了。而冰島，冰島……

列寧娜搖了搖頭。「過去將來令我難受。」她引用著句子：「吃了一克就只剩現在。」

最後她說服他吞下四片**梭麻**。五分鐘後因與果都被拋棄了；只剩當下的花朵美妙綻放。服務生送來的信息宣布，依管理人之令，一位保留區守衛駕機來訪，並在旅館門口等候。他們立刻上去。一名穿著伽瑪綠色制服的八分之一血統黑人向他們致意，並接著背誦出晨間行程。

先鳥瞰十個或者十二個最主要的印第安村落，然後在惡地谷降落並午餐。那裡的旅舍很舒服，而上頭的印第安村裡，野人應該正在舉行夏季慶典。在該旅舍過夜是最佳選擇。

他們在機上就坐並起飛。十分鐘後，他們就越過了分隔文明和野蠻的那條邊界。通電圍籬沿坡上下，穿越鹽漠與沙漠，穿過森林，進入峽谷藍紫色的低處，越過峭壁、尖峰和平頂山，以不可抵擋的直線不停前進，成為人類勝利意志的幾何象徵。圍籬底端東一點西一點地鑲嵌著白骨，尚未腐爛的深色屍骸在黃褐色的地面上，標記出那些動物——鹿或牛、美洲獅、豪豬或郊狼，或者被一陣腐屍味吸引過來，而彷彿因貪婪遭報應的紅頭美洲鷲——是在哪些點上太靠近奪命電網了。

「牠們永遠學不乖。」綠制服駕駛指著下頭地上的骨骸說。「以後也不會學乖。」他補上了這句並大笑，笑得彷彿他從那些電死的動物身上獲得了什麼個人勝利似的。

伯納德也笑了；吃過兩克**梭麻**之後，這個笑話不知怎麼地還滿好笑的。他笑了之後，幾乎在同一時間就倒頭睡去，而一路睡過了陶斯和特蘇基；過了那姆貝、皮庫力斯和波瓦基，過了系亞和科奇蒂，過了拉古那和阿克馬和著魔方山，過了祖尼和西波拉和奧霍卡黎恩特，然後總算醒來，發現直升機已落地，列寧娜正把行李箱搬到一間小方屋，而那伽瑪綠制服的八分之一黑人則是和一名年輕印第安人講著難以理解的話。

「惡地。」當伯納德踏出機身時，駕駛向他解釋。「這裡是旅舍。今天下午在印第安村有舞蹈。他會帶你們去。」他指了指那個繃著臉的年輕野人。「我猜應該會很好笑吧。」他露齒而笑。「他們做什麼都很好笑。」他便帶著這表情攀進直升機並啟動引擎。「明天回來，還有要記得——」他用再三保證的語氣跟列寧娜補上一句：「他們絕對是溫馴到極點；野人絕對不會傷到妳的。毒氣炸彈應該已經讓他們受夠教訓，知道不要亂玩把戲。」他一邊笑個不停，一邊將直升機掛上檔，加速後飛走了。

睡眠學習法：
史上最偉大的道德化與
社會化力量！
艾普西隆更糟糕
伽瑪很笨
我能當個貝塔真的實在是太好了
因為我不必那麼努力

阿爾法小孩穿灰色
因為他們
聰明得嚇
人
能當個貝塔真的實在是太好了
他們比我們努力太多
喔不，我不想和代爾塔小孩玩
他們都穿綠色
我能當個貝塔真的實在是太好
我能當個貝塔真的實在是太好了
喔不，我不
想和代爾塔
小孩玩
伽瑪很笨
我能當個貝塔真的實在是太好了
代爾塔小孩穿卡其色
因為我不必那麼努力
我能當個貝塔真的實在是太好了
代爾塔小孩穿卡其
我能當個貝塔真的實在是太好了
而我們又比伽瑪和代爾塔好太多了
艾普西隆更糟糕
我能當個貝塔真的實在是太好了
喔不，我不想和代爾塔小孩玩

第七章

平頂山就像是一艘船停在獅子皮色的海峽裡。水道在陡峭的兩岸間曲折前進，而一道綠色穿越了谷地，從一面絕壁斜到了另一面上——那就是河流和谷地平原。在海峽中間那艘石頭船的船首處，立著一塊看起來像船身一部分的、被雕塑成幾何形狀的裸岩露頭，那就是惡地村。那些一塊一塊往上堆、每一層都比下面小一點的高房子，就像是被去了尖頭的台階狀金字塔那樣，朝蔚藍的天空立起。那些金字塔的底端散落著一堆矮房子，還有縱橫交錯的圍牆；村子的四面有三側都是絕壁，底端就那樣直直切進平原。幾道煙垂直飄進無風的空氣中，然後就消散了。

「古怪。」列寧娜說。「非常古怪。」她譴責什麼的時候常用這個詞。「我不喜歡。我也不喜歡那個人。」她指著那個被派來帶他們爬上村的印第安嚮導。她的敵意明顯獲得回饋；在他們前頭領路的那人，背影看起來就有著敵意，繃著臉展現輕蔑。

「而且他很臭。」她壓低聲音。

伯納德沒打算否認。他們繼續往前走。

突然，整個空氣都像是活了過來而在脈動，因為不知疲倦的血液奔流而脈動著。在那上頭，在惡地村裡，鼓已經敲響。他們的雙腳對上那神祕心跳的節拍；他們加快步伐。他們腳下的路通往絕壁的底端。平頂山的一側船身聳立在他們面前，船舷邊離他們有三百呎[20]高。

20. 一九十一·四四公尺。

「要是有帶直升機來就好了。」列寧娜忿恨地抬頭望著迎面直挺的岩壁説。「我討厭走路。而且在山坡底的地面上，人感覺好渺小。」

他們在平頂山的陰影中找著路一直走，繞過一個隆起物，而在一條被水沖蝕的溝壑裡，出現了爬上船身的艙梯。他們爬上去。這是條十分陡峭的小徑，沿著溝壑邊以之字形迂迴往上。有時候鼓擊的脈動聲幾乎聽不見了，但到了其他時候，鼓聲又彷彿就在下個轉角處。

當他們走到半山腰時，一隻老鷹飛過，近到振翅的風都涼涼地撲在他們臉上。在一道岩石裂隙中堆著一堆骨骸。整個氣氛古怪得令人難受，而那印第安人的味道也變得越來越臭。最後，他們終於從溝壑裡鑽了出來，走到整片陽光下。這條平頂山船的頂端是石造的平坦甲板。

「就跟查令T字塔一樣。」這便是列寧娜的評論。但她沒空享受剛發現的這種令人安心的比擬。一陣輕柔的腳步聲使他們紛紛轉頭。兩個印第安人，從喉嚨到肚臍都一絲不掛，身體塗著一道道白線（「就像瀝青足球場一樣。」後來列寧娜這麼說），臉孔因為亂抹著深紅、黑色和赭黃而不成人形，就這麼沿著小徑跑了過來。他們的黑髮用狐狸毛和紅色的法蘭絨編成辮子。火雞羽毛的斗篷在他們的肩膀上飄動；巨大的羽毛王冠俗艷地在他們頭頂綻開。他們每走一步，他們的銀手鐲、沉重的骨頭跟綠松石串珠項鍊就傳來一聲叮噹聲和唰啦聲。他們一言不發地前來，穿著軟鹿皮鞋無聲地疾走。其中一個人拿著一隻羽毛刷，至於另一個人兩手拿著的，從這頭遠遠地看，好像是兩三段粗繩子。其中一條繩子不安分地扭動，突然列寧娜看出那些都是蛇。

那兩人越靠越近，他們深色的眼睛看著她，但完全不像是有察覺到她，沒有一丁點跡象看得出這兩人有看到她或意識到她的存在。扭動的那條蛇又和其他幾條一起垂了下去。兩人經過一行人身邊。

「我不喜歡。」列寧娜說。「我不喜歡。」

不過，等到他們的嚮導進村裡聽候指示，將他們倆留在村入口時，在那裡等著她發現的東西，她就更不喜歡了。首先是爛泥，然後是成堆的垃圾、沙塵、狗群、蒼蠅。她的臉因作嘔而扭曲成一團。她拿手帕摀住鼻子。

「他們怎麼有辦法這樣過活？」她憤慨而難以置信地喊了出來（這根本不可能）。

伯納德泰然自若地聳聳肩。「不管怎樣——」他說：「過去五、六千年他們都這樣活的。所以我猜他們現在應該已經習慣了。」

「但潔淨才與福主接近。」她堅持道。

「是的，而文明就在於消毒。」伯納德用諷刺的口吻接話，以基礎衛生睡眠學習第二講來幫她作結。「但那些人從來沒聽過吾主福特，而他們尚未開化。所以就不可能……」

「噢！」她緊抓住他的手臂。「你看。」

鄰屋二樓高的露天平台上，一名幾近全裸的印第安人正極其緩慢地爬下梯子——用老年人微微顫抖而小心謹慎的方式一格一格地爬。他的臉孔滿是皺紋且極其黝黑，就像一張黑曜岩面具。沒了牙的嘴巴整個凹陷。在他的嘴角，還有兩邊下巴上，有一些粗短的鬍子在發亮，在黑皮膚上幾乎成了白色。沒有綁成辮子的灰色長髮圍著他的臉小撮小撮地垂下來。他佝僂的身體瘦到皮包骨，幾乎沒有肉。他慢慢地爬下來，每冒險往下一步之前，都先在每一格裡頭停住。

「他是怎麼回事?」列寧娜悄聲問。恐懼震驚的她瞪圓了眼。

「他就只是老了而已。」伯納德盡可能心不在焉地回答。他自己也嚇壞了;但他拚了命裝作不為所動。

「老了?」她重複這個詞。「但主任也老了啊,很多人都老了;他們都沒這樣。」

「那是因為我們不准他們那樣。我們讓他們免於疾病。我們以人工讓他們的內分泌維持在年輕的平衡穩定狀態。我們不允許他們的鎂鈣比例掉到比三十歲還差的水準。我們給他們輸年輕人的血。我們一直促進他們的新陳代謝。所以呢,他們當然不會看起來像這樣。」他補充:「有部分是因為他們老早就先死了,離這老東西的這把年紀還遠得很。年輕人到六十歲之前幾乎都完好無缺,然後呢,啪!就結束了。」

但列寧娜沒在聽。她正看著那老人。他慢慢地、慢慢地爬了下來。他的腳碰到了地面。他轉了過來。他深深凹陷眼眶裡的那一對眼睛還是不尋常地明亮。那對眼睛無神地看了她好一陣子，一點訝異也無，就好像她根本不在那似的。接著，老人彎著背，一瘸一拐地緩慢走過他們身邊，消失了。

「但那好恐怖。」列寧娜悄聲說。「太可怕了。早知道不該來的。」她伸手往口袋裡找起**梭麻**，卻發現出於某種前所未見的疏忽，她居然把瓶子忘在旅舍了。伯納德的口袋也是空的。

列寧娜被迫孤立無援地面對惡地村的種種駭人景象。這些景象成群迅速地靠過來，緊緊圍住她。兩名年輕女子給嬰兒哺乳的奇景令她羞紅並別過了臉。她這輩子從沒看過這麼猥褻的事。更糟的是，伯納德居然沒有得體地忽視所見，反而繼續公然評論這噁心的胎生場面。此時**梭麻**效果已退，對自己早上在旅館那副軟弱模樣感到羞恥的伯納德，此時便努力展現自己的強悍與離經叛道。

「真是親密到完美的關係呀。」他刻意語不驚人死不休地說。「而那會產生多麼強烈的感受！我常覺得一個人沒有母親可能會錯過什麼，而列寧娜妳呢，也可能因為不成為母親而錯過什麼。想像一下妳自己就坐在那跟妳自己的小嬰兒……」

「伯納德！你居然講這種話？」一名帶著眼炎和皮膚病的老女人從她身旁經過，讓她一時忘了憤慨。

「我們走吧。」她哀求道：「我不喜歡這樣。」

但這時候他們的嚮導回來了，並示意他們跟著他，沿著房屋間的狹窄巷弄一路走。他們轉了個彎。一隻死狗倒在一堆垃圾上；一名甲狀腺腫大的女人正在抓一個小女孩的頭虱。他們的嚮導停在一把梯子底下，直直舉起手，然後水平向前用力一指。他們便按他無聲的命令行事——爬上梯子並穿過出入口，而出入口則通往一間狹長的房間，裡頭不僅陰暗，且都是濃煙、烤油脂、穿了很久也很久沒洗的衣服的味道。在房間的最底端是另一個出入口，穿過之後出現了一道日光，以及逐漸逼近的響亮鼓聲。

他們跨過門檻，發現自己身處寬闊的露天平台上。在他們下頭，是被高聳房屋圍起來，擠滿印第安人的村子廣場。他們披著鮮豔亮麗的毯子，黑髮間裝著羽毛，身上的綠松石閃閃發光，黝黑的皮膚在熱氣中發亮。列寧娜又拿手帕摀住鼻子。在廣場中間的空地上有兩個用岩石和夯土造的圓形平台——很明顯是地下室的屋頂；因為每個平台的中間都是一個地窖口，有梯子從底下的漆黑中伸出來。地底下傳來吹笛聲，幾乎要消失在穩定不懈的持續鼓聲中。

列寧娜喜歡鼓聲。她閉上眼投身於輕柔持續的雷鳴，讓那聲音越來越徹底地入侵她的意識，直到最後世上除了那一股低沉的聲音脈動外什麼都不剩。那令她放心地想起團結儀式和福特日慶典上的合成聲響。「群交雜交」，她小聲對自己說。鼓聲打著的正好也是同個節奏。

突然間歌聲驚人地響起——數百個男聲一起用刺耳如金屬般的齊唱猛喊。幾個長音符後，換成鼓聲無言的雷鳴；接著，女人用尖叫、用最高亢的馬嘶聲回應。接著又是鼓；然後又是男人低沉野性地歌頌男子氣概。

十分古怪——的確。這地方很古怪，音樂也是，衣服和甲狀腺腫大和皮膚病跟老年人都是。但表演本身——看起卻沒有哪裡特別古怪。

「這讓我想起低等的群體歌唱會。」她對伯納德說。

但沒過多久，這表演讓她想起的，就不是那麼無害的事了。

因為突然間，那些圓型地下小屋底下湧出了整群驚人的怪物。他們戴著或塗著極其醜惡不像人的面具和圖樣，在廣場上踩踏一種奇怪的瘸行舞步；他們繞著一圈又一圈，邊走邊唱，一圈又一圈——每一次都加快一些；然後鼓聲也起了變化，加快節拍，彷彿就變成耳中發著熱的脈動；同時群眾開始和舞者合唱，越來越大聲；接著第一個女人尖叫起來，然後一個接一個，就好像她們正在被誰殺害一樣；突然間舞者的領頭脫離隊伍，跑向立在廣場邊的一個木造大箱子，打開蓋子並拉出一對黑蛇。群眾中傳出巨大的尖叫，而所有的舞者都伸出手跑向他。他把蛇扔給第一批前來的人，然後手又伸回箱子再多抓幾條。越來越多的黑蛇、棕蛇、雜色蛇——他都扔了出去。接著舞蹈又在不一樣的節拍中開始了。他們帶著蛇一圈一圈地舞著，用一種讓膝蓋和臀部波浪起伏的動作彎彎曲曲地繞圈。一圈又一圈。接著領頭人發了個信號，人們就一個接一個地把蛇扔到廣場中央；一名老人從地底下走上來，朝著他們灑玉米粉，然後另一個地窖口出來了一名女人，用一個黑瓶子裡的水澆牠們。接著老人舉起了手，然後，現場就進入一片驚人的、駭人的全然無聲。鼓聲也停止敲打。生命似乎來到了盡頭。老人向前指著那兩個通往地下世界的地窖口。接著，就像是被看不見的手從底下舉起來一樣，一個地窖口浮出了一幅老鷹的圖繪，另一個則浮出了人像畫，全裸，而且釘在十字架上。兩張圖就懸在那裡，看起來就像是自力浮於空中一樣。老人拍了拍手。一名約十八歲、全身只掛了一條白棉腰布的男孩，從群眾中走出來站在他面前，手在胸前畫了個十字，頭低了下來。老人在他頭頂上畫了個十字記號，然後轉身。男孩這時開始慢慢繞著扭動的蛇堆走圈子。當他走完了第一圈，在第二圈途中時，舞者中有一個帶著郊狼面具、手上舉著編綑皮鞭的高大男人朝他走近。男孩就好像沒察覺到別人存在一樣地繼續走。郊狼人舉起皮鞭；人們期待了好一陣子，接著一個快速的動作，鞭打的尖嘯聲和啪的一聲巨響揮到了肉體上。男孩的身體顫抖；但他沒出聲，還是一樣慢而穩定地繼續走。郊狼又揮了一記、又一記；每打一下，群眾先倒抽一口氣，然後傳出低沉的呻吟。男孩繼續往前走。兩圈、三圈、他走到了第四圈。血流個不停。五圈過去、六圈過去。突然列寧娜雙手摀住臉，開始啜泣。「噢，叫他們住手、叫他們住手！」她哀求著。但皮鞭還是不為所動地直起直落。第七圈了。接著男孩突然搖搖晃晃，然後，依舊沒有一點聲音地面朝前倒下。老人彎身向他，用一根白色長羽毛觸碰他的背部，舉起來一下，讓人們看見上頭的深紅，然後朝蛇甩了三下。幾滴血滴了下來，突然鼓聲再度打破沉默，敲起匆忙慌張的音符；傳出了巨大的喊聲。舞者們衝向前，抓起蛇身並跑出廣場。

男人、女人、小孩，所有人都追在他們後頭。一分鐘後廣場就淨空了，只剩下男孩還在，在原地面朝下，靜靜地動也不動。三個老女人從其中一間房子出來，辛苦地抬他進屋裡。老鷹和十字架上的男人多守衛了空蕩蕩的村子一陣；接著，就好像它們看夠了一樣，又慢慢地沉進地窖口，消失在視線中，進入了地府。

列寧娜還在哭。「太可怕了。」她一直重複這句話，而伯納德的安慰全都沒用。「太可怕了！那些血啊！」她戰慄著。「噢，要是有帶**梭麻**就好了。」

裡面的房間傳來腳步聲。

列寧娜沒動，只是坐著摀著臉，什麼也不看，心也不在此處。只有伯納德轉頭。

此時走進露天平台的年輕人身穿印第安服裝，但他綁成辮子的頭髮是麥桿色的，眼珠淡藍，而他的皮膚則是曬成了古銅色的白皮膚。

「你們好。晨安。」這陌生人用無誤但奇妙的英語說。「你們文明開化了，是不？你們來自他處，保留區外？」

「誰在那邊……？」伯納德驚訝地開口。

年輕人嘆了口氣並搖頭。「一位最不幸的紳士。」[21]接著，他指著廣場中間的血跡：「你看到那該死的血跡嗎？」[22]他以一種因情感而顫抖的聲音問。

「一克總比一罵好。」列寧娜憂鬱的聲音透過摀著臉的手傳出。

「要是有吃**梭麻**就好了！」

21. 以下戲劇引言皆出自莎士比亞作品。本句引自《維洛那二紳士》第五幕第四場。

22. 《馬克白》第五幕第一場。

「該是我在那兒的。」年輕人繼續說。「他們為何不讓我獻祭？我可以繞十圈——十二圈、十五圈都行。帕洛乎提瓦最多只繞了七圈。他們本可從我這得到兩倍的血。無垠的海水染成一片殷紅[23]。」他用浮誇的手勢甩開雙臂；接著，又絕望地讓雙臂落下。「然而他們不允許我。他們因我的膚色而討厭我。始終都如此。始終如此。」年輕人的眼中泛著淚；他因此害羞而轉過了頭。

列寧娜驚訝到忘了自己沒梭麻。她鬆開手露出臉，此時才第一次看著這陌生人。「你是說你想要被皮鞭打？」

年輕人眼神尚未與她相對，只做了個肯定的手勢。「為了村落——讓雨來到，讓玉米長大。也要讓普康[24]和耶穌喜悅。其次則要展現我能忍受痛苦不喊叫。是的。」此時他的聲音突然變得空前宏亮，他轉身時自豪地挺正肩膀，高傲挑釁地提起下巴：

「展現我是個男人……噢！」這時他倒抽了一口氣，說不出話，張大了嘴。他這輩子第一次看到，有女孩的臉頰不是巧克力或狗皮的顏色，頭髮是紅褐色且整串捲曲，而且表情（新奇到令人驚豔呀！）在興味中帶著慈愛。列寧娜正對著他微笑；她心想，真是個好看的男孩子啊，還有那身體實在是漂亮。血液湧上年輕人的臉頰；他往下別開眼神，然後再抬起來稍微看看，卻看到她還是在對自己笑，而那切切實實地讓他承受不住，使得他不得不避開眼神，假裝自己在死盯著廣場另一邊的什麼東西。

伯納德的問題轉移了年輕人的注意力。誰？怎麼來的？什麼

23.《馬克白》第二幕第二場。

24.疑為北美新墨西哥州原住民信仰中的戰神Puukon Hoya，其形象為老鷹。

時候？從哪來的？年輕人雙眼盯著伯納德的臉（他實在太熱切地想看列寧娜的微笑，以致他就是不敢望向她），試圖解釋自己的來路。琳達和他——琳達是他母親（這個詞讓列寧娜看起來頗不自在）——是保留區裡的異類。琳達是很久以前在他還沒出生時從**他處**來到這裡的，跟著一個是他父親的人前來（伯納德側起耳朵仔細聽）。她一個人在北邊那頭的山裡面走，從一個陡峭的地方摔下來撞傷了頭（「繼續啊，繼續。」伯納德興奮地說）。有幾個從惡地來的獵人找到了她，把她帶到村裡。至於那個是他父親的人，琳達就再也沒見過了。他的名字叫湯馬金（沒錯，「湯馬士」就是孵化制約中心主任的名字）。他應該是飛走了，回到了**他處**，沒帶著她就離開了——是個差勁、殘酷、惡毒的人。

「所以我就這樣在惡地出生。」他總結道。「在惡地。」然後他搖了搖頭。

在村子外圍那間小屋子裡的骯髒之中出生！一段都是塵土和垃圾的地帶隔開屋子和村子。兩條餓慘了的狗正可憎地嗅聞門前的垃圾。當他們進門時，微暗的屋內發著惡臭，並響著蒼蠅飛舞聲。

「琳達！」年輕人叫著。

裡室傳出十分沙啞的女人聲音說：「來啦。」

他們等著。地板上的幾個碗裡裝著剩飯，或許是好幾頓的剩飯。

門打開了。一名極其肥胖的金髮番婆[25]跨過門檻，立在那看

25. 番婆（squaw）是早期歐洲移民針對北美原住民女性的歧視用語。

著這幾個陌生人，她難以置信地盯著，張開了嘴。列寧娜反胃地注意到她有兩顆門牙不見了。至於還在的那幾顆……她顫抖起來。那比剛剛那老人更糟。實在有夠肥。而且臉上的那些紋路，那些軟趴趴的五官，那些皺紋。還有那凹陷的臉頰，還長著紫色的疙瘩。還有鼻子上的那些血管，還有那一雙都是血絲的眼睛。還有那脖子——那脖子呀；還有她披在頭上的毯子——又破又髒。還有在那棕色布袋狀束腰外衣底下的大胸脯，那臃腫的肚子，那臀部。噢，比那老人糟上太多，糟太多了！突然間，那東西吐出了一整串話，猛然伸出雙臂還——福特啊！福特！實在太噁心了，再待一分鐘她就要吐了——把她按在那腫腫兩團上，按在她乳房上，然後還開始親她。福特啊！她掉口水地親著，而且聞起來太可怕，顯然是從來沒洗過澡，散發的就是那種被她加進代爾塔和艾普西隆瓶子的髒東西會發出的濃烈氣味（不不，伯納德那件事不是真的），肯定是酒精的臭味。她盡了全速脫身。

一張嚎啕大哭的扭曲面孔正對著她；這東西正在哭。

「噢，親愛的，我親愛的。」成串的話語一邊哭一邊傾洩而出。「妳不知道我有多高興——過了這麼多年！總算見到文明人的臉。是的，還有文明人的衣服。因為我以為我這輩子再也見不到一塊真正的人造絲了。」她用手指撫著列寧娜的襯衫袖子。指甲都是黑的。「還有那可愛的人造天鵝絨襯衫！親愛的，妳知道嗎，我的舊衣服還留著，就是我帶來這邊的那幾件，都好好收在盒子裡。我等下給妳看。當然啦，只可惜那些人造纖維都破洞了。但我那條白色彈匣皮帶還真漂亮——不過我實在得說，妳這條綠色摩洛哥皮的更好看。但對**我**而言也沒派上什麼用場就是了，我是說我的彈匣皮帶。」她又開始掉眼淚了。「我猜約翰都跟妳說了。我都受了什麼罪——而且我連一克**梭麻**都沒得吃。就只能偶爾喝梅斯卡爾[26]，以前波佩還會帶來。波佩是我以前認識的男生。但梅斯卡爾會讓妳後來難受到不行，烏羽玉[27]會讓妳想吐；而且，到了第二天，老是會給人那種一想起來就更丟臉的糟糕感受。而我實在是丟臉到不行。光想想就夠了：我啊，一個貝塔——有了小孩，想想妳是我的話怎麼辦。」（光是提議要她想想就讓列寧娜不寒而慄）「但那不是我的錯，我發誓；因為我還是不知道怎麼會這樣，明明我都照整套馬爾薩斯程序做了——妳知道的，按序列數字，一、二、三、四，每次都做，我發誓都有；但還是發生了；當然這裡也沒有什麼流產中心之類的。對了，那間還在切爾西吧？」她問。列寧娜點頭。「週二、週五還是打著泛光燈嗎？」列寧娜又點頭。「那間可愛的粉紅玻璃塔！」可憐的琳達抬起頭閉上眼，心醉神迷地回憶著記憶中的鮮明畫面。「還有夜晚的河流。」她悄聲說。大粒的淚珠緩緩從她緊閉的眼皮底下滲出。「還有晚上從史托克波格斯飛回去。然後接下來的熱水澡和震動真空按摩……可是呀。」她深吸一口氣，搖了搖頭，再度張開眼睛，吸了一、兩下鼻涕，先擤在指頭上又擦在束腰裙襬上。「噢，真抱歉。」面對列寧娜因噁心而不由自主露出的怪臉，她回應道。「我不應該這樣的。真抱歉。可是如果一條手帕都沒有的話，妳又能怎麼辦？我還記得以前這些都讓我有多煩，這些塵土，而且沒一樣東西有消毒過。我一開始被帶來的時候，頭上還狠狠割了一道。妳絕對無法想像他們當時敷了什麼上去。髒東西，就是一堆髒東西。『文明就在於消毒』，我

26. Mescal，另寫做Mezcal，泛指用龍舌蘭釀製的酒，俗稱的「龍舌蘭酒」（Tequila）可視為其中一類。

27. 一種無刺仙人掌，含有會產生幻覺的生物鹼。

以前都這樣跟他們說。還有『鏈球菌G到班伯里T，找間好廁所跟C』，就好像他們還是小孩一樣。但當然他們聽不懂。他們怎麼會聽得懂？到最後我應該就習慣了。不管別的，如果沒有供應熱水的話，妳能有什麼辦法把東西弄乾淨？妳再看看這些衣服。這爛羊毛一點都比不上人造纖維的。它不壞就是不壞。如果破掉了妳還得去縫。但我是貝塔啊；我在受精室工作；從來沒人教我做這種事情。這又不是我分內的事。況且，以前都說不該縫補衣服。上頭有破洞就丟掉買新的。『針腳越多，財富越少』。沒錯吧？縫補是反社會行徑。但在這裡都不一樣。就像跟一群瘋子住在一起一樣。做的都是瘋子才做的事。」她看了看四周；看到約翰和伯納德已經甩掉她們倆，在屋外的塵土垃圾那邊走來走去；儘管如此，她還是偷偷地放低音量，並緊緊靠在僵直退縮的列寧娜身邊，近到散發出來的胚胎毒藥濃烈氣味都攪進了她臉頰上的頭髮裡。「舉例來說——」她沙啞地悄聲說：「就從他們用彼此的方式開始說吧。瘋了，我跟妳說，真的全部瘋了。人人屬於彼此——對吧？這句沒說錯吧？」她拉著列寧娜的袖子堅持地說。列寧娜點了點她別開的頭，吐出她一直憋著的氣，並努力吸一口沒被她弄髒的。對方繼續說下去：「可是，在這裡，每個人都只能屬於一個特定對象。如果妳像平常那樣用別人的話，其他人會覺得妳敗德、反社會。他們討厭妳、鄙視妳。以前有陣子很多女人來找我麻煩，就因為他們的男人來找我。可是有何不可？但她們就衝上門來……不，那太慘了。我沒辦法跟妳說。」琳達摀住了臉顫抖著。「這裡的女人，她們好可惡。瘋了，又瘋又殘酷。當然她們對馬爾薩斯程序、或者瓶子、或者脫瓶，或者那一類的，全部都一無所知。所以她們整天在生小孩——跟狗沒兩樣。實在太噁心了。而且一想到我……噢，福特、福特、福特啊！然而約翰**確實**好好安慰到了我。我真不知道如果沒有他該怎麼辦。雖然說每次有男人來的時候他會很氣……從他還小的時候就這樣了。有一次他居然想要殺可憐的外胡西瓦（不過那時候他比較大了）——還是要殺波佩？——就只因為我有時候會用他們幾回。因為我始終**沒辦法**讓他理解，文明人就是該這樣做。我認為，發瘋是會傳染的。不管怎樣，約翰似乎是從印第安人那邊感染了。當然，那是因為他常常跟他們一起混。即便他們總是對他很差，其他男孩子做什麼他們都不讓他做。某方面來說也算是好事，因為這樣的話，我要制約一下他就比較輕鬆了。雖然你們還是不會知道那有多難。不知道的事情太多了；那不是我分內該知道的事。我的意思是，如果小孩問妳直升機怎麼運作或者誰創造了世界——妳要怎麼回答呢，假如說妳只是一個貝塔，又整天在受精室工作？妳**要**怎麼回答？」

第八章

屋外，伯納德和約翰正在塵土與垃圾之間散步（狗現在有四隻了）。

「我實在很難理解。」伯納德說著：「很難去推想。就好像我們住在不同的行星上，活在不同的世紀裡。一個母親，還有這整堆汙泥灰塵、還有神、還有舊時代、還有疾病……」他搖了搖頭。「我幾乎沒辦法想像。我應該永遠無法了解，除非你跟我解釋。」

「解釋什麼？」

「這個。」他指著村落。「那個。」指的是村外的這間小屋。「一切。你的一生。」

「但有什麼好說？」

「從頭開始。從你最早能記得的開始。」

「從我最早能記得的開始。」約翰皺起眉。好一陣子兩人無言。

天氣很熱，他們吃了一大堆玉米餅和甜玉米。琳達說：「過來躺下吧，寶貝。」他們便一起躺在大床上。「唱歌。」琳達便唱了歌。唱了〈鏈球菌G到班伯里T〉還有〈再見班廷小寶貝，很快就要脫瓶去〉。她的聲音越來越微弱模糊……

一聲巨響令他驚醒過來。一個男人站在床邊，巨大而嚇人。他正對著琳達說著什麼，而琳達正笑著。她把毯子拉過下巴，但那男人又把毯子往下扯。男人的頭髮像是兩條黑繩，手臂上繞著一條漂亮的銀鐲子，上面有藍色的石頭。他喜歡那條鐲子；但他還是嚇到了；他臉抵在琳達身上。琳達手放了上來，他覺得安全多了。琳達用那些他還不太能理解的其他詞彙對那男人說：「約翰在這邊，不行。」男人看著他，然後又看了琳達，然後輕柔地說了幾個字。琳達說：「不行。」但那人彎下身朝他靠過來，而他的臉巨大又恐怖；黑繩一樣的頭髮碰到了毯子。「不行。」琳達又說了一次，而他感覺到她的手把自己揪得更緊。「不行，不可以！」但那男人抓住他一條手臂，會痛。他尖叫起來。那男人伸出了另一隻手，把他騰空舉起。琳達還抓著他，還在說：「不行，不行。」那男人短短說了些憤怒的話，突然間她的手就不見了。「琳達，琳達。」他又踢又扭，但男人拎著他走，門一開，把他丟到另一間房的地板上，隨即轉身離開，怦一聲關上門。他起身，跑向門邊。他踮起腳尖也只能摸到巨大的木門門而已。他舉起門閂用力推，但門打不開。「琳達！」他喊著。她沒回應。

他還記得一間巨大的房間，有點暗；裡頭有巨大的木造結構，上頭牢牢繫著繩子，還有很多女人繞著那些東西站著——琳達說，是在做毯子。琳達叫他跟其他小孩一起坐在角落，而她則去幫那些女人。他和那些小男孩玩了好一陣子。突然人們開始非常大聲地說話，然後有女人推開琳達，而琳達在哭。她往門邊走去，他追了上去。他問她為什麼她們要生氣。「因為我弄壞了什麼。」她說。接著她也生起氣來。「我哪會知道要怎麼做她們那堆爛紡織？」她說。「一群爛野人。」他問她什麼是野人。當他們到家時，波佩在門口等著，然後他跟著他們進屋。他有一個大葫蘆裡面裝著像水的東西；但那不是水，是某種很難聞的東西，會燒傷你的嘴巴讓你咳嗽。琳達喝了一些然後波佩喝了一些，接著琳達笑個不停又大聲說話；接著她和波佩就進了另一個房間。波佩離開後，他進了房間。琳達躺在床上，熟睡到他叫不醒。

波佩以前常來。他說葫蘆裡的東西叫作梅斯卡爾；但琳達說那應該要叫**梭麻**；差別是現在這個會讓你之後不舒服。他恨波佩。他恨他們所有人——所有來找琳達的人。有天下午，當他和其他小孩玩完了之後——他記得那時候很冷，山上還有雪——他回到家裡卻聽見臥室傳來憤怒的聲音。都是女人的聲音，說著他不懂的話；但他知道那都是些可怕的字眼。突然間，匡啷！有什麼被打翻了；他聽到人們匆忙地走動，又是一聲匡啷，接著是一陣像抽打騾子的聲音，但沒那麼骨感；琳達尖叫起來。「噢，不要、不要、不要！」她說。他衝了進去。有三個披著深色毯子的女人。琳達在床上。其中一個女人抓著琳達的手腕，另一個撲在她腿上，好讓她踢不起來。第三個人正用鞭子抽她。一下、兩下、三下；每抽一下琳達就尖叫一聲。他一邊哭，一邊拽著一個女人的毯子邊緣。「求求妳、求求妳。」她用空著的手把他推開。鞭子又再度抽下，琳達也再度尖叫起來。他把那女人巨大棕色的手抓在兩手間，然後用盡全力咬下去。她放聲大喊，用力扯開手，狠狠推倒他。他倒在地上，她用鞭子抽了他三下。他感受到前所未有的痛楚——就像火一樣。鞭子又呼嘯而起，抽了下來。但這次換成了琳達尖叫。

「她們為什麼要傷害妳呢，琳達？」那晚他問。當時他哭著，因為皮鞭在他背上留下的紅色記號還是十分疼痛。而他會哭也是因為人們太惡劣不公，也是因為他只是個小男孩，根本沒什麼辦法對抗她們。琳達也在哭。她已經是大人了，但她沒有大到能反抗她們三個。這對她也不公平。「她們為什麼要傷害妳呢，琳達？」

「我不知道。我怎麼會知道？」要聽清楚她說什麼不容易，因為當時她趴著，臉埋在枕頭裡。「她們說那些男人是她們的男人。」她繼續說下去；但她似乎完全不是在跟他說話；她好像是在跟某個她心裡面的人對話。這一整段漫長的話語他都聽不懂；到最後她哭了起來，前所未聞地放聲大哭。

「噢，不要哭啦，琳達。不要哭。」

他整個人蹭在她身上。他手繞過她的脖子。琳達大喊。「噢！小心點。我的肩膀！喔！」她推開他，用力推開。他一頭撞在牆上。「小白癡！」她大吼；接著，突如其來地，她開始甩他巴掌。啪、啪……

「琳達！」他大喊著。「噢！媽媽，不要啊！」

「我不是你媽。我也不要當你媽。」

「可是，琳達……噢！」她一巴掌打在他臉頰上。

她大吼：「先是變成野人，然後像動物一樣生出小孩……如果不是你的話，我可能就去找巡官了，我可能已經逃脫了。但有個嬰孩就不行。那樣實在太丟臉了。」

他看到她又要打他，便舉起手臂護住臉。「不要啊，琳達，求妳不要。」

「小畜牲！」她拉下他的手臂，他的臉孔大開。

「不要啊，琳達。」他閉上眼睛，準備迎接痛擊。

但她沒打他。過了一下，他再度張開眼睛，看到她望著自己。他試著對她微笑。突然她伸手繞過他，一次又一次親著他。

有時候，琳達會有幾天不下床。她躺在床上非常傷心。不然，她就會去喝波佩帶來的那東西，笑個不停然後去睡覺。有時候她就病了。她常常忘記替他洗澡，除了冷掉的玉米餅之外沒東西可以吃。他還記得她第一次在他頭髮裡找到那些小動物的時候，她是怎樣叫啊叫個不停。

最快樂的時候，就是她和他說起他處的時候。「妳真的可以隨時想飛就飛起來嗎？」

「想飛就飛。」她還對他說起從盒子裡冒出來的美妙音樂、各種可以玩的好遊戲、那些美味的飲食、你在牆上按一個小東西就會亮起的光、你除了看之外還可以聽到觸到並聞到的畫面、另一種發出好聞氣味的盒子、跟山一樣高的粉紅色、綠色、藍色和銀色房子，而每個人都很快樂，從來沒有人難過或生氣，而且人人都屬於彼此。還有能讓你看見聽見世界另一頭發生什麼事的盒子、有在美好潔淨瓶子裡的嬰兒——一切都如此潔淨，也都沒有難聞異味、沒有灰塵——人們從來都不會寂寞，而是幸福快樂地住在一起，就像在惡地這裡的夏季舞蹈一樣，但比那快樂太多，而且那幸福快樂存在於每一天、每一天……他一直聽個不停。有時候，當他和其他小孩玩到太累的時候，村裡的其中一個老人就用另一種語言，與他們聊起世界偉大的**改革者**，以及那場**右手**和**左手**、**潮濕**和**乾燥**之間的漫長鬥爭；他會講起那位在夜裡思考而造出大霧、然後又用霧作出整個世界的阿沃納威羅那[28]；講起地母和天公；會講起阿哈攸塔和馬賽勒馬，戰爭與機運的孿生子；講起耶穌和普康；講起瑪莉和艾絲札那德立赫，那個讓自己回春的女人；講起拉古那的黑岩和巨鷹和我們的阿克馬女士。一個個神奇的故事，又因為用另一種語言來講述而無法徹底理解，而在他心中顯得更加美好。躺在床上時，他會想像著天堂和倫敦和我們的阿克馬女士以及一排又一排裝在潔淨瓶子裡的嬰兒，同時基督飛上了天空而琳達也飛上了天空，還有偉大的世界孵化主任與阿沃納威羅那。

許多男人來找琳達。男孩們開始用指頭指著他。他們用那奇怪的另一種語言說琳達很壞；他們用他不懂的名字稱呼她，但他知道那都是壞名字。有一天他們唱起一首關於她的歌，一次又一次。他對他們丟石頭，他們也還以顏色；一塊尖銳的石頭劃傷了他的臉頰。血停不下來；他沾滿了血。

琳達教他認字。她用一片木炭在牆上畫圖——一隻動物坐了下來，一個嬰兒在瓶子裡；然後她開始寫字。**貓在地墊上。嬰兒**

28. 祖尼神話中，阿沃納威羅那（Awonawilona）是萬事萬物的創造者，其名意為「一切的容器」；下文的地母和天公即由阿沃納威羅那所創造。

在瓶子裡。他學得又快又輕鬆。等到她寫在牆上的每個字他都知道怎麼念之後，琳達便打開她的大木箱，從那些她從不穿的可笑小紅褲底下，抽出一本薄薄的小書。他以前就常看到那本書。她以前這麼說過：「等你長大一點，就可以讀這本。」結果呢，他現在就夠大了。他很自豪。「我怕你不覺得這本書很精彩。」她說。「但我也只有這本了。」她嘆了口氣。「要是你能見到以前倫敦那幾台可愛的閱讀機就好了！」他從此開始閱讀。《胚胎之化學與細菌學制約。貝塔胚胎庫員工實務指示》。光是標題他就讀了十五分鐘。他把書往地板扔。「可惡，可惡的書！」說完，他開始哭泣。

那些男孩們還是在唱著有關琳達的糟糕歌曲。有時候，他們也會笑他邋遢。他弄破衣服時，琳達也不知道怎麼縫補。她跟他說，在**他處**，人們會丟掉破了洞的衣服，然後買新的。「破布，破布！」那些男孩們以前都這樣對著他喊。「但我會閱讀。」他對自己說：「他們不會。他們連閱讀是什麼都不知道。」只要在閱讀裡鑽得越深，要假裝自己不在乎別人嘲弄就不難了。他便要琳達再給他書。

那些男孩們越是指指點點唱歌取笑，他就越用心讀書。他很快就能好好讀出每個詞。連最長的詞都難不倒他。但那些詞是什麼意思？他問了琳達；但就算她能回答的，答案也不是非常透徹。整體來說，她根本就沒辦法回答。

「化學物質是什麼？」好比他會這樣問。

「喔，就像鎂鹽之類的東西，還有用來讓代爾塔和艾普西隆又矮小又遲鈍的酒精，還有骨頭的碳酸鈣，所有那一類的東西。」

「但你們怎麼做化學物質呢，琳達？化學物質是從哪來的？」

「呃，我不知道。你就把那些從瓶子裡弄出來。等瓶子空了，你就向化學庫再申請一批。我猜做化學物質的是化學庫的人。或者他們也是跟工廠申請來的。我不知道。我從來沒學過化學。我的工作一直都是在胚胎這邊。」

他問的每個問題都差不多是這種答法。琳達似乎什麼都不知道。村裡老人們的答案還比這明確太多。

「人類和所有生命的種子，太陽的種子、大地的種子、天空的種子——阿沃納威羅那用增長之霧把它們全都做了出來。現在世界有四個子宮；而他把那些種子種到了四個子宮裡最低的那一個。種子漸漸開始生長……」

有一天（約翰後來算過，那應該是在他第十二個生日過後沒多久的事）他回家時，發現一本從來沒見過的書就擺在臥室地板上。那本書很厚，看起來相當舊。封皮已經被老鼠吃了；有些書頁都鬆脫皺起了。他把書撿起來，看看扉頁：那本書叫做《莎士比亞全集》。

琳達正躺在床上，對著杯子啜飲著惡臭的梅斯卡爾。「波佩帶來的。」她說。她的聲音混濁沙啞，彷彿出自別人。「原本收在羚羊會所的一個箱子裡。應該在那邊幾百年了。我猜那是真貨，因為我看了一下，裡面似乎全都是胡說八道。文明未開化的東西。不過，你要繼續練習閱讀的話，那本是綽綽有餘了。」她喝完最後一口，把杯子擺到床邊地板上，翻身過去，打了一、兩個嗝之後就睡了。

他隨意地翻開書頁。

那又怎麼，就去活在
汗臭脂膩的床上，

沉溺於腐敗，在污穢的豬圈裡
言情造愛……[29]

那些奇怪的字詞在他心裡翻來覆去；隆隆作響，像會說話的雷聲；像夏日舞蹈上的鼓聲開口說話；像人們唱著玉米之歌，十分美好，萬分美好，好到讓你哭泣；像老米契馬對著他的羽毛、雕花棍子、骨刀和石頭念出的咒語——kiathla tsilu silokwe silokwe. Kiai silu silu, tsithl!——但那些詞句比米契馬那串咒語還要好，因為那更富有意義，因為那是對著他說話；那些字詞像駭人美麗的魔法，以優美而一知半解的形式說起琳達；說起琳達躺在那裡打鼾，空杯子擺在床邊的地板上；說起琳達和波佩，琳達和波佩。

他越來越恨波佩。一個人可以笑了又笑，卻同時是個惡人。

狠心的、奸詐的、邪淫的、無情的惡棍。[30]這些詞到底是什麼意思?他只是一知半解。但它們的魔力強大並持續在他腦海中翻覆，而他不知怎麼地有一種感覺，就好像過去從沒真正好好地恨過波佩一樣；從沒真正好好地恨過他，因為過去他沒能說出自己有多恨他。如今他有了這些詞句，像鼓聲、歌唱和魔法一樣的這些詞句。這些詞句以及它們從中帶出的奇怪故事（他沒辦法了解，但那故事還是很美好，依然美好）——它們給了他一個恨波佩的理由；它們讓他的恨更為真實；它們甚至讓波佩更為真實。

有一天，他玩耍完回家，裡室的門敞開著，他看見他們兩人一起躺在床上，睡著——白皙的琳達和她身旁幾乎全黑的波佩，

29.《哈姆雷特》第三幕第四場。

30.《哈姆雷特》第二幕第二場。

他一隻手臂枕在她肩膀下，另一隻黑色的手在她的胸脯上，而他的其中一條長髮辮垂在她的喉嚨上，就像一條黑蛇企圖勒死她。波佩的葫蘆和一個杯子立在床邊地板上。琳達打著鼾。

他的心似乎不見了，留下原處一個洞。他空了。又空虛、又冷，又有點不舒服，而且飄飄然。他靠向牆邊穩住身子。狠心的、奸詐的、邪淫的……像鼓聲、像人們歌頌玉米、像魔法一樣的詞句在他腦海中反覆再三。原本的冰冷突然炙熱起來。他的臉頰湧入血液而燒灼，房間彷彿在他眼前旋轉昏黑。他咬牙切齒。「我要殺了他、我要殺了他。」他說個不停。突然又湧現了更多詞句。

當他酒醉後，或在盛怒中，
或在床上亂倫愉悅的時候……[31]

魔法與他同一陣線，魔法解釋事物並下達命令。他退回外室。「當他酒醉後……」切肉刀就擱在火爐附近的地板上。他拿起刀並踮腳再次走向門邊。「當他酒醉後，酒醉後……」他穿過房間並刺下去——噢，血呀！——然後再刺，這時波佩從睡夢中驚醒，他又舉起手再刺，卻發現手腕被捉住，被舉了起來然後——噢、噢！——扭住。他動彈不得、困在原地，見到了波佩的小黑眼，近在面前直盯著他的雙眼。他別開眼神。波佩的左肩上有兩道傷口。「噢，都是血！」琳達哭著。「都是血啊！」波普舉起另一隻手要打他——他是這麼以為的。他僵直著準備迎接重擊。但那隻手只是抓著他下巴把他頭轉過來，讓他又得看著波佩

31. 一《哈姆雷特》第三幕第三場。

的雙眼。看了很久，彷彿一個又一個鐘頭過去似的。突然間——不由自主地——他哭了起來。波佩放聲大笑。「去吧。」他用印第安那種話說。「去吧，我勇敢的阿哈攸塔。」他跑出房門衝進另一間房間，好藏住他的眼淚。

「你已經十五歲了。」老米契馬用印第安的詞句說。「我現在可以教你作陶土了。」

他們蹲在河邊一起工作。

「首先，我們來做個小月亮。」米契馬說，雙手握著一團濕潤的陶土。老人把那團土壓成碟狀，把邊緣上彎；月亮就成了淺底杯。

他緩慢生硬地模仿老人精細的手法。

「月亮、杯子，接著是蛇。」米契馬把另一片陶土扭成長而柔韌的圓柱，頭尾連成一圈然後壓在杯子邊緣上。「然後再一條蛇。又一條。再一條。」米契馬一圈一圈地疊起瓶身，先窄後凸，又一路縮至瓶頸。米契馬將瓶身又擠又拍，輕撫又刮擦；最後它總算立了起來，就如惡地最常見的水瓶形狀，只不過不是黑色而是乳白色，摸起來還是軟的。一旁立著的，則是他模仿米契馬做出來的歪扭仿製品。看著這兩個水瓶，他忍不住笑了。

「下一個會更好。」他說道，開始弄濕另一塊陶土。

動手做、使物件成形、感受指尖獲增技巧和力量——這帶給他一種非比尋常的愉悅。「A、B、C，維他命D。」他邊做邊唱給自己聽：「脂肪存在肝臟中，鱈魚游在大海裡。」米契馬也唱著歌——一首關於屠熊的歌。他們工作了一整天，而這一整天他的內心都被強烈而引人入勝的幸福感所填滿。

「下個冬天，我會教你作弓箭。」老米契馬說。

他在屋外佇立許久；最後裡頭的典禮總算結束了。門打了開來；他們走了出來。先出來的是柯蘇魯，他伸出右手緊緊握住，就好像握著珍貴的珠寶一樣。接著，同樣將握緊的手也伸出來的，是跟著走出的齊亞齊米。他們無言地走著，而在他們後頭同樣無言的，是兄弟姊妹堂表親戚和整群的老人們。

他們走出村子，越過了平頂山。到了峭壁邊緣時他們停住，面對著清晨的太陽。柯蘇魯張開了手。一撮白色的玉米粉蓋在他手掌上；他湊上去呼吸，悄聲說了幾句話，接著往外一甩，將那一把白塵灑向太陽。齊亞齊米也照樣行事。接著齊亞齊米的父親站出來，舉起一根帶羽毛的祈禱杖，唸出一篇漫長的禱詞，然後把手杖朝方才玉米粉的方向丟去。

「到此結束。」老米契馬用宏亮的聲音說。「兩人已成婚。」

「這個嘛——」當他們轉身離去時琳達說：「我只能說，就那麼一點事實在是小題大作了。在文明國家裡，如果男生要用女生，他只要……你要去哪啊，約翰？」

他絲毫不理會她的呼喚，反而一直跑，越跑越遠，跑向任何一個可以讓他獨處的地方。

到此結束。老米契馬的一字一句仍在他心中重複著。結束，結束……他在無言中，遠遠地但狂烈地、極度地、絕望地愛著齊亞齊米。但也到此結束了。那時他十六歲。

滿月時分的羚羊會所裡，祕密得以傳訴，祕儀得以進行。他們下到會所時還是男孩，但再出來時就是男人了。男孩們都感到害怕，但同時又迫不及待。終於那一天到了。太陽落下，月亮升起。他和其他人一起去。陰沉沉的男人們站在通往會所的入口；梯子朝下進入泛著紅光的深處。帶頭的男孩子已經開始往下爬了。突然，其中一個男人向前走來，抓住他的手臂，將他拉出隊伍。他掙脫開來，躲回他原本在其他人中間的位子。這次男人開始打他，拉他頭髮。「輪不到你，白毛！」「輪不到母狗的兒子。」另一個男人說。男孩都笑了。「滾！」當他還在人群邊緣徘徊時，「滾！」那人又吼了一回。其中一個人彎下身，撿起一顆石頭，丟了過去。「滾，滾，滾！」石頭如雨一般落下。他流著血，逃進了陰暗中。透著紅光的會所傳來歌聲。最後一個男孩也爬下了梯子。只剩他一個人。

獨自一人，在村外，在平頂山毫無遮蔽的平地上。岩石在月光下就像褪色的骨骸。底下的河谷裡，郊狼正對月嚎叫。身上的瘀傷還在痛，割傷處還在流血；但他抽噎不是為了疼痛；而是因為他孤單一人，因為他獨自一人被驅逐到這個岩石和月光構成的骸骨世界。他在峭壁邊坐下。月亮在他背後；他朝下望向平頂山的陰影，看向死亡的暗影。他只要往前一步、往下一跳……他在月光下伸出了右手。手腕上的傷口還在冒血。每隔幾秒就有一滴往下落，在死亡的光線下陰暗幾乎無色。滴、滴、滴。明天、明天、又明天[32]……

他發現了時間和死亡和神。

「孤單，始終孤單。」這年輕人說著。

這番話令伯納德內心響起一陣悲涼的回音。孤單、孤單……「我也是。」他忍不住吐露祕密。「非常孤單。」

「你是嗎？」約翰一臉訝異。「我以為在**他處**……我是說，琳達總是說那裡從來沒有人孤單。」

32. 《馬克白》第五幕第五場。

伯納德不自在地臉紅起來。「你要知道——」他含糊地避開眼神說：「我想我跟多數人有些不一樣。如果一個人碰巧脫瓶時情況不一樣……」

「是的，那就是了。」年輕人點點頭。「如果一個人與眾不同，一個人就注定要寂寞。他們對那一個人很惡劣。你知道他們什麼事都將我拒於門外嗎？當其他男孩被送去山裡過夜時——你知道的，就是當你得夢出你的神聖動物是什麼的時候——他們不讓我跟其他人一起去；他們不告訴我一丁點祕密。然而，我就自己來。」他補上這句。「五天不吃東西，接著某晚一人走進那兒的群山裡。」他朝那處指著。

伯納德露出居高臨下的微笑。「那你夢到了什麼？」

另一方點點頭。「但我不能跟你說是什麼。」他沉默了一下；他繼續低聲說，「有一次，我做了件其他人從沒做過的事：

夏天那時，我中午時分靠著一塊岩石站定，雙手伸開，就像十字架上的基督那樣。」

「你這是要幹麼？」

「我想知道釘上十字架上是什麼感覺……烈日下掛在那兒……」

「可是為什麼？」

「為什麼？這……」他猶豫片刻。「因為我覺得我該做。如果耶穌能忍的話。又或者，如果這人做了什麼錯事的話……況且，我並不愉快；那又是另一個理由。」

「這種療癒不快樂的方式還真古怪。」伯納德說。但他重新一想，便斷定這畢竟還是有些道理在。總比吃梭麻好……

「過一陣子我就昏倒了。」年輕人說。「正面朝下倒地。你有看到我割傷的疤痕嗎？」他撥起額頭上的濃密的黃髮。那道發白皺起的傷疤就在他的右太陽穴上。

伯納德看了看，微微顫抖地快速避開視線。他所受的制約，使他不致悲天憫人到整個神經兮兮的程度。光是提到生病和傷口，就已經讓他不只是驚駭，甚至可說是憎恨或該說反胃了。就跟提到灰塵，或者畸形、老年一樣。他匆忙轉換話題。

「不曉得你有沒有興趣跟我們一起回倫敦？」他開口問，同時那套自從他在小屋裡察覺這野人的「父親」應該是誰之後就開始悄悄謀略的計畫，也就走下了第一步。「你願意嗎？」

年輕人的臉上湧現驚喜。「你是說真的嗎？」

「當然了；但前提是我能獲得許可。」

「琳達也一起嗎？」

「這個嘛……」他猶豫地欲言又止。那個令人作嘔的東西！不，不可能。除非，除非說……此時伯納德突然想到，她這種噁心搞不好會派上大用場。「當然囉！」他大喊，用大聲過頭的刻意親切，來彌補他剛剛一開始的猶豫。

年輕人深吸了一口氣。「想想這居然要成真了──我夢想了一輩子的事情啊。你記得米蘭達說過的話嗎？」

「米蘭達是誰？」

但這年輕人顯然沒聽到問題。「神奇啊！」他說著；他的眼睛發光，面孔明亮而赤紅。「這裡有多少好看的人！人類是多麼美麗！」那赤紅突然更深了；他心裡想著列寧娜，想著一位天使穿著酒瓶綠人造絲，閃耀著青春和護膚霜，身形豐滿，笑容慈愛。他的聲音開始顫抖。「美麗的新世界啊。[33]」他開始頌揚，但又突然自行打斷；血色從臉頰褪去，他變得像紙一樣蒼白。

33. ──本段皆引自《暴風雨》第五幕第五場。

「你跟她結婚了嗎？」他問道。

「我跟她什麼？」

「結婚。你知道的——長相廝守。他們用印第安語講『長相廝守』；這不能被打破。」

「福特啊，沒有啦！」伯納德忍不住笑出來。

約翰也笑了，但理由截然不同——他出於純然的喜悅而笑。

「美麗的新世界啊。」他重複這句。「美麗的新世界啊，有如此這般的人們！[34]我們立刻出發吧。」

「你講話的方式有時候真是奇特到極點。」伯納德帶著驚訝與困惑盯著這年輕人。「還有，先不管別的，你要不要等到你真的看到新世界再說？」

34. 同前註。

丟掉比縫補好！
針腳越多，財富越少！

第九章

經歷這一整天的詭異恐怖後，列寧娜自認有資格獲得一段徹底的假期。他們一回到旅舍，她就吞下六片半公克的梭麻藥片，躺上了床，接著不到十分鐘，她就航向了月球的永恆。她至少要十八個鐘頭以後才會返抵現實之門。

同時，伯納德在漆黑中瞪大了眼沉思著。午夜過了好一陣子他才睡著。午夜過了好一陣子；但這樣失眠並非一無所得；他心中有了盤算。

第二天早上十點整，穿著綠制服的八分之一黑人從直升機裡踏出。伯納德在龍舌蘭灌木間等著他。

「克朗恩小姐去度梭麻假了。」他解釋道。「五點前很難回來。所以我們有七個小時。」

他可以飛去聖塔菲，搞定一切，在她還沒睡醒之前便早早回到惡地。

「她一個人在這邊挺安全的吧？」

「跟直升機一樣安全。」八分之一黑人向他保證。

他們爬進直升機並立刻起飛。十點三十四分他們就降落在聖塔菲郵局的屋頂上；十點三十七分伯納德就接通了倫敦白廳的世界控制者辦公室；十點三十九分他就已經在跟福下第四私人祕書通話；十點四十四分他又對著首席祕書重新講述了整件事，到了十點四十七分半，在他耳朵裡響起的，就是穆斯塔法．蒙德本人低沉宏亮的聲音。

「我斗膽猜想——」伯納德結結巴巴地說：「福下或許會對

這有充分的科學興趣……」

「對，我的確對這有充分的科學興趣。」低沉的聲音說。

「你把這兩人帶來倫敦。」

「福下或許有注意到我得需要特別許可……」

「必要的指令——」穆斯塔法．蒙德說：「正送往保留區管理人那邊。你就立刻前往管理人辦公室。那就這樣，馬克思先生。」

那頭靜了下來。伯納德掛斷話筒，急忙衝上屋頂。

「管理人辦公室。」他對伽瑪綠制服八分之一黑人說。

十點五十四分，伯納德已經和管理人握手了。

「很高興見面呀，馬克思先生，真的高興。」他的大嗓門恭敬不已。「我們剛剛收到特別命令……」

「我知道。」伯納德打斷他的話。「我剛剛才跟福下通過電話。」他平淡的語氣暗示著他一週七天都習慣和福下通話。他坐進一張椅子。「有勞你立刻採取所有必要步驟。越快越好。」他重複強調。他徹徹底底地感到愉悅。

十一點三分，所有的必要文件都在他口袋了。

「再會。」他居高臨下地對一路送他到電梯門的管理人說。

「再會。」

他走去旅館，洗了澡，用了震動真空按摩，做了電解質刮鬍，聽了晨間新聞，看了半小時的電視，從容地吃了頓午餐，然後於兩點半跟八分之一黑人飛回惡地去。

那年輕人站在旅舍外面。

「伯納德。」他叫著。「伯納德！」沒有回應。

穿著軟鹿皮鞋的他無聲地跑上階梯，試著開門。門鎖上了。

他們不在了！不在了！這是他這輩子遇過最可怕的事。她要他來見他們倆，結果現在他們居然不在了。他坐在樓梯上哭了起來。

半小時後他突然想到從窗戶往裡頭看看。他第一個看到的是個綠色行李箱，蓋子上漆著ＬＣ[35]的姓名縮寫。喜悅像火一樣在他體內爆發。他撿起一塊石頭，砸碎的玻璃在地板上清脆地響著。沒兩下他就在屋裡了。他打開綠色行李箱，瞬間他就吸到了列寧娜的芳香，讓她的本質填滿他的肺。他的心臟失控地狂跳；有那麼一刻他幾乎要昏倒了。接著，他彎下身對著這珍貴的箱子，開始觸碰裡頭的東西，拿到光線下檢驗。列寧娜多出來的那一條人造天鵝絨短褲，上頭的拉鍊一開始令他迷惑，接著，他就解決了，因而欣喜滿意。咻一聲拉下，然後又咻一聲拉上，咻一聲，然後又咻一聲；他整個著迷了。她的綠色涼鞋是他見過最美的東西。他打開了一對拉鍊連褲緊身內衣，臉紅起來，匆忙地再度拿開；但親了一條灑了香水的人造纖維手帕，還把一條圍巾繞在脖子上。他打開一個盒子，卻打翻一整股香粉。他的手上覆滿了那種粉。他把粉抹在胸膛上、抹在肩膀上，抹在他赤裸的手臂上。撲鼻的香氣呀！他閉上了眼，在自己撲滿粉的手臂上抹著自己的臉頰。柔順肌膚的觸感滑過他的臉，麝香粉的氣味散播他的鼻孔內——都是她切實的存在感。「列寧娜。」他悄聲念著。「列寧娜！」

一陣聲響嚇到他，讓他羞愧地轉頭。他把贓物塞進行李箱蓋上蓋子；然後再聽聽，再環顧四周。沒有什麼活的東西，也沒有

35. — LC為列寧娜．克朗恩（Lenina Crowne）的姓名簡稱。

聲音。然而他確實聽到了什麼——像是嘆氣，像是木板咯吱響的什麼東西。他踮腳走到門邊，然後警戒地打開它，發現他眼前是一層寬敞的樓梯間平台。平台的對面側有另一扇門半開著。他走了出去，推開門，偷望進去。

在那邊的一張矮床上，床單被往回扔成一團；穿著粉紅色連身拉鍊睡衣的，是躺著的列寧娜。她熟睡著，一頭捲髮極其美麗，粉紅色的腳趾和沉睡的臉孔滿是動人的稚嫩，癱軟的手和融化般的肢體著實惹人憐愛，讓他眼裡浮出了淚水。

他以一種實在是一點都不必要的戒備——因為現在得要到開槍那種程度，才能在預定時間前把正在度梭麻假的列寧娜叫回來——走進房間，他跪在床邊地板上。他握緊雙手，嘴唇動了起來。「她的眼睛。」他低聲說道，她的眼睛、她的頭髮、她的面頰、她的步態、她的聲音；
觸摸那手裡的言語，噢！她的手，
一切潔白與之相比都如墨黑
自行寫下譴責；比起她柔軟一握
幼鵝的絨毛也是堅硬……[36]

一隻蒼蠅繞著她嗡嗡地飛；他伸手揮開。「蒼蠅。」他還記得那段，

可以捉住親愛茱麗葉的白潔玉手，

36. ——《特洛勒斯與克瑞西達》第一幕第一場。

並從她嘴唇偷取永生的幸福，
那嘴唇如純潔處女般端莊，
連彼此相吻都覺罪惡而依舊羞紅。[37]

他就像打算輕撫受驚、可能有點兇的鳥兒那樣，以猶豫不前的姿勢，極其緩慢地伸出手。他的手懸在空中發著抖，離她癱軟的指頭只差一吋，差一點點就要接觸到了。他敢嗎？他膽敢用他那隻賤手褻瀆[38]……不，他不敢。那鳥兒太危險了。他的手縮了回去。她是多麼地美！多麼地美！

接著他突然發現自己正思考著，只要握住她頸子上的拉鍊然後整個用力往下一拉……他閉上眼睛，像從水中爬上岸的狗甩耳朵那樣搖著頭。太可憎的想法。他為他自己感到可恥。純潔處女般端莊……

空氣中有一陣嗡嗡聲。又有一隻蒼蠅想要偷取永生的幸福嗎？還是大黃蜂？他看了看，什麼也沒有。嗡嗡聲越來越響，音源逐漸固定在蓋著窗板的窗戶外。是飛機！慌張的他急忙爬起並跑進另一間房間，躍出敞開的窗戶，並連忙跑過兩邊都是高大龍舌蘭灌木的小徑，正好趕上迎接從直升機爬出的伯納德·馬克思。

37.——《羅蜜歐與茱麗葉》第三幕第三場。

38.——《羅蜜歐與茱麗葉》第一幕第五場。

第十章

布魯姆斯伯里中心的四千個房間裡，四千個電子鐘指針都指著兩點二十七分。被主任暱稱為「工業蜂巢」的這裡，正全力忙碌工作。每個人都在忙，每件事都井然有序地運作著。顯微鏡下，精蟲的長尾巴正猛烈抽打，搶先將頭鑽進卵內；接著，受精後的卵開始膨脹、分裂，或者說，如果進行博卡諾夫斯基化，就會出芽，然後分成一大群的個別胚胎。電梯從社會階級命定室晃動著向下通往地下室，在那深紅的黑暗中，胎兒們正待在腹膜墊片上，像粥一樣溫暖，並狼吞虎嚥吸收代血和賀爾蒙而茁壯著，又或者正被下毒，而凋零成發育不良的艾普西隆人。在微弱的低吟與咯咯聲中，活動架緩慢而難以察覺地移動了數個星期，在那不知已重複了多久的過程中移動到脫瓶室，而剛脫離瓶子的嬰兒，就在那裡喊出他們恐懼和驚奇的第一聲呼喊。

地下室底下的發電機發出平穩低沉的的聲響，電梯快速上上下下。在一共十一層樓的育兒室裡，餵食的時間到了。一千八百個仔細貼好標籤的嬰兒，正同步透過那一千八百個瓶子，吸取經巴斯德式殺菌法[39]消過毒的一品脫外分泌液。

在他們上頭，在那連續十層的大寢室裡，年輕到還需要午睡的小男孩和小女孩儘管毫無所覺，但就跟每個人一樣忙碌，忙著

---

39. 法國生物學家路易．巴斯德（Louis Pasteur, 1822-1895）於一八八〇年代發明的消毒法，以低於沸點的加熱方式消除飲品中的病原體，而延長保存期限。

在無意識間聆聽有關衛生與合群、有關階級意識和幼童情愛生活的睡眠學習課程。再在那上頭是遊戲間，此時天氣轉為雨天，有九百名比較大的孩子正在堆磚塊捏陶土，玩抓拉鍊，以及性愛遊戲。

嗡嗡嗡！蜂巢正忙碌地、愉快地響著蜂鳴。年輕女孩歡樂地就著試管唱歌，命定人員歡樂地邊工作邊吹口哨，而在脫瓶室裡，那些空瓶上頭綻開的玩笑聲是多麼地歡樂呀！但隨亨利·佛斯特一起走進受精室的主任，卻是一臉嚴肅，因為事態嚴重而面孔僵硬。

「要公開警告。」他說著。「就在這房間裡頭進行，因為全中心就這房間的高等員工最多。我已經跟他講過兩點半要在這裡見我了。」

「其實他工作表現非常好呢。」亨利虛情假意地插話。

「我知道。但就因為這樣才嚴重。他的聰明過人帶有相應的道德責任。一個人越有才能，偏離正軌的能力就越強。一個人受苦總比多數人被他腐化要好。冷靜想想這問題吧，佛斯特先生，你就會發現沒有什麼犯行比離經叛道還要惡劣。謀殺只殺害個人——況且，個人是什麼東西？」他揮動著手，比向那一整排顯微鏡、試管、孵化器。「我們可以用最不費力的方式做出新人——我們愛做多少都可以。離經叛道威脅的遠不只單一個人的生命；這種行徑打擊的是社會本身。是的，打擊社會本身。」他重複這句。「啊，不過他來了。」

伯納德進了房間，穿過一排排受精員並朝他們倆走來。他以單薄的輕鬆自在為盔甲，勉強掩飾著他的緊張不安。他說出「主任早」的聲音宏亮到有點蠢；為了改正這個失誤，他又用輕柔到好笑的尖細聲音說：「您要我來這邊跟您說話嗎？」

「沒錯，馬克思先生。」主任居高臨下地說。「我是要你來這邊找我。我知道你昨晚收假回來了。」

「是的。」伯納德回答。

「是——的。」主任的複述刻意在「是」那邊拉長，嘶嘶聲像蛇一樣。接著，他突然提高音量：「各位女士先生。」他大聲高呼。「各位先生女士。」

對著試管唱歌的女孩子、吹著口哨並全神貫注工作的顯微鏡人員，突然全都停下了動作。全場一片無聲；每個人都轉頭看了過來。

「各位女士先生。」主任又重複了一次：「不好意思這樣打擾你們工作。出於令人痛心的職責所在，我不得不如此。社會的安全和安定有了危險。是的，各位女士先生啊，有危險了。這個人——」他譴責地指向伯納德：「站在你們面前的這個人，這個獲得了那麼多、因此也那麼備受期待的正阿爾法，這位你們的同僚——或許我就先說破了，是你們的前同僚——嚴重背叛了對他的期待。從他對運動和梭麻的異端想法，到他性生活可恥的離經叛道，到他拒絕服從吾主福特所教誨的、在工作以外時間『像個瓶中的嬰兒一樣』」（說到這裡，主任劃了個T字）「各位女士先生，這都證明了他是社會之敵，是所有秩序和安定的顛覆者，是反文明的密謀者。因此我提議將他解職，出於解除他在本中心的職位以剝奪其名譽；我提議立刻執行將他轉調至最低階次級中心一事，若使他盡可能隔絕於任何重要人口事務中心，那麼他的懲處將對社會有最大利益。在冰島，他便難有機會用他反福特的範例使其他人偏離正軌。」主任暫停片刻；接著，他雙臂交叉，擺出不可一世的模樣轉身面對伯納德。「馬克思。」他說：「你能否給我任何理由，讓我現在不執行對你所下的判決呢？」

「能，當然可以。」伯納德放大了嗓門回答。

「那就給我瞧瞧吧。」主任頗為吃驚但依舊威嚴地說。

「沒問題。但那還在走廊上。等我一下。」伯納德連忙跑去開門。「進來。」他下令，而那理由現身了。

人群中傳來倒抽一口氣的聲音、驚駭莫名的低語；一名年輕女孩尖叫起來；有個站到椅子上想看清楚的人打翻了滿滿兩試管的精液。一頭臃腫著、下垂著，中年所化身的詭異恐怖怪物；在那些結實年輕肉體、在那些尚未扭曲變形的臉孔圍繞下，琳達走進了房間，賣弄風情地笑著她破損失色的笑容，邊走還邊刻意風騷搖動起伏她那碩大無朋的臀部。伯納德走在她旁邊。

「他就在那。」他指著主任說。

「你是覺得我認不出他嗎？」琳達憤慨地問；接著她轉頭面向主任。「我當然認識你；湯馬金，你到哪我都認得，一千個人裡面我都認得出來。但搞不好你已經忘記我了。你不記得了嗎？湯馬金，你不記得了嗎？你的琳達啊。」她站在那望著他，她的頭側向一邊，還在笑，但面對主任驚愕且作嘔的表情，那笑容卻越來越沒有信心，逐漸動搖直到消失。「湯馬金，你不記得了嗎？」她在顫抖中重複這句話。她的眼神焦慮不安、極為痛苦。她滿是汙點又下陷的臉皮醜陋地抽動起來，變成了極度悲傷下才有的齜牙咧嘴。「湯馬金！」她伸出雙臂。有些人開始忍不住笑出來。

「這是怎樣？」主任開始喊道：「是在搞什麼爛……」

「湯馬金！」她向前奔跑，毛毯拖曳在後，將雙臂繞上他的脖子，臉埋進他胸膛。

無法克制的狂笑聲四起。

「……什麼爛玩笑！」主任吼著。

他紅著臉，試圖鬆開她的環抱。但她絕望地攀著他。「我是琳達，琳達啊！」笑聲淹沒了她的聲音。「你害我生小孩了！」她尖聲壓過一整片嘈雜。突然間現場一片駭人的沉默；人們眼神不自在地飄來飄去，不知道要看哪。主任臉色瞬時發白，不再掙扎而呆立著，手抓著她的手腕，驚恐地盯著她。「對，生了小孩——我就是那東西的母親。」她像是要挑戰這一片憤慨沉默似地，大聲說出這番淫穢話語；接著她突然鬆開他，羞愧地、羞愧不已地摀住了臉，啜泣起來。「那不是我的錯啊。湯馬金。因為我都有照步驟來，不是嗎？不是嗎？我都有……我不知道怎麼會……你都不知道那有多難受，湯馬金……但他還是安慰了我。」此時她轉身朝向門口，「約翰！」她呼喊。「約翰！」

他立刻進來，在門邊頓了一下，環顧四周，然後踩著他那軟鹿皮鞋大步走過房間，在主任面前跪倒，並清楚地說：「我的父親！」

這個詞（因為「父親」這個詞並沒有猥褻到純然下流的地步——這個詞讓人產生的聯想，會離生小孩這種令人憎惡兼道德敗壞的事比較遙遠——就只是種骯髒，而非不合宜的色情），這個淫猥到可笑的詞化解了已經讓人難耐的緊繃氣氛。瞬時哄堂大笑，幾乎是歇斯底里地一陣又一陣狂笑，就好像永遠停不下來一樣。我的父親——而且居然是主任啊！我的**父親**！噢，福特啊，福特！這真是極品。歡呼和吼叫聲此起彼落，人們臉上的表情好像快要崩壞了，眼淚都流了下來。又有六根裝著精液的試管打翻了。我的**父親**！

臉色蒼白的主任帶著滿心的困惑羞辱，痛苦地怒視著他。

我的**父親**！一度有跡象要逐漸平息的笑聲又再度爆發，而且空前的響亮。他摀住耳朵衝出房間。

——第十一章

受精室事件過後，整個倫敦的上層圈，都發了狂地想見見這個在孵化制約中心主任——或者應該說前主任，因為這個可憐人之後立刻就辭職了，從此再也沒踏進中心一步——面前雙膝一軟，跪地稱他為「我的父親」（這笑話實在好到有點假！）的有趣東西。相對地，琳達就沒啥用；沒有誰有一丁點想要見琳達的念頭。把誰說是母親——那已經不算是笑話了：那已經到了下流的程度。況且，她也不是真正的野人，她就跟其他人一樣，從瓶子生出來然後接受制約：所以也不會有什麼真正怪異的想法。最後一點——而這也是人們不想去看可憐琳達的最重要原因——則是因為她的長相。肥胖；已經失去了青春；一口爛牙，滿是髒點的膚色，還有那形狀（福特呀！）——你看著她很難不作嘔，是的，保證作嘔。所以那些上流人士都堅定地不去看琳達。至於琳達這邊，她也完全不想見他們。對她來說，回歸文明的意義就是回歸梭麻，就是有機會能躺在床上放一個又一個假，而且收假回來也都不用頭痛或想吐，都不會有喝**烏羽玉**之後的那些感覺，那感覺就好像你做了什麼可恥至極的反社會行徑，然後再也抬不起頭那樣。**梭麻**都不搞這些掃興的把戲。它給的假期完美無瑕，而且，如果用完第二天早上會不快樂，那也只是因為和假期相比沒那麼快樂，而不是**梭麻**的本質會帶來什麼不快樂。這個問題的解方，就是讓假期永不間斷。她因此貪婪地吵著要他們多給一些、要他們更常給。蕭醫師一開始拒絕了；後來就任憑她索取。她一天用量可以多達二十克。

「這樣下去一、兩個月後她就完了。」醫生對伯納德吐露。「總有一天她的呼吸中樞會麻痺。不再呼吸。完了。這也是好事。如果我們能回春，情況當然就不一樣了。但我們辦不到。」

出乎每個人意料外（因為放**梭麻**假的琳達最方便不礙事），約翰居然提出異議。

「但你們給她這麼多，不是在縮短她的生命嗎？」

「從某一方面來看，是的。」蕭醫師坦承。「但從另一方面來看，我們其實是在延長生命。」這年輕人難以理解地盯著他。醫生繼續說：「就現實時間上來說，**梭麻**可能會讓你少幾年壽命，但你可以想想**梭麻**在現實時間外，可以提供給你的那種漫長而無法度量的時間。每一個**梭麻**假期，都有一點類似我們祖先過去所說的那種永恆。」

約翰開始了解。「永恆在我們的嘴唇和眼睛裡。[40]」他低聲說。

「啥？」

「沒事。」

蕭醫師繼續說下去：「當然，如果人們有要緊事，那你就不能讓他們沒事突然跑到永恆之中。但既然她沒什麼要緊事……」

「儘管如此──」約翰堅持：「我還是不認為這樣沒錯。」

醫生聳了聳肩。「這個嘛，當然是囉，如果你比較喜歡她整天狂吼狂叫的話……」

最後約翰只能讓步。琳達得到了她的梭麻。從那時起，她就一直待在自己位於伯納德那間公寓三十七樓的小房間裡，躺在床

40. 《安東尼與克麗奧佩托拉》第一幕第三場。

上，一直開著收音機和電視，而那廣藿香水龍頭就一直開著，梭麻藥片則放在她垂手可得之處——她就一直待在那；但她也完全不在那，而是隨時都在無限遠處度假；在某個其他世界度假，在那裡，收音機的音樂是音色低沉美妙的迷宮，一個滑動的、悸動的迷宮，（在那些美麗不可或缺的眾多彎道引領下）通往有著絕對信念的極樂中心；在那裡，電視盒飛舞的畫面是某一場難以描述的甜美萬能感觸電影裡的表演者；在那裡，滴著的廣藿香不只是香氣——更是太陽、是一百萬隻性克斯風、是波佩在做愛，只是比那還要強上太多，多到無可比擬，而且永無止境。

「不，我們無法回春。但我很高興——」蕭醫師作出結論：「能有這樣的機會，來觀察人類衰老的案例。實在很感謝你叫我來。」他溫暖地握緊伯納德的手。

人們在追的是約翰。而要能看到約翰，就只能透過伯納德，一般公認的約翰監護人；伯納德因此發現，這是他有生以來第一次不只被當成一般人對待，甚至還被當成傑出要人對待。再也沒有人講起他代血中的酒精，也不再有人嘲笑他的外貌。亨利．佛斯特費盡心力地與他交好；班尼多．胡佛送他六包性賀爾蒙口香糖當禮物；社會階級命定室副主任跑來找他，幾乎有點可憐地求伯納德邀請他出席晚會。至於那些女人呢，伯納德只要暗示可能會邀請她，他就可以想用誰就用誰。

「伯納德找我下週三去見野人。」芬妮得意地宣布。

「我真替妳高興。」列寧娜說。「那妳現在是不是該承認當初錯看伯納德了。你不覺得他真的挺可愛的嗎？」

芬妮點了點頭。「我也不得不說，我實在是既驚訝又高興。」她說道。

裝瓶總長、社會階級命定主任、三位副助理受精長、情感工程學院感觸電影教授、西敏寺群體歌唱會司祭長、博卡諾夫斯基流程監察官——伯納德的要人名單可說是沒完沒了。

「我上週還用了六個女生。」他對何姆霍茲．華森傾訴。「週一一個、週二兩個、週五又兩個，還有週六一個。如果我有那時間或意思的話，至少還有十幾個急到不行的……」

何姆霍茲沉默地聽他吹牛，那鬱悶不以為然的模樣讓伯納德倍感冒犯。

「你在嫉妒。」他說。

何姆霍茲搖頭。「我有點難過罷了。」他回答。

伯納德大發雷霆。他對自己說，他再也不要、再也不要跟何姆霍茲說話了。

日子一天天過去。成就感沖昏了伯納德的腦袋，而這過程也使他和他至今都不曾滿意的世界徹底地調和一致（其效果就跟隨便哪種好的麻醉物一樣）。只要這世界還重視他，事物的秩序就是良善的。不過，儘管他的成功使他融於社會，他還是拒絕放棄批判秩序的特權。因為批判之舉能提高他的重要感，讓他自視更高。此外，他也真心認為確實有事物需要批判。（同時，他又真心喜歡當個有成就的人，並得到他想用的女生。）面對那些如今為了野人而對他獻殷勤的人，伯納德會對他們吹噓起一種吹毛求疵的離經叛道。人們會恭敬有禮地聽他說。但背地裡，人們就忍不住搖頭。「那年輕人不會有好下場。」他們充滿自信地預言，等時機一到，他們會親自確保他不會有好下場。「下次他就不可能再找到第二個野人了。」他們說。不過，這時候他手上就是有第一個野人；所以他們就畢恭畢敬。他們一畢恭畢敬，伯納德就覺得自己非同小可——不僅非同小可，且同時因得意而飄飄然，比空氣還要輕。

「比空氣還輕。」伯納德朝上指著說。氣象部的可控式汽球像一顆珍珠那樣高高掛在他們頭頂天空，在陽光中閃著玫瑰色光芒。

「向該野人展示文明生活之全部面向……」伯納德的指示中如此寫道。

人們便從鳥瞰角度向他展示文明生活，從查令T字塔的平台上俯瞰風景。車站站長和居住氣象學家擔任嚮導。但大部分時間都是伯納德在講話。就算以最不誇張的方式來形容，陶醉其中的他，舉手投足還是有如來訪的世界控制者一般。比空氣還輕飄飄。

孟買綠火箭從空中降落了。乘客紛紛下機。八名一模一樣的卡其制服達羅毗荼孿生子從座艙的八扇舷窗向外看——他們是服務員。

「一小時一千兩百五十公里。」站長意圖打動人地說。「你覺得怎樣呢，野人先生？」

約翰覺得非常好。「不過——」他說：「愛莉兒[41]可以在四十分鐘內環繞世界一周。」

「這名野人——」伯納德在給穆斯塔法．蒙德的報告中說：「出乎意料地對文明世界的發明並不感到驚訝或敬畏。無疑地，這有一部分是因為他已從琳達這名女子，也就是他的母X那聽聞這些事物。」

（穆斯塔法皺起眉頭。「這個蠢蛋是覺得我看到那個詞完整

41. 此能力本為《仲夏夜之夢》第二幕第一場中帕克（Puck）的自誇；但愛莉兒為《暴風雨》中的角色，可能為作者誤植或解讀為約翰的誤用。

寫出來會嚇到嗎？」）

「另一部分則是因為他的興趣專注於他所謂的『靈魂』，他堅持視其為獨立於物理環境之實體；儘管我試著向他指出……」

控制者跳過接下來幾句，正準備要翻頁找找有沒有比較具體有趣的內容，但他卻突然被一串不尋常的詞句吸引住了。他讀著這段文字：「……但我必須承認，我同意野人所發現的，也就是文明的幼兒性實在得來太易，或者就如他所形容的，並未付出夠高的取得代價；而我想藉由這個能讓福下留意的機會……」

穆斯塔法．蒙德的怒意幾乎立刻就被笑意取代。這個東西居然嚴肅地針對社會秩序這點來教訓他本人——**控制者耶**——這想法實在是太荒唐可笑了。這人想必是瘋了。「我應該來教訓一下他。」他對自己說；接著他忍不住仰頭大笑。至少，現在這一刻，他還沒有要出手教訓他。

這是一間製造直升機照明設備的小工廠，是電子設備公司底下的一個分公司。（出於控制者推薦信的神奇效果）總工程師和人件經理已在屋頂上迎接他們。他們走下樓進入工廠。

「每個步驟，都會盡可能用單一個博卡諾夫斯基組的人來執行。」人件經理解釋。

而實際上，就有八十三名幾乎沒鼻子的短顱代爾塔正在進行冷壓製程。五十六名鷹勾鼻的薑黃髮色伽瑪正操作著五十六台四軸卡盤式車床。一百零七名經制約適應高溫的艾普西隆塞內加爾人正在鑄造廠工作。三十三個長頭顱、淺棕髮、窄骨盆、身高皆一米六九、誤差兩十公釐內的代爾塔女性，正在切螺絲釘。在組裝室裡，發電機正由兩組正伽瑪侏儒進行組裝。兩張低矮的工作台面對著彼此；中間有條輸送帶載著各別零件慢慢向前移動；

四十七名金髮人面對著四十七名棕髮人。四十七個獅子鼻對著四十七個鷹勾鼻；四十七個內縮下巴對上四十七個凸下巴。完成的機械裝置經由十八名一模一樣的綠制服赭色卷髮伽瑪女孩檢查後，就由三十四名短腿左撇子負代爾塔男性裝進條板箱裡，然後由六十三個藍眼睛、亞麻色頭髮、長雀斑的艾普西隆半白癡裝進等待中的貨車卡車。

「美麗的新世界啊……」出於記憶本身的某種惡意，野人發現自己居然在複誦米蘭達的台詞。「美麗的新世界啊，有如此這般的人們。」

「我還可以跟你保證——」當他們離開工廠時，人件經理做出結論：「我們和工人之間從來沒出過問題。我們總是發現到……」

但野人卻突然甩開同伴，在一叢月桂樹後面猛烈作嘔起來，就好像這結實的地表是飛過空中氣穴的直升機一樣。

「該野人——」伯納德寫道：「拒絕服用梭麻，而且似乎因為琳達這名女性，也就是他的母X，一直處在梭麻假期中而憂煩不已。值得一提的是，儘管他的母X如此年老衰弱且極其面目可憎，野人仍頻繁前去探望且顯然十分愛慕她——這是個很有趣的例子，見證了早期制約得以改造自然衝動，甚至使其違背自然衝動（在本案例中，指的是出於厭惡而逃避令人不快之物的衝動）的方式。」

來到伊頓學院時，他們在高中部的屋頂下機。操場再過去的另一側，五十二層樓的拉普頓塔在陽光下閃著白光。他們的左邊是學院，右邊則是由鋼筋混凝土和透紫外線玻璃築成的學園群體歌唱堂，宏偉的建築令人肅然起敬。方院中間，立著典雅的吾主福特銘鋼像。

當他們踏出機身時，接待他們的是學院院長葛夫尼博士，以及校長濟特女士。

「這裡有很多孿生子嗎？」當他們開始視察時，野人有些擔憂地問。

「噢，沒有。」學院院長回答。「伊頓專門保留給上等男孩與女孩就讀。一個卵、一個成人。當然，教學起來也就更難。但既然日後社會將要求他們承擔責任並解決意外緊急情況，這也就由不得我們選擇。」他嘆了口氣。

同時，伯納德則對濟特女士整個心動起來。「如果你週一、週三或週五晚上有空——」他說著。他姆指朝野人一比：「他很不尋常，妳知道的。」伯納德補上這句。「很古怪。」

濟特女士露出微笑（而他心想著，她的微笑實在迷人）；並說謝謝，她會很樂意前來其中一場晚會。學院院長打開了門。

在那間雙正阿爾法教室待了五分鐘之後，有一件小事開始讓約翰感到困惑。

「到底什麼是基礎相對論？」他小聲問伯納德。伯納德試著解釋，解釋著又覺得還是算了，而提議繼續去別間教室看看。

通往負貝塔地理教室的走廊上，有一扇門後傳來響亮的女性高音喊道：「一、二、三、四。」接著，那聲音帶著筋疲力竭的不耐感說：「回到上一動。」

「馬爾薩斯程序。」女校長說。「當然，這裡多數的女孩是不孕女性。我自己也是不孕女性。」她對伯納德一笑。「但我們還是有大約八百名未絕育者需要持續演練程序。」

在負貝塔地理教室，約翰學到了「野人保護區就是一個因氣候或地理條件不利，又或者因缺乏自然資源，而不值得浪費去開化的地方」。喀地一聲；教室整個暗了下來；接著突然間，導師頭頂上的螢幕上出現阿克馬**悔罪派教友**拜倒在聖母腳前，然後就像約翰所親耳聽過的那樣慟哭起來，並對著十字架上的耶穌還有普康的老鷹圖像認罪。年輕的伊頓學生大聲地又笑又叫。那些還在慟哭的**悔罪派**起身，脫光了上衣，並以多節的鞭子開始抽打自己，一鞭接一鞭。音量加倍的哄堂大笑甚至淹沒了影中人放大了的呻吟聲錄音。

「可是他們為什麼要笑？」野人痛苦而困惑地問。

「為什麼？」學院院長轉頭面朝他時，也還咧嘴笑著。「**為什麼？**因為這出奇地好笑啊！」

在電影的微光中，伯納德大膽做出一個過去就算在全黑中都沒膽做的動作。仗著如今的顯要地位而強勢的他，將手臂繞在女校長的腰間。她的腰身柔軟地屈服了。他正想親個兩下甚至溫柔捏一把，窗戶的遮板又打開了。

「也許我們該繼續前進。」濟特女士說，並朝門邊走去。

「而這裡呢——」片刻過後學院院長說：「就是睡眠學習控制室。」

數百台合成音樂盒，每間大寢室分配一台，在房間的四面牆壁上，排列於三面的層架上；而第四面牆上分門別類擺放的，則是各種音樂紙捲筒，上頭印著各式各樣的睡眠學習課程。

「你把捲筒放進這裡。」伯納德打斷葛夫尼博士並解釋：「然後按下這個開關……」

「不對，是那個。」學院院長不悅地指正他。

「那就那個吧。紙捲筒就鬆開了。硒光電儀會把光脈衝轉化為音波，然後……」

「然後你要的就有啦。」葛夫尼博士作結。

「他們讀莎士比亞嗎？」當他們往生物化學實驗室前進，途中經過學校圖書館時，野人問道。

「當然不。」女校長說，同時臉紅了。

「我們的圖書館——」葛夫尼博士說：「只收藏工具書。如果我們的年輕人想要娛樂消遣，他們可以在感觸電影院滿足。我們不鼓勵他們沉迷於任何孤獨的娛樂。」

五輛公車從他們身旁的玻璃化公路駛過，上頭坐滿了唱著歌或靜靜相擁的男孩女孩。

「剛回來。」葛夫尼博士解釋的同時，伯納德則是悄聲和女校長約好該晚的相會。「他們剛從廢棄物焚化廠回來。十八個月就開始死亡制約。每個小朋友每週都要花兩個早上在一間醫院裡見習死亡。所有最好的玩具都在那裡，在死亡日當天還會拿到巧克力奶油。他們要學習將死亡視為理所當然之事。」

「就跟其他所有生理運作過程一樣。」女校長專業地補上這句。

八點整在薩伏依。都安排好了。

回倫敦的路上，他們中途停靠電視公司位於布蘭福特的工廠。

「方便等我一下，讓我打個電話嗎？」伯納德問。

野人就邊等邊看。日班員工此時正要下班。大批低等員工正在單軌列車車站前排隊等著——七、八百個伽瑪、代爾塔和艾普西隆男女，其中只有不到十來種的面貌和身高。售票員把一個硬紙板做的小藥盒連同車票遞交給他們每個人。男男女女的漫長人龍就這麼緩慢地前進。

「匣子裡裝的是什麼?」(他想起了《威尼斯商人》[42])當伯納德回來會合時,野人問道。

「當天的梭麻配給。」伯納德有點含糊地回答;因為他正嚼著一片班尼多.胡佛的口香糖。「他們每天工作結束後會拿到四片半公克的藥片。週六有六片。」

他深情地挽著約翰的手臂,然後回頭走向直升機。

列寧娜邊唱歌邊走進更衣室。

「妳看起來心情挺好的。」芬妮說。

「我心情是挺好的。」她回答。咻!「伯納德半小時前打來。」咻,咻!她的短褲落了下來。「他臨時有個約。」咻!「問我今晚能不能帶野人去感觸電影。我得飛了。」她隨即往浴室快速離去。

「這女生真好運！」望著列寧娜離去的芬妮對自己說。

這句評論沒有嫉妒之意；好心腸的芬妮就只是陳述事實而已。列寧娜的運氣是很好；她很幸運地和伯納德一起從野人的龐大名氣中分到了不小的一塊，也很幸運地用她不起眼的出身映照出最上流階層的片刻光彩。福特女青年會的祕書不就邀請她演說分享經驗嗎？阿芙蘿黛蒂[43]俱樂部不就邀請她參加年度晚宴嗎？她不就已經出現在感觸聲調新聞上——讓全球數不清的好幾百萬人能夠看到、聽到、觸到她這個人嗎？

---

42. 《威尼斯商人》中，波西亞要求婚者從父親留下的金、銀、鉛三個箱子中選一個，選擇正確就能娶她。

43. 阿芙蘿黛蒂（Aphrodite）是希臘神話中的愛情、美貌與性慾女神。

顯要人士所給予她的關注，已經是阿諛討好的極限了。常駐世界控制者的第二祕書邀請她一起用晚餐和早餐。他和福立首席法官[44]共度了一個週末，又和坎特伯里大唱堂的群體大主唱度過了另一個週末。內外分泌公司的主席頻繁與她通電話，而她已經和歐洲銀行的副總裁去過了多維爾。

「當然，這都好極了。」她曾經如此和芬妮坦承：「但某方面來說，我覺得我有些東西好像是騙來的。因為，他們每個人都想知道的頭一件事，想當然就是和野人做愛是什麼感覺。而我得說我不知道。」她搖了搖頭。「當然啦，大部分人不相信我。但真的就是這樣。我還寧願不是這樣呢。」她難過地補上這句，並嘆了口氣。「他實在是好看到不行；你不覺得嗎？」

「可是他不是喜歡妳嗎？」芬妮問。

「有時候我覺得是，有時候我覺得不是。他總是拚命在躲我；我進房間他就出去；他不肯碰到我；連看我都不肯。但偶爾我突然轉過頭，我就逮到他在盯著我瞧；然後呢——妳也知道嘛，男人喜歡妳的時候表情會是什麼樣。」

是的，芬妮知道。

「我實在搞不懂。」列寧娜說。

她實在搞不懂；而且她不只困惑，還滿沮喪。

「因為呢，妳知道的嘛芬妮，我喜歡他啊。」

越來越喜歡他。總之呢，當她洗完澡正要把自己弄得香噴噴時，她心想，現在就有個真正的好機會。滴、滴、答——真正的好機會。她的歌聲洋溢著歡欣愉悅。

44. 一　此名稱原文為Ford Chief-Justice，改自Lord Chief-Justice。

親親呀抱我，抱到我麻掉，
親我親到我昏掉：
親親呀抱我，暖膨的兔寶；
愛就像梭麻一樣好。

香味風琴正演奏著一首令人痛快舒暢的藥草隨想曲——百里香和薰衣草、迷迭香、羅勒、桃金孃、龍蒿組成的輕柔蕩漾琶音；將辛香音調做出一連串大膽的變調，而將其轉化為龍涎香；然後以檀香、樟腦、雪松和剛割下來的乾草（偶爾還加入微妙的不和諧觸感——腰子布丁的氣味，極少量稀微的豬糞），緩慢地回到曲子一開始的簡單芳香植物。百里香的最後一擊消散了；響起一輪掌聲；燈光亮起。合成音樂機內的音軌捲筒此時捲開。現在以宜人的倦怠氣息迴盪在空氣中的，是超級小提琴、強力大提琴和仿雙簧管的三重奏。三、四十個小節——接著，在這些樂器演奏的背景裡，一個超乎人類的聲音開始用顫音唱起歌；接著是喉音、接著是從頭頂出聲、接著像笛聲一樣空洞，然後以充滿渴望的泛聲衝刺，它毫不費力地從卡斯帕爾．福斯特所留下的最低音底線紀錄，一路來到了超越最高音C的蝙蝠顫音，也就是超越了舉世無雙的歌手盧克蕾琪亞．阿胡佳里（於一七七〇年在帕爾瑪公爵歌劇院，令莫札特[45]大吃一驚）尖聲唱出的高音。陷在正廳一樓充氣座位上的列寧娜和野人邊嗅邊聽。接著就

45. 此處指李奧波德．莫札特（Johann Georg Leopold Mozart, 1719-1787），是音樂家沃夫岡．阿瑪迪斯．莫札特（Wolfgang Amadeus Mozart, 1756-1791）之父。

輪到眼睛和皮膚也來加入體驗了。

觀眾席照明燈暗了下來；火一般的字母紮紮實實地立著，就好像自己撐在漆黑中一樣。**直升機內三週記。全程超歌唱，合成對話，彩色，立體感觸電影。香味風琴全程同步伴奏。**

「握住椅子扶手上的球形把手。」列寧娜悄聲說。「不這樣你就收不到觸感效果。」

野人便遵照吩咐。

同時，那些火一般的文字消失了；有十秒鐘是一片黑暗；接著，突然浮現出耀眼炫目、且比真正的血肉看起來還要紮實、遠比真實還要真實的立體影像，是一名碩大無朋的黑人和金髮短顱的正貝塔年輕女性，兩人手挽著手。

野人嚇到了。嘴唇上居然有那種感觸！他把手舉到嘴邊；那股挑逗感沒了；他的手按上金屬球形把手；那感覺又來了。同時，香味風琴正呼出道地的麝香味。音軌裡一陣超級鴿子音彷彿耗盡精力似地咕咕叫著：「噢──噢」；然後一個比非洲男低音還要低沉的聲音以一秒僅振動三十二下的低音回應著：「啊──啊」。「噢──啊！」「噢──啊！」立體影像中的嘴唇又湊到了一起，阿爾罕布拉宮裡六千名觀眾臉上的性敏感帶，又再一次因幾乎難忍的電流式歡愉而感到刺痛。「噢……」

電影的劇情倒是相當簡單。在第一次噢噢啊啊的幾分鐘後（唱了一段二重唱，還在那有名的熊皮上做了一下愛，上頭的每一根毛──命定室副主任說的一點也沒錯──都可以清楚分明地感覺到），那名黑人發生了一場直升機意外，摔到了頭。碰！額頭上這一撞還真痛！觀眾席也傳來**哎喲**和**唉呀**的合聲。

這場腦震盪撞壞了黑人的條件反射。他對金髮貝塔發展出一種專一而狂熱的激情。她反對。他堅持。出現了扭打、追逐、攻擊對手，最後是一場非常驚人的綁架。金髮貝塔被綁到了空中並監禁在盤旋的直升機上，整整三週都在與這個黑人瘋子進行違反社會規矩的親密相處。最終，在一連串的冒險與空中飛行特技後，三名英俊的年輕阿爾法成功救出了她。黑人被送去成人再制約中心，電影便在金髮貝塔成為三名拯救者的共同情婦後，歡喜合宜地落幕。他們主動中斷了一下過程，來唱一首合成四重唱，同時搭配全套的超級交響樂伴奏，以及香味風琴的梔子香。接著，熊皮又最後一次登場，然後，在性克斯風一陣響亮刺耳的聲音後，最後一個立體影像的吻消失為一片黑暗，而電子挑逗感最後從嘴唇上消失的那種感覺，就像是死去的飛蛾那般顫抖、顫抖、逐漸衰弱、逐漸微弱直到最後靜下來，靜止不動。

但對列寧娜來說，那隻飛蛾並沒有完全死去。即便燈光重新點亮後，當他們慢慢隨人潮往電梯漫步前進時，那飛蛾的幽魂仍在她唇上拍翅，仍追蹤著在她皮膚上顫抖遊走的焦慮愉悅軌跡。她臉頰潮紅，她雙眼如露珠明亮，她呼吸變得沉重。她捉住野人的手臂挽向她身邊。他朝下看了她片刻，臉色發白、神情痛苦、內心渴望，並對自己的慾望感到羞愧。他不配，他不……兩人的眼神瞬間交會了。她的雙眼許諾著多麼珍貴的寶藏呀！那是足以贖回一個皇后的氣質。他匆忙看向別處，讓手臂掙脫監禁。他暗中畏懼著，就怕她不再身為他無法匹配的崇高對象。

「我不覺得妳應該看這種東西。」他邊說邊忙著把過往、今後任何損及列寧娜完美的原因，都從列寧娜自己轉歸咎於周遭的環境。

「哪種東西啊，約翰？」

「好比這恐怖的電影。」

「恐怖？」列寧娜打從心底震驚。「可是我覺得很可愛啊。」

「那很低劣。」他憤慨地說：「那很可恥。」

她搖搖頭。「我不懂你的意思。」他幹麼那麼怪？他幹麼那麼拚命想煞風景？

在計程機上，他連看都不看她一眼。束縛於從未說出的誓言、服從於早已停止運行之律法的他，坐在一側避著她並沉默不語。有時候，就好像一根指頭撥著某條緊繃到快斷掉的線一樣，他會因突然一陣驚恐緊張而全身顫抖起來。

計程機降落在列寧娜公寓的屋頂。「總算吶。」踏出機外時，列寧娜興高采烈地想著。總算吶——雖然他剛剛還那麼怪。她站在一盞燈下，望進手中的小鏡子。總算吶。是的，她的鼻子是有一點太光亮了。她甩了甩粉撲上的蜜粉。他還在付錢給計程機——那就還有一點時間。她抹了抹那發亮的地方，心想：「他實在是好看到不行。那他就不需要像伯納德那樣害羞了。不過……換做是別人的話老早就出手了。反正現在，時候總算到了。」小圓鏡面上的那張臉突然對她笑了起來。

「晚安了。」一個鯁住的聲音在她背後說。列寧娜猛然回身。他就站在計程機艙門口，眼睛動也不動地盯著；顯然從她給鼻子撲粉的時候就一直盯到現在，等著——但在等什麼？或著是猶豫著，試著下定決心，然後就一直在想著，想個不停——她沒辦法想像那是什麼不尋常的想法。「晚安，列寧娜。」他重複說道，並露出一個企圖微笑的扭曲痛苦表情。

「可是，約翰……我想說你要……我是說，你沒有要嗎……？」

他關上門，並向前俯身對駕駛說了什麼。計程機便升上空中。

野人從地板上的窗口向下看，可以看到列寧娜仰望的面孔，在藍色的燈光下顯得蒼白。她嘴巴張著，在呼喚著什麼。她越來越小的身形快速地離他遠去；逐漸消失的正方形屋頂彷彿向下掉進黑暗中似的。

五分鐘後他就回到了自己房間。他從屋內的藏匿處取出了他被老鼠啃過的書，帶著宗教儀式的謹慎打開髒汙皺起的書頁，然後開始讀《奧賽羅》。他記得，奧賽羅就跟《直升機內三週記》的主角一樣——是個黑人。

停止哭泣後，列寧娜穿過屋頂平台走向電梯。在她下到二十七樓的途中，她抽出了她的梭麻藥瓶。她認定，一克是不夠的；她的苦惱超過了一克的療效。但如果吃兩克，她明天早上就有無法準時起床的危險。她決定折衷，把三片半公克的梭麻藥片搖進她弓起的左手掌心。

第十二章

伯納德得對著鎖上的門大吼；野人不肯開門。

「可是大家都來了，在等你啊。」

「讓他們等。」模糊的聲音隔著門傳回來。

「可是約翰，你也很清楚啊。」（嗓門拉到最大的時候，要聽起來像在勸人實在是很難！）「我是特意請他們來見你的。」

「你應該先問**我**想不想見**他們**。」

「可是你之前都會出來啊，約翰。」

「就是因為這樣我才不想再出來。」

「就當作是給我個面子吧。」伯納德低聲下氣地哄著。「你不給我個面子出來一下嗎？」

「不。」

「你認真的？」

「對。」

「那我要怎麼辦？」伯納德絕望地哀號。

「下地獄去！」極度惱火的聲音從裡頭傳來。

「可是坎特伯里大唱堂的群體大主唱今晚都到了。」伯納德幾乎要掉淚了。

「*Ai yaa tákwa!*」野人只有用祖尼語才能充分表達他對群體大主唱的感受。「*Háni!*」他又加了這句；接著他說（以極其嘲諷的兇狠惡意！）：「*Sons éso tse-ná.*」然後他對地上吐了一口口水，就像波佩以前那樣。

到最後伯納德只能悄悄溜走，縮回他自己的房間，去跟迫不及待的與會者們說，今晚野人不會出來了。得知消息的人們怒不可遏。男人們憤怒不已，因為自己居然被騙來對這聲名狼藉的異端小人物畢恭畢敬。他們的等級越高，憤慨就越深。

「居然敢這樣耍我。」大主唱重複著這句話，「我吶！」

至於女人們，則是因為覺得自己被騙來用——被那個瓶子誤裝酒精的該死小矮子用——被那個有負伽瑪體格的東西用——而忿忿不平。簡直大逆不道，而她們就這麼越說越大聲。伊頓的女校長更是嚴加斥責。

只有列寧娜沒說什麼。一臉蒼白，藍色的雙眼籠罩著不尋常的憂鬱，她坐在角落，以一種無法和周遭人群分享的情緒和他們相隔開來。她來晚會時原本充滿一種焦躁得意的奇怪感覺。「幾分鐘後——」當時她剛進門時還對自己說：「我就會看到他，和他說話，對他說（因為她來時就下定了決心）我喜歡他——從來沒像喜歡他這樣喜歡過任何一個人。然後他或許就會說……」

他會說什麼？血液衝上了她的臉頰。

「那天晚上看完感觸電影之後，他為什麼那麼奇怪？實在很怪異。但我完全確定他真的很喜歡我。我確定……」

而伯納德就是在這一刻向大家宣布；野人不來晚會了。

列寧娜突然感受到在暴烈激情替代療法的起頭常會經歷的所有感受——一種恐怖的空虛感，一種無法呼吸的憂懼，一種嘔吐感。她的心臟好像要停止跳動了。

「可能是因為他不喜歡我。」她對自己說。而這種可能立刻就成了定論：約翰拒絕前來是因為他不喜歡她。他不喜歡她……

「實在是有點太愚蠢了，」伊頓學院的女校長對火葬場兼磷回收利用廠的主任說。「我當時還以為我真的……」

「對啦。」芬妮．克朗恩的聲音浮現：「酒精的事情絕對是真的。我有認識的人認識那時候在胚胎庫工作的人。她跟我朋友說，然後我朋友又跟我說……」

「太糟了，太糟了。」亨利．佛斯特同情體諒著群體大主唱。「講件事或許您會有興趣，就是我們的前主任一度都準備要把他調到冰島了。」

伯納德快樂自信的緊繃汽球如今被每句說出的話刺穿，而從一千個傷口洩了氣。臉色蒼白、內心不安、悲慘又躁動的他在賓客之間來回，語無倫次又結巴地道歉，跟他們保證下次野人一定會在，哀求他們坐下來吃個胡蘿蔔素三明治，幾片維他命A肉醬，一杯替代香檳。他們應要求吃了，但對他視而不見；他們也喝了，但要不當面對他無禮，要不就對著別人來聊他，又大聲又冒犯，就好像他根本不在場一樣。

「現在呢，各位朋友。」坎特伯里大唱堂的群體大主唱用他主持福特日慶典會的美妙響亮聲音說：「現在，各位朋友，我想時間或許差不多了……」他起身，放下玻璃杯，撣下紫色人造絲西服背心上那一大份點心留下的糕餅屑，然後朝門口走去。

伯納德飛奔向前，想攔下他。

「您真的得走嗎，大主唱？……還很早呢。我希望您能……」

是的，當列寧娜信心滿滿地跟他說，只要寄邀請給群體大主唱他就會收的時候，他可沒期待會像如今這樣。「他真的很可愛，你知道的。」然後她也給伯納德看了她週末待在管區歌唱堂之後大主唱給的紀念品，一個小小的T型金拉鍊扣。**前來與坎特伯里大唱堂的群體大主唱和野人先生相見歡**。伯納德在每張邀請卡上都這樣宣告自己的戰果。但那野人那麼多晚上不選，就偏偏選在今晚把自己關在房間裡，還對著他喊「*Háni!*」甚至（幸好伯納德不懂祖尼語）「*Sons éso tse-ná!*」本來應該是伯納德生涯至高無上的一刻，結果卻成了他最受羞辱的一刻。

「我真的很希望……」他結巴地反覆同一句話，以懇求憂慮的雙眼，仰望著這位大人物。

「年輕人啊。」群體大主唱以一種響亮但嚴肅苛刻的語氣開口；人們全都靜了下來。「讓我給你幾句建議吧。」他對伯納德搖了搖手指。「在事情無法挽回之前。給幾句好建議（他的聲音陰森起來）。改一改啊，年輕人，改一改。」他在他前面劃了個T字然後轉身離去。「列寧娜，我的親親。」他換了另一種聲調。「跟我來。」

列寧娜順服地跟著他走出房間，但臉上沒有笑容也（對自己所獲之殊榮一無所覺而）全無興高采烈之情。其他賓客也以一種尊重主人的間隔隨後離開。最後一位用力甩上門。只剩伯納德一個人。

整個被揭穿、徹底洩了氣的他倒進一張椅子裡，雙手摀住臉開始哭泣。不過，幾分鐘後，他覺得這樣不好，而吃下四片梭麻。

野人在他樓上的房間裡讀著《羅密歐與朱麗葉》。

列寧娜和群體大主唱下了機，踏上大唱堂的屋頂。「快點，年輕人——我是說，列寧娜。」大主唱不耐煩地在電梯口呼喊。為了看月亮而逗留片刻的列寧娜，收回她仰望的視線，快步跑過屋頂去跟他會合。

〈生物學新理論〉是穆斯塔法．蒙德剛讀完的論文標題。

他坐著一陣子，沉思地皺眉，然後拿起筆在扉頁上寫字。「作者針對本目的之概念之數學探討既新穎且十分睿智，但異於常理，且考量當前社會秩序，更顯危險且蘊藏破壞性。**不予出版**。」他在最後這幾個字底下劃線。「將作者納入監視。應有必要將其調任至聖赫倫那海洋生物站。」他簽名時心想，實在可惜。這是篇精湛的著作。然而，一旦你開始承認某個目的有其解釋——這個嘛，你很難知道結果會怎樣。那種想法會在較高等人比較不安定的心靈中，輕易地產生抵銷本能制約的效果——進而讓他們不再相信幸福即為絕對善，反而開始相信目標在此外的他處，在當前人類圈之外的某處；反而開始相信生命的目的不在於維持安樂，而在於增強精煉意識，或者擴充知識。而這種念頭呢，控制者心想，其實相當有可能是正確的。然而，在當前的環境中，卻是不可接受的。他再次拿起筆，然後在「**不予出版**」的底下又劃了第二條更粗更深的線；然後他嘆了口氣，心想：「人如果不用思考幸福為何，會有多麼歡樂啊！」

約翰閉上眼睛的面孔閃耀著狂喜，他輕柔地對著虛空朗誦：

> 喔，火炬都不及她的明亮！
> 她懸在夜的頰上
> 像衣索比亞人耳邊的珠寶；
> 華美無緣匹配，珍貴不值在世……[46]

黃金T字在列寧娜胸前閃著。群體大主唱淘氣地一把將它抓住，調皮地拉了又拉。「我覺得——」列寧娜突然打破了漫長的沉默說：「我最好來幾克梭麻。」

同一時間，伯納德正熟睡著，並為了他夢中的祕密天堂而微笑。他笑了又笑。但掛在他床鋪上頭的電子鐘，分針每三十秒就會以幾乎察覺不出的滴答聲冷酷地往前一躍。滴、答、滴、答……早上了。伯納德又回到了時空的悲慘中。他帶著最消沉的意志搭計程機去制約中心上班。成功帶來的陶醉都蒸發了；如今清醒的他還是那個老樣子；相較於過去那幾週短暫的漂浮膨脹，老樣子的他和周遭空氣相比，可以說是空前沉重。

面對如此洩氣的伯納德，野人倒是出乎意料地有同情心。

「你現在比較像你在惡地那時了。」當伯納德告訴他自己

46. —《羅蜜歐與茱麗葉》第一幕第五場。

的慘劇，他這麼說道。「你還記得我們第一次聊天嗎？在小屋子外。你現在就像你那時的樣子。」

「因為我又變得不開心啦；原因就是如此。」

「可是呢，我寧願不開心，也不要抱持你在這裡的這種虛假說謊的快樂。」

「這句好。」伯納德痛苦地說。「就因為一切都是你搞出來的。拒絕來我的晚會，而讓所有人的矛頭轉過來對準我！」他知道他這樣講根本就荒唐不公；野人現在所說的、有關於「會因為那麼一丁點激怒就轉而迫害你的朋友，其實是多麼無足輕重」的這一切真相，他一開始只是暗地裡承認，最後也不得不發自內心大聲附和了。但儘管伯納德認知到且承認了這一點，儘管他這位朋友的支持和同情如今是他唯一的慰藉，他還是倔強地醞釀著他真正的感受，也就是暗中對野人的不滿，並計畫著一些用來打擊他的小小報復。醞釀對群體大主唱的不滿也沒用；報復裝瓶總長和命定室副主任也是不可能的事。身為伯納德想傷害的一員，野人和上述人士相比有個大優勢：那就是伯納德可以動到他。朋友的一個基本功用，就是去承受我們想施加於敵人但無法施加的懲罰（但形式上較輕微，也比較是象徵意義的）。

伯納德的另一名受害者朋友就是何姆霍茲。當他坐立難安，跑回去跟何姆霍茲索求自己意氣風發時認為不值得花時間維持的友情時，何姆霍茲還是會給他；而且他給的時候沒有一句斥責、沒有一句評論，就好像忘了之前兩人有什麼爭吵不合似的。這種寬宏大量令伯納德感動的同時，也令他覺得受辱——這種寬宏大量越是不尋常，也就越顯得羞辱人，因為那完全不仰賴梭麻，靠的都是何姆霍茲這個人的個性。遺忘並原諒這一切的，是平常的那個何姆霍茲，而不是那個靠半公克梭麻放假去的何姆霍茲。伯納德適當地抱持感激（能夠拾回這位朋友實在是太安慰了），但也同樣地怨恨（如果能報復一下他這種慷慨，那會有多愉快）。

在他們吵架疏遠後第一次重新會面時，伯納德將自身慘劇傾吐而出，並接受了安慰。幾天後，他才在驚訝、羞愧與難過中，得知遇上麻煩的並不是只有他而已。何姆霍茲也和當權者起了衝突。

「是因為一些押韻詩。」他解釋道。「我當時正在給三年級生上平常的進階情感工程課。十二堂講課，其中第七堂是押韻詩。比較精確一點的說法，是『論押韻詩運用於道德宣傳和廣告』。我都會用很多技巧範例來給我的課做說明。這一次我想說，就用我自己剛寫的當例子吧。當然，這根本就瘋了；但我就是忍不住。」他笑了出來。「我實在是太好奇，想看看他們會有什麼反應。」他嚴肅地補上一句：「況且，我想打一點宣傳戰；

我私底下計劃安排著，要讓他們感受到我在寫這些押韻時的感受。福特啊！」他又笑了。「結果抗議實在太激烈了！校長抓我去受審，還威脅要立刻開除我。我現在可是備受注目呢。」

「可是你的押韻詩是什麼？」伯納德問。

「是關於孤獨。」

伯納德的眉毛抬了起來。

「要的話，我朗誦給你聽。」然後何姆霍茲就朗誦了起來：

昨天的委員會，
鼓棒，但對著一只破鼓，
午夜在城市中，
長笛處在真空，
緊閉的唇，睡著的臉，

每一台停止的機器，
那些群眾曾在的
沉默而零亂之處——
所有的無聲欣喜著，
哭泣著（大或小聲），
說著——但用的是
我不認識的聲音。

沒有了，好比說，蘇珊的，
沒有了厄革里亞的
雙臂和各自的乳房，
還有雙唇和，啊，臀部，
緩緩構成了存在；

誰的存在？我問道，是什麼
荒謬至極的本質，
使某個不在的東西，
即便不在卻又比
我們用來交媾的東西
更牢牢據著空蕩的夜晚，
它為何看起來如此汙穢？

總之呢，我就拿這個當範例教他們，然後他們就向校長舉報了。」

「我不覺得很意外。」伯納德說。「這擺明了違反他們所有的睡眠教學。別忘了，它們反對孤單的警告至少有二十五萬次。」

「我知道。可是我想說，我就是要看看會有什麼效果。」

「總之，你現在看到啦。」

何姆霍茲只是笑了笑。沉默了一陣子之後他說：「我覺得，我好像剛剛才開始有東西可以寫。我好像剛剛才學會使用心裡的那股力量——那股額外的、潛在的力量。有什麼東西要湧上來了。」伯納德心想，儘管面對那麼多麻煩，他看起來卻是開心到了極點。

何姆霍茲和野人很快就喜歡上彼此。他們倆要好到讓伯納德感受強烈的一陣嫉妒。何姆霍茲和野人瞬間達到的親密，是他過去幾週下來都摸不到邊的程度。看著他們，聽著他們對話，他發現自己有時會怨恨地希望自己當初沒讓這兩人接上線。他恥於自己的嫉妒心，並以意志力和服用**梭麻**這兩招交替抵擋這種感覺。但這番苦心並不怎麼成功；而且在一次次梭麻假期之間，還是有不可免的間隔空檔。那種討厭的感受周而復始地回歸。

第三次和野人見面時，何姆霍茲朗誦了他的孤獨押韻。

「你覺得如何？」朗誦完之後他問。

野人搖了搖頭。「你聽聽**這個**。」他這麼回答；接著他打開鎖上的抽屜拿出老鼠啃過的那本書，翻開來念出：

讓最響亮的鳥兒，
停於那孤立的阿拉伯樹，
通報著悲傷，喇叭響起……[47]

47. 一 出自莎士比亞寓言詩《鳳凰與斑鳩》

何姆霍茲越聽越有興味。念到「孤立的阿拉伯樹」時他震驚不已；念到「你這叫聲刺耳的報信者」時他因突如起來的愉悅而微笑；念到「所有霸道羽翼的野禽」時血液湧上了他的臉頰；但念到「葬儀曲調」時他臉色卻轉白，並因前所未有的情感而顫抖。野人繼續朗讀下去：

物性就此受打擊，
本身已不如原樣；
單一本質雙重名
既不稱二亦非一。

理智本身起困惑，
並見分裂逐增長……[48]

「群交雜交！」伯納德說，並用一個又大又不愉快的笑聲打斷朗讀。「不過就團結儀式的讚美詩嘛。」他正為了自己的兩個朋友喜歡彼此勝過他而報復著。

在他們接下來的兩三次會面中，他頻繁重複這種小小報復。這種行為簡單又有效，何姆霍茲和野人都會因最愛的詩語結晶被這樣粉碎玷汙而痛苦至極。到最後，何姆霍茲威脅說，如果他再敢打擾就轟他出去。然而最奇妙的是，接下來那次最失體面的煞風景，卻是何姆霍茲自己起頭的。

那時野人正高聲朗讀著《羅密歐與朱麗葉》——以強烈顫抖

48. 一《羅蜜歐與茱麗葉》第三幕第五場。

的激情讀著（因為他一直將自己視作羅密歐，而列寧娜則是朱麗葉）。何姆霍茲以一種困惑不解的興味，聽著這對情人第一次相會的場景。果園場景的詩意令他十分高興；但表達出來的感情就讓他微笑了。不過用一個女孩就可以陷入這種狀態——這實在滿滑稽的。但若從詞語細節來詳讀的話，這實在可說是一部情感工程的傑作啊！「那個老傢伙啊——」他說：「我們部門裡最棒的宣傳技工跟他一比，實在都笨到不行。」野人得意地微笑，並繼續朗讀下去。一切都挺好的，直到第三幕的最後一場，凱普萊特和凱普萊特夫人開始威脅朱麗葉和帕里斯成婚。整場戲何姆霍茲都坐立難安；接著，當朱麗葉藉由野人的乏味表演而大喊：

雲端裡就沒有哪種慈悲，

能看穿我心底的悲傷？

喔，親愛的我的母親，別拋棄我！
把這親事延一個月，一星期也好；
或者，若您不肯，就把我新婚的床
安在提伯爾特長眠的幽暗墳墓裡吧……

當朱麗葉說出這段話後，何姆霍茲突然難以克制地放聲大笑。

母親和父親（真是夠怪誕猥褻的）逼迫女兒去用她不想用的某人！然後這個蠢女孩也不說自己有在用（不論如何，至少那一刻）比較喜歡的別人！這情況的下流荒誕，實在可笑到了極點。他盡了全力克制自己越來越壓不住的笑意；但到了（以野人那痛苦顫抖口吻說出的）「親愛的母親」，還有提伯爾特死了卻顯然沒燒掉，還把磷都浪費在幽暗的墳墓底下，他就真的撐不住了。

他笑了又笑直到眼淚從臉上流下——壓抑不住地笑，但同時，蒼白臉色中帶著一股憤怒的野人沿著書本上緣看著他，何姆霍茲持續笑個不停，他憤怒地闔上書，起身之後，以一種把珍珠從豬玀身上取下的姿態，把書鎖回抽屜。

當何姆霍茲呼吸平復到可以道歉、並安撫野人聽他解釋時，他說道：「不過呢，我也很清楚人是需要那樣荒謬瘋狂的場合；如果寫別的東西，就實在沒辦法寫得多好。為什麼那個老傢伙可以是那麼傑出的宣傳技工？因為有太多瘋癲痛苦的事物可以令他興奮。你得要受傷受挫；不然的話你就沒辦法想到真正有洞察力、像X光那樣有穿透力的好詞句。但父親跟母親哪！」他搖了搖頭。「你不能指望我不對父親、母親這兩個詞笑出來。此外，誰會對一個男生要或不要用一個女生的事情感到興奮啊？（野人臉部抽搐著，但盯著地板沉思的的何姆霍茲卻什麼也沒看到）

不。」他嘆了口氣做出結論：「這沒用。我們需要別種瘋狂和暴力。但那是什麼？是什麼？要在哪裡找？」他沉默下來；接著，他搖了搖頭：「我不知道。」最後他說：「我不知道。」

第十三章

胚胎庫的黯淡微光中，隱約浮現亨利・佛斯特的身影。

「晚上要不要去感觸電影？」

列寧娜沒說話，只搖了搖頭。

「跟別人約了嗎？」他對自己的哪個朋友用了哪個朋友挺有興趣。「是班尼多嗎？」他問。

她又搖了搖頭。

亨利從那一對紫色眼睛中察覺到異樣，從那狼瘡光澤下察覺到慘白，在沒有笑容的深紅嘴角察覺到哀傷。「妳沒生病，對吧？」他怕她可能得了某種還殘存至今日的傳染病，而有點焦急地問。

然而列寧娜只是再次搖了搖頭。

「不管怎樣，妳應該去看看醫生。」亨利說。「一天一醫生，緊張遠離我。」他熱情地補上這句，邊引用他那句睡眠學習的格言，順便在她肩膀上拍了一記。「或許妳需要的是替代懷孕。」他建議道。「或者是多來一回強效的VPS。妳知道嘛，有時候標準的激情替代並不……」

「喔，你他福特的！」列寧娜打破自己倔強的沉默：「閉嘴！」然後她又回頭去顧她一度疏忽的胚胎。

VPS咧！如果不是快要哭出來的話，她都快要笑了。好像我遇上的暴力激情還不夠似的！重新裝填注射器時，她深深嘆了口氣。「約翰。」她喃喃自語：「約翰……」接著，「我的福特啊。」她心想：「我是已經給這個打過昏睡病了，還是還沒？」

她就是想不起來。最後，她決定不要冒著打成兩劑的風險，而繼續輪下一瓶。

那一刻算起的二十二年八個月又四天後，姆萬紮區姆萬紮市一名前途無量的負阿爾法行政人員會死於錐蟲病——半世紀以來的第一起。列寧娜嘆了口氣，繼續工作。

一個小時後，在更衣室內，芬妮卯足了全力提出反對。「可是妳搞成這樣實在是太荒謬了。就是荒謬。」她重複道。「就為了什麼？一個男人。一個男人。」

「可是我要的就是他。」

「講得好像世界上就沒有那其他幾百萬男人一樣。」

「可是我又不要他們。」

「妳沒試過怎麼知道？」

「我試過。」

「試過多少？」芬妮輕蔑地聳肩。「一個？兩個？」

「幾十個。」她搖搖頭。「可是，那沒什麼好的。」她補上這句。

「這個嘛，妳得要鍥而不捨呀。」芬妮教訓著。但很明顯地，她對她自己這套處方的信心也動搖了。「不堅持，什麼都達不到。」

「可是同時……」

「別去想他。」

「我忍不住。」

「那就去吃**梭麻**。」

「我有吃。」

「那就繼續吃。」

「但中間間隔的時候我還是喜歡他。我會一直喜歡他。」

「哇，那如果是這樣的話——」芬妮下定了決心說：「那妳何不就去擺平他。管他要不要。」

「要是妳知道他有多怪異就好了！」

「這理由就夠妳果斷行動啦。」

「用講的很輕鬆。」

「不要再嘴炮了。行動吧。」芬妮的聲音有如號角；她應該要去當福特女青年會的講師，對青春期的負貝塔進行晚間演說才對。「對啦，行動吧——馬上行動。現在就做。」

「我害怕啊。」列寧娜說。

「這個嘛，妳只要先吃半公克梭麻就好了。現在呢，我要去洗澡了。」她拖著浴巾，大步離去。

鈴響了，不耐煩地巴望著何姆霍茲那天下午來訪的野人（因為他總算下定決心要跟何姆霍茲談談列寧娜，他深怕自己的信心沒辦法再多延後一分鐘了），跳起來奔向門口。

「我有預感會是你呢，何姆霍茲。」他邊開門邊大喊。

站在門檻上的，是穿著白色人造緞面水手服，白色圓盤帽還浪蕩地斜向左耳側的列寧娜。

「噢！」野人喊著，就好像有人給了他重重一拳似的。

半公克早就足以讓列寧娜忘卻恐懼與難為情。「哈囉，約翰。」她微笑著穿過他身邊走進屋內。他不假思索地關上門跟她走。列寧娜坐了下來。兩人默默不語了好一陣子。

「你見到我好像不怎麼高興呀，約翰。」她總算說了出來。

「不高興？」野人責備地看著她；然後突然朝她雙膝一跪，並捧起她的手，恭敬地親了下去。「不高興？喔，要是妳知道就好了。」他悄聲地說，然後大膽地抬起頭讓雙眼對著她的臉：

「令人仰慕的列寧娜啊——」他繼續說道：「真是一切仰慕之頂峰，價值抵過世界上一切最珍貴的財寶。」她回以一個成熟性感的溫柔微笑。「喔，妳如此完美。」（她以微張的雙唇朝他靠去）「如此完美又無與倫比地——」（越來越近）「集眾生最出色之處而成。[49]」還是在靠近。野人突然連滾帶爬地退開。他避開了臉說：「也就因此，我想先**做**點什麼……我是說，來展現我配得上妳。不是說我真的就可以。但不管怎樣就是要展現我並非全然**不**配。我想做點**什麼**。」

「你為什麼覺得有必要……」列寧娜開了頭，句子卻沒說完。她的聲音裡帶著一絲惱怒。當一個人已經靠向前，越靠越近，雙唇都張開了——結果卻突然發現，有個笨拙粗人連滾帶爬，讓她沒地方可以靠上去——這樣的話呢，即便已經有半公克**梭麻**在血流裡繞，她還是有理由，應該說有充分的理由可以不爽。

野人含糊無條理地說：「在惡地那邊，你要帶一張山獅皮給她——我是說，如果你要跟誰結婚的話。不然狼皮也可以。」

「英格蘭沒有獅子啊。」列寧娜幾乎要發火了。

「就算有——」野人突然展現出輕蔑的憤慨補上一句：「我猜人們也會用直升機去殺吧，用毒氣還是什麼的。這我做不到呢，列寧娜。」他正了正肩膀，大膽地望向她，看見對方以憤怒不解的眼神盯著他。「我什麼都願意做。」他在困惑中繼續說下去，越來越語無倫次。「妳說什麼我都做。妳知道，有些遊戲使人痛苦，但努力從中取樂足以抵銷之[50]。那就是我的感覺。我是

49.《暴風雨》第三幕第一場。

50. 同前註。

說如果妳要的話，我會好好掃地。」

「但我們這裡有真空清掃機呀。」列寧娜困惑地說。「做那沒必要。」

「不，當然沒必要。但有些鄙事是出於崇高動機而承擔。[51]我想要做些崇高的事。妳不懂嗎？」

「但如果有了真空清掃機……」

「重點不在那。」

「還有艾普西隆半白癡會來處理。」她繼續說：「好吧，那說真的，為什麼，為什麼？」

「為什麼？就是為了妳，為了妳呀。只是要展現出我……」

「那真空清掃機和獅子到底有什麼關聯……」

「展現出我有多麼……」

「獅子跟很高興見到我又有什麼關聯……」她越來越火大。

「有多麼愛妳呀，列寧娜。」他幾乎是絕望地說出口。象徵內心驚喜正在奔騰的血液猛然衝上列寧娜的臉頰。「你認真的嗎，約翰？」

「但我還沒有打算要說出來。」野人出於某種痛苦而握緊拳頭喊著。「要到……列寧娜，聽我說；在惡地那邊人們會結婚。」

「結什麼？」惱怒開始鑽回她的聲音裡。他現在又在講什麼？

「永遠。他們承諾要永遠地一起生活。」

「多恐怖的想法！」列寧娜打從心底震驚。

51. 同前註。

「以回春快過血色衰敗的心靈，活得比美麗外表更長久。[52]」

「什麼？」

「就跟在莎士比亞裡面一樣。『若在一切崇高儀式以充分神聖之禮節允許前，你就切斷她處女的繩結……』[53]」

「你他福特的講人話吧，約翰。你講的我一個字都聽不懂。先是真空清掃機，然後又是什麼繩結的。你快把我搞瘋了。」她突然站起來，接著就像怕他身體隨心靈一併逃開似地，抓住了他的手腕。「回答我的問題：你是真的喜歡我，還是不喜歡？」

當下一時沉默；接著他極其小聲地說：「這世上我最愛的就是妳。」

「那你幹麼不這樣講就好了？」她大喊，惱怒到尖指甲都刺進他手腕的皮肉裡。「偏偏要講那一堆什麼繩結的真空清掃機的獅子的廢話，害我好幾週都過得這麼慘。」

她鬆開他的手，然後憤怒地用力甩開。

「要不是我那麼喜歡你的話——」她說：「我就真的會非常非常地氣你。」

接著突然間，她的雙臂就繞上了他的頸子；他感覺到她的雙唇軟軟地貼在他自己的上頭。極其美味的柔軟，既溫暖又帶電，讓他不可避免地發現自己正想著《直升機內三週記》裡的擁抱。「噢！噢！」那立體影像的金髮，和「啊！」那逼真過頭的黑人。恐怖、恐怖、恐怖……他想要掙脫；但列寧娜收緊了她的擁抱。

52.——《特洛勒斯與克瑞西達》第三幕第二場。

53.《暴風雨》第四幕第一場。

「你幹麼不這樣說就好了？」她悄聲說，頭轉回來看著他。她的雙眼溫柔地表示責備。

「就算最幽暗的洞穴，就算最適宜的場合——」（良心的聲音詩意地轟然作響）「就算最強烈的惡質誘惑，也不能將我的廉恥化為肉慾。絕對不能！[54]」他如此下定決心。

「你這個傻小子！」她說。「我好想要你。如果你也要我，幹麼不要呢？……」

「可是，列寧娜……」他開始抵抗；而當她突然鬆開原本纏住的雙臂、從他身邊退開時，他有那麼一刻還以為她聽懂了他沒說出的暗示。但當她解開那條白色亮漆皮的彈匣皮帶，並小心翼翼掛在一張椅背上的時候，他開始懷疑自己根本弄錯了。

「列寧娜！」他憂心地再度喊著。

她的手伸到頸邊直直地往下拉；她的白色水手襯衫便分開到

了下襬；他原本的懷疑凝聚成一股紮紮實實的確定。「列寧娜，妳在做什麼？」

咻，咻！她的回答沒有字句。她脫下了她的喇叭褲。她的拉鍊連褲緊身內衣是蒼白的淡粉色。群體大主唱給的金色T字在她胸脯上晃蕩著。

「因為那些挺出身框鑽進男人眼底的乳頭……[55]」這些歌唱著、隆隆作響的魔法詞句讓她看起來加倍地危險，加倍地誘人。好軟、好軟，但又那麼有穿透力！鑽呀鑽進人的理智，打洞穿過堅定的決心。「再怎麼堅強的誓言，碰上了慾望之血，都跟麥桿

---

54. 《暴風雨》第四幕第一場。

55. 《雅典的泰門》第四幕第三場。

丟進火裡一樣。節制點啊，否則……」[56]

咻！那圓形粉紅片就像工整切開的蘋果一樣分成兩半。扭一下雙臂，抬起右腳，然後左腳；拉鍊連褲緊身內衣便像洩了氣一樣，了無生氣地躺在地板上。

還穿著鞋襪，還戴著那浪蕩傾斜的圓白帽，她朝著他走去。「親愛的。**親愛的！**要是你之前這麼說不就好了！」她伸出了她的雙臂。

然而，野人並沒有同樣說「親愛的！」然後伸出他的雙臂，反而恐懼地退開，朝她揮動著手，就好像他想嚇走什麼正在逼近的危險動物一樣。退了四步之後，他便被逼到了牆角。

「太好了！」列寧娜說完，雙手搭上他肩膀，整個身體壓了上去。「把手繞過來。」她下令。「親親，抱我抱到我麻掉。」她的指令中同樣也有著詩意，她也知道那些會唱歌的、有著咒語和鼓聲的字句。「吻我。」她閉上眼，讓聲音沉入快睡著般的低語：「親我親到我昏掉。親親呀抱我，暖膨的……」

野人捉住她的手腕，自肩上扯下她的手，粗暴地把她推到手臂無法觸及之處。

「哎喲，你弄痛我了啦，你……喔！」她突然靜了下來。恐懼讓她忘記了疼痛。她張開眼睛，她曾經看過**他的**臉──不，這不是他的臉，這是某個兇惡陌生人的臉，歪斜扭曲，因某種瘋狂到無法說明的憤怒而抽搐著。「怎麼回事呀，約翰？」她驚恐地悄聲說。他並沒有回答，就只是用那一雙瘋狂的眼睛盯著她的臉。抓著她手腕的手正在顫抖。他的呼吸用力而不規則。她突然

56. ──《暴風雨》第四幕第一場。

聽見他咬牙的聲音，微弱到幾乎無法感知，但令人畏懼。「怎麼回事？」她幾乎是用尖叫地說。

就彷彿被她的尖叫聲喚醒一樣，他抓住她的肩膀然後猛搖她。「妓女！」他大吼。「妓女！不要臉的娼婦！[57]」

「噢，別這樣，不——要這樣。」她以一種被他搖晃而古怪顫抖的聲音抵抗著。

「妓女！」

「求——求你。」

「該死的妓女！」

「一克——克總比一……」她開始了。

野人推開她，力道之大讓她整個人踉踉蹌蹌地摔了出去。

「滾！」他大吼，威脅地俯視著她。「給我滾遠一點，不然我就殺了妳。」他握緊了拳頭。

列寧娜舉手摀住臉。「不要啊，約翰，請你別這樣……」

「快點。動作快！」

一隻手還遮著半邊臉，同時用一隻懼怕的眼睛跟緊他每個動作的列寧娜，連滾帶爬又一邊護著頭地，匍匐著往浴室加速移動。

那一記讓她加速動身的重擊就跟槍聲一樣響亮。

「唉啊！」列寧娜跳著往前進。

安然躲進上鎖浴室的她，總算有餘裕檢查她受的傷。她背對著鏡子轉頭望去。從左肩看去，她看到一個深紅的手掌印清楚烙印在在珍珠色的皮肉上。她小心翼翼地按了按受傷的部位。

57. 一《奧賽羅》第四幕第二場。

浴室外，在另一間房間裡，野人正來回地大步走，行進著，隨著那些咒語的鼓聲和音樂行進著。「鷦鷯都在做那檔事，金蒼蠅也當著我的面在交尾呢。」那些聲音發狂地在他耳中翻騰。「臭鼬和種馬搞起來都沒那麼放蕩呢。她們上半身雖然是女人，下半身卻是淫蕩的半人馬。腰帶以上屬於天神。下面就都屬於惡魔。那裡是地獄，那裡有黑暗，那裡是硫磺坑，燒著，燙著，發著臭，滅盡一切。啐！啐！啐！呸！呸！給我一盎斯麝香，藥房老兄，來把我的想像清一清。[58]」

「約翰！」一個企圖討好的小小聲音，冒著膽從浴室裡傳出。「約翰！」

「你這雜草呀，色澤如此美麗，氣味如此香甜，讓人見著聞著你都在痛。這麼好的一本書是為了寫上『妓女』兩字嗎？連天都要掩鼻而過……[59]」

但她的香水仍繚繞他四周，讓她那天鵝絨般光滑的身體透著香味的粉，依舊弄得他外套上一片白。「不要臉的娼婦、不要臉的娼婦、不要臉的娼婦。」不可阻擋的韻律自己打起了拍子。

「不要臉……」

「約翰，你可以讓我拿衣服嗎？」

他撿起喇叭褲、襯衫和拉鍊連褲緊身內衣。

「打開！」他踹著門號令著。

「不要，我不開。」聲音驚恐而挑釁。

「那麼，我要怎麼把衣服給妳？」

58.《李爾王》第四幕第六場。

59.《奧賽羅》第四幕第二場。

「從門上的通風口推進來。」

他照她建議做了，然後又回房間不安地走來走去。「不要臉的娼婦、不要臉的娼婦。那個胖屁股、手指肥得像馬鈴薯的豐淫魔鬼……[60]」

「約翰。」

他沒回答。「胖屁股、手指肥得像馬鈴薯。」

「約翰。」

「幹麼？」他粗暴地回答。

「我在想，你方不方便把我的馬爾薩斯皮帶給我。」

列寧娜坐在那聽著另一間房間裡的腳步聲，邊聽邊想，他要這樣走來走去走多久；她要不要等到他離開這層樓；或者過一段時間，等他的瘋狂平息，然後開浴室門衝過去拿皮帶，不曉得安不安全。

當她還在心神不寧地猜疑著這些事時，另一間房間裡的電話鈴聲響起，打斷了她的思緒。來回踱步的聲音忽然停了下來。她聽到野人與聽不到的對方在談話的聲音。

「你好。」

……

「是的。」

……

「假如我這身分不是我偷來的，那我就是了。[61]」

……

60.《特洛勒斯與克瑞西達》第五幕第二場。
61.《第十二夜》第一幕第五場。

「是的，你沒聽到我講了嗎？我這邊野人先生。」

……

「什麼？誰生病了？我當然在乎啊。」

……

「可是嚴重嗎？她情況真的很糟嗎？我馬上過去……」

……

「已經不在她房間了？她被帶去哪了？」

……

「喔，我的上帝啊！地址是？」

……

「公園弄三號——就這樣？三號？謝了。」

列寧娜聽到話筒放回原處的喀噠聲，然後是匆忙的腳步聲。

一扇門用力地關上。一片寂靜。他真的走了嗎？

她極其警戒地把門打開四分之一吋；從門縫窺探出去；因為看到一片空蕩而多了點勇氣；她又多推開一些，然後整顆頭伸出去；最後踮著腳尖走進房內；原地站了幾秒鐘，心跳劇烈，聽了又聽；接著朝前門衝去，打開門，向外溜，用力甩上門，然後狂奔。一直到她進了電梯且確實開始順電梯井下降，她才放心。

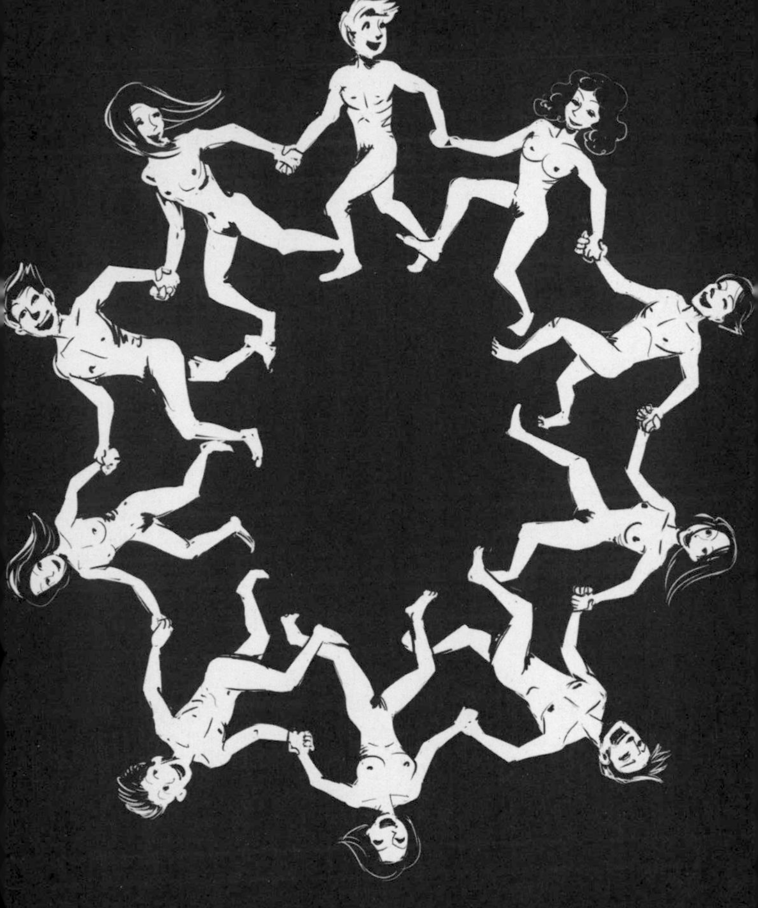

人人屬於彼此！

第十四章

公園弄三號的臨終醫院是一棟六十層的報春花色牆磚大樓。當野人踏出計程機時，一隊色彩華麗的靈機正呼呼作響地從屋頂升空，並快速飛越公園，向西前往廢棄物焚化廠。在電梯口，負責操作的服務員給了他需要的資訊，然後他便下到十七樓的八十一號病房（服務員跟他解釋說，是加速老化病房）。

那是一間因陽光和黃色油漆而明亮的大房間，裡頭有二十張床，全都有人。琳達正在陪伴中死去——有人們以及所有現代便利設施陪伴她。空氣隨著快樂的合成旋律而維持生氣蓬勃。每張床的腳邊，都有一台電視盒正對著垂死的人。電視從早到晚一直開著，像水龍頭一直流。充斥著房間的香氣每十五分鐘就會自動更換。負責接待野人的護士在門邊解釋：「我們試著在這裡創造一股徹底愉悅的氣氛——一個介於頂級旅館和感觸電影廳之間的地方，如果你懂那個意思的話。」

「她在哪？」野人忽視這些禮貌的解釋並問。

護士因此不悅。「你真的很急耶。」她說。

「還有希望嗎？」他問。

「你是說，有沒有希望不死嗎？」（他點頭。）「不，當然沒有。人一旦被送到這邊，就沒有……」他蒼白面孔上痛苦悲傷的表情嚇到了她，使她突然停下了話。「那個，哪裡有問題嗎？」她問。她並不習慣有訪客出現這種情況（反正根本也沒多少訪客：也沒理由會有很多訪客啊）。「你沒有不舒服吧？」

他搖搖頭。「她是我的母親。」他以幾乎聽不到的聲音說。

護士以驚恐的眼神瞥了他一眼；然後很快別開。她從喉嚨到太陽穴整個通紅起來。

「帶我去見她。」野人努力用尋常口吻說話。

還在臉紅的護士領路走過病房。當他們經過時，仍舊鮮嫩而尚未枯萎的臉孔（因為老化實在加速得太快，以至於根本沒時間讓臉頰變老——變老的只有心臟和大腦而已）紛紛轉過頭來。他們以空洞了無生趣的第二嬰兒期眼神追隨兩人的步伐。野人看了忍不住發抖。

琳達就躺在長長一列病床的最後一張上，貼著牆。靠枕頭撐起的她，正看著南美黎曼曲面網球錦標賽準決賽，在床腳邊的電視盒螢幕上以無聲縮小的複製狀態進行著。小小的人們在他們方形發亮的玻璃裡頭無聲來回狂奔穿越，就好像水族箱裡的魚——如另一個世界裡無聲但躁動的居民。

琳達看著螢幕，茫然且無法理解地笑著。她蒼白臃腫的臉上有一種愚蠢至極的幸福模樣。偶爾她的眼皮就會闔上，有一下子她似乎在打瞌睡。接著她會突然小小地驚訝一下，然後再度醒來——察覺到水族箱裡網球錦標賽的滑稽動作，察覺到超聲華利札電琴表演了〈親親呀抱我，抱到我痲掉〉，察覺到她頭頂通風口吹來了馬鞭草味的溫暖氣流——她會因為這些東西而醒來，或者該說，因為這些事物經由血液中梭痲的轉換渲染後作為絕妙成分的幻境而醒來，並再一次地綻開她那殘破無色的幼稚滿足笑容。

「那個，我得走了。」護士說。「我那批孩子要來了。況且，還有三號要顧。」她指著病房另一頭：「可能隨時會走。那麼，你就自便吧。」她輕快地走遠了。

野人坐在床邊。

「琳達。」他拿起她的手悄聲說。

聽到有人叫她名字，她轉過頭來。她朦朧的雙眼因有所察覺而明亮起來。她捏緊了他的手，她微笑，她的雙唇動了起來；接著頗突然地，她的頭向前一傾。她睡著了。他坐在那望著她——從那疲憊的肉身中找了又找，想找到俯伏在他惡地童年時光的那張年輕亮麗面孔，想記得她的聲音（而閉上了眼），她的動作，他們共同生活時的所有大小事。「鏈球菌G到班伯里T……」她的歌聲曾經那麼美麗！而那幼稚的押韻詩，充滿著魔力而多麼地古怪神祕！

A、B、C，維他命D，

脂肪存在肝臟中，鱈魚游在大海裡。

當他回想起那些詞和琳達重複那些詞時的聲音，他便感覺到熱淚從眼皮裡面冒出。接著就是那些讀字課；嬰兒在瓶子裡，貓在地墊上；還有《貝塔胚胎庫員工實務指示》。還有火邊的漫長夜晚，或者夏天在小屋屋頂上，她對他講起那些有關**他處**的故事，那個在保留區外的**他處**：那個美麗、美麗無比的**他處**，他仍把自己對這地方像是天堂、像是一個善與愛的樂園般的記憶，保存得完整無缺，並沒有因為與這真實倫敦的現實接觸、與這些真正文明的男男女女來往而被玷汙。

突然一陣刺耳的吵鬧聲令他張開眼，在匆忙抹開眼淚後，他環顧四周。一模一樣的八歲孿生男童正彷彿無止盡地湧入房間。他們兩個又兩個、兩個又兩個地前來——簡直一場噩夢。他們的臉，他們重複的臉——因為這麼多人就只有一種臉——調皮地盯著，用他們的鼻孔和蒼白瞪大的眼睛直盯著。他們的制服是卡其色的。他們的嘴巴都張得大大的。他們又吵又叫地進來了。有那麼一瞬間，整個病房就像是長滿蛆一樣地被他們塞滿了。他們在病床間成群蠕動，攀來爬去，在床下亂鑽，偷看著電視盒，對病人做鬼臉。

琳達吃了一驚，並有點警戒著他們。有一群男孩聚集在她的床腳邊，用那種動物突然面對未知物時會產生的、畏懼又愚蠢的好奇心來盯著她。

「噢，快看，快看！」他們用小而害怕的聲音說。「她是有什麼問題？為什麼她那麼胖？」

他們從來沒有看過她那樣的臉——從來沒有看過不年輕緊繃的臉，從來沒看過不再苗條直挺的身體。所有垂死的六十來歲人都有著少女的外貌。相比之下，四十四歲的琳達看起來就像鬆垮扭曲的衰老怪物。

「不覺得她真可怕嗎？」他們之中傳來小小聲的評論。「看看她的牙齒！」

床底下，有一個哈巴狗臉的孿生子突然從約翰坐的椅子跟牆壁間冒出頭來，並開始端詳著琳達的睡臉。

「我說呀……」他開口；但他的句子提早在尖叫中結束了。野人揪著他的衣領，將他騰空舉過椅子，接著，在幾個響亮的耳光之後，把嚎啕大哭的他趕走了。

他的哭喊聲立刻招來護士長救援。

「你剛剛對他做了什麼？」她憤怒地責問。「我不允許你對孩子動手。」

「喔，好啊，叫他們離這張床遠一點。」野人的聲音因為憤怒而顫抖。「這些臭小鬼到底在這邊幹麼？這太不像話了！」

「不像話？你這什麼意思？他們正在作死亡制約啊。而且我跟你說——」她挑釁地警告他：「如果你再干擾到他們的制約，我就叫服務員把你丟出去。」

野人站起來朝她逼近好幾步。一副凶神惡煞的樣子，把護士長嚇得往後倒退。他盡了力才自己克制下來，然後一言不發地轉身又坐回床邊。

護士長鬆了口氣，但原本威嚴的語調已經變得有點尖細又少了點確信：「我已經警告過了喔。」她說：「注意一點。」不過，她還是帶開了那些太好奇的孿生子，讓他們加入她同事在房間另一頭帶起來的抓拉鍊遊戲。

「去休息一下喝杯咖啡因溶液吧，親愛的。」她對其他護士說。對他人發號施令讓她恢復自信，讓她感覺好了些。「孩子們，注意這邊！」她呼喊道。

琳達心神不安地起身，眼睛張開了片刻，朦朧地望了望周圍，然後又倒回去睡著了。坐在一旁的野人努力地想要拾回幾分鐘前的心情。「A、B、C，維他命D。」他反覆對自己念著，就好像那些字詞是可以讓人起死回生的咒語。但這些咒語沒效。美麗的回憶固執地拒絕浮現；只有嫉妒、醜惡和悲慘可恨地死而復生。血從肩膀傷口滴下來的波佩；還有琳達醜惡地睡著，蒼蠅繞著灑在床邊地上的梅斯卡爾飛；還有那些男孩子在她經過時喊著那些名字……啊，不要、不要！他閉眼搖頭，拚了命地否認這些回憶。「A、B、C，維他命D……」他試著回想他坐在她腿上，而她抱著他唱起歌，一次又一次，搖著他，搖著他直到他睡去的那段時光。「A、B、C，維他命D、維他命D、維他命D……」

超聲華利札電琴的聲音提高到了嗚咽般的最強音；突然間香氣循環系統的馬鞭草味也換成了濃烈的廣藿香。琳達起身，醒來，困惑地盯著準決賽幾秒，然後抬起了臉，聞了聞氣味一新的空氣並突然笑了——一股幼稚而狂喜的笑。

「波佩！」她低聲說，並閉上眼。「噢，我就喜歡這樣，我就……」她嘆了口氣然後又讓自己倒回枕頭上。

「琳達啊！」野人哀求地說。「妳不認得我了嗎？」他那麼努力，都盡了自己的全力；但她為什麼就是不肯讓他忘記？他幾乎是粗暴地箍緊了她癱軟的手臂，就好像他可以逼她從可恥的歡愉夢境中、從這些卑鄙可恨的回憶中回來——回到當下，回到現實：這恐怖的當下，這糟糕的現實——但也極其美好、極其有意義、極其重要，而且就恰好因它們如此緊迫逼近，也就使它們如此恐怖。「妳不認得我了嗎，琳達？」

他感覺到她的手以虛弱的擠壓回答。他的雙眼開始泛淚。他朝她彎下身並親了她。

她的嘴唇動了起來。「波佩！」她再次悄聲說，聽來彷彿朝他臉上潑糞一樣。

他的怒意瞬間沸騰。他心中再度止步不前的激烈悲傷這次找到了另一個出口，轉化成痛苦憤怒的激情。

「但我是約翰！」他大吼。「我是約翰！」悲憤中，他真的抓起了她的肩膀猛搖。

琳達的雙眼睜開；她看見了他，認出了他——「約翰！」——但她把這真實的面孔、這真確存在而暴力的雙手，都放進一個想像世界中——和內心私密處等同於廣藿香與超聲華利札電琴的東西擺在一塊，和構成她夢中宇宙的那些扭曲變形回憶與詭異變調知覺都擺在一塊。她認得他是約翰，她兒子，但把他幻想成入侵者，闖入了她和波佩共度**梭麻**假期的、有如樂園般的惡地。他因為她喜歡波佩而憤怒，他因為波佩在床上而搖著她——彷彿那有什麼錯似的，但所有文明人不都這樣嗎？「人人屬於彼……」她的聲音突然減弱為幾乎聽不到的斷氣沙啞，她的嘴巴張大：她拚了命要讓肺部裝滿空氣。但她就像是忘了怎麼呼吸似的。她試著喊出聲——但沒有聲音出來；只有她瞪大雙眼中的恐懼，顯示她正在痛苦著。她的手先是往喉嚨擺，然後在空中抓著——抓著她不再能呼吸的空氣，那對她來說已不存在的空氣。

野人雙腳站著，上身彎俯向她。「怎麼了，琳達？怎麼了？」他的聲音懇求著；就好像他在求她讓他放心。

但她給他的表情卻滿是說不出口的恐懼——而且在他看來，是帶著恐懼與責怪。她試著在床上起身，卻倒回了枕頭上。她的臉因驚恐而扭曲，她的嘴唇發藍。

野人轉身衝過病房。

「快點、快點！」他大喊。「快點啊！」

護士長站在一群玩著搶拉鍊遊戲的孿生子中間，望了望四周。第一時間的驚愕幾乎瞬間就被否定取代。「不要吼！替這些小孩子著想一下。」她皺著眉說。「你會抵銷掉本能制約……你在幹什麼？」他衝破了小孩圍成的圈圈。「小心呀！」一個小孩喊著。

「快，快！」他抓著她的袖子，從前頭拉著她走。「快點！出事了。我殺了她。」

等到他們回到病房這一頭時琳達已經死了。

野人結凍般地沉默僵立一陣，然後跪倒在床邊，摀住面孔，不自主地啜泣。

護士長躊躇不定地站在一旁，看著這跪在床邊的人（真是不要臉的舉動！）然後又看著那些停下抓拉鍊的動作、從病房另一頭盯著的孿生子們（可憐的孩子啊！），他們張大了眼睛和鼻孔朝著第二十床上演的這一幕。她要跟他說話嗎？要試著讓他恢復合宜的神智嗎？要不要讓他回想起來這裡是哪裡？或是讓他知道這對那些天真可憐的孩子會造成什麼樣的致命危害？所有有益健康的死亡制約，全都抵消在這一聲噁心的吶喊中——就好像死亡有多恐怖，就好像真有誰死了會像這麼重要似的！這可能會讓他們對這件事有著最慘烈的念頭，有可能使他們受挫並導致日後做出徹底錯誤、全然反社會的反應。

她向前幾步，碰了碰他的肩膀。「你不能守規矩一點嗎？」她用小而憤怒的聲音說。但她環顧四周，發現五、六個孿生子已經朝病房這頭走過來了。圈子要脫節了，接下來……不，這風險太大了，整個團體的制約可能會因此延遲六個甚至七個月完成。她立刻轉身跑向她備受威脅的照顧對象們。

「好啦，誰想吃閃電泡芙？」她用響亮、愉悅的口吻問。

「我！」整個博卡諾夫斯基組齊聲唱和。二十號床被徹底遺忘了。

「噢，上帝啊、上帝啊、上帝啊……」野人不停對自己重複著。在內心充斥的悲傷悔恨混亂中，就只有那一個詞能清楚說出。「上帝啊！」他悄然地大喊。「上帝啊……」

「他到底在說什麼？」一個聲音說，那聲音又近，又明顯，又尖過了超聲華利札電琴的顫聲高音。

野人大吃一驚，然後放開手掌，環顧四周。五個卡其色衣服的孿生子，每個人右手各一根長長的閃電泡芙，一樣的臉孔各自抹著不同紋路的巧克力醬，站成了一排，淘氣地瞪大眼睛望著他。

他們與他的眼神對上，並同步地露齒而笑。其中一個人用他閃電泡芙頭指著。

「她是不是死了？」他問。

野人沉默地瞪了他一陣子。接著，他在無言中起身，在無言中慢慢往門那頭走去。

「她是不是死了？」愛發問的那個孿生子追在他身旁問。

野人低頭望著他，依舊一言不發地推開他。孿生子摔倒在地，立刻開始嚎啕大哭。野人看也不看。

第十五章

公園弄臨終醫院的低階員工包含兩個博卡諾夫斯基組，共一百六十二名代爾塔，分別是八十四名紅頭髮女性和七十八名黑頭髮長頭顱男性的孿生子。六點下班時，這兩組會在醫院前廳集合，由替補副司庫分發**梭麻**配給。

從電梯出來的野人撞進了他們之中。但他心不在焉——他想著死亡，想著他的悲傷，想著他的懊悔；憂鬱而對自己舉止毫無所覺的他，開始用肩膀撞開人群前進。

「你推什麼推？你是在走什麼路？」

眾多喉嚨間只有高、低兩種聲調在尖叫或吼叫。兩種像一連串鏡面一樣無限重複的臉孔，一種是光頭雀斑透著橘色光環的圓臉，一種是有鷹勾鼻和兩天份鬍渣的瘦鳥臉，紛紛憤怒地朝他轉過來。他們的話語，還有他們頂著他肋骨的手肘，一起打斷了他的毫無所覺。他又一次醒來回到外在的真實世界，看了看四周，知道他看著的是什麼——帶著一種恐懼噁心的虛脫感，出於他日日夜夜一再發生的瘋狂錯亂，而知道那是由難以分辨的同樣東西成群鑽動所形成的噩夢。全是孿生子、孿生子……他們曾像蛆一樣骯髒地在琳達死去的神祕上萬頭鑽動。現在眼前又是蛆，只是再大一些，生長完熟，全都在他的悲傷和悔悟上爬來爬去。他停了下來，立在卡其色群眾中間，並以高出一個頭的困惑恐懼眼神盯著周圍。「這裡有多少好看的人！」這些如歌唱般的字句嘲弄地揶揄著他。「人類是多麼美麗！美麗的新世界啊……」

「發**梭麻**！」一個響亮的聲音大吼。「拜託守秩序。快點來。」

一扇門打了開來，一張桌子和椅子搬到了前廳。聲音來自一個快活的年輕阿爾法，帶著一個黑色的鐵製錢箱。滿心盼望的孿生子間傳出滿意的低語。他們都忘了野人。現在他們的注意力都集中在黑色錢箱上，年輕人把錢箱放到桌上，正在開鎖。接著蓋子打開了。

「噢——！」一百六十二人就好像看著煙火似地同聲喊道。

年輕人撈起一把小藥盒。「注意。」他頤指氣使地說：「請向前走。一次一個人，不要推擠。」

孿生子們便一次一個、毫不推擠地向前走。先是兩個男性，然後一個女性，然後又一個男性然後三個女性，然後……

野人站在原地看下去。「美麗的新世界啊，美麗的新世界啊……」這些歌聲般的詞句在他心中變了調。它們曾經嘲笑他的悲慘和悔恨，用如此醜惡的酸苦音符來嘲弄他！它們殘忍地笑著，貫徹著最低賤的骯髒，貫徹噩夢裡令人作嘔的醜惡。現在，它們突然大聲疾呼進攻。「美麗的新世界啊！」米蘭達宣告著美好的可能，一種即便惡夢也能轉化為美好神聖事物的機會。「美麗的新世界啊！」那是一種挑戰，一道命令。

「不要推擠，注意！」替補副司庫憤怒地大喊。他用力蓋上錢箱蓋。「給我規矩一點，不然就停止發放。」

代爾塔紛紛嘟囔著，小力地彼此推擠，然後就站定了。這種威脅很有效。剝奪**梭麻**——想到就可怕！

「好多了。」年輕人說，並重新打開錢箱。

琳達曾經是奴隸，而琳達死了；但其他人應該要活在自由中，世界應該要更美好。這是該做的補償，這是該盡的責任。突然間野人清楚明白了自己該做什麼；就好像窗板被移開，窗簾被拉了起來。

「注意。」副司庫說。

另一個卡其色女性向前走近。

「停！」野人以響亮的聲音呼喊。「停！」

他一路推開人群走到桌前；代爾塔們驚訝地盯著他。

「福特啊！」替補副司庫低聲嘀咕。「是那個野人。」他感到恐懼。

「聽著，我求求你們。」野人誠摯地喊著。「耳朵請借給我……[62]」他從來沒有對公眾發言過，此時才發現要暢所欲言實在很難。「別吃那可怕的東西。那是毒藥，是毒藥。」

「我說啊，野人先生。」替補副司庫帶著安撫的微笑說。「方便讓我來……」

「不管對身體還是心靈都是毒藥。」

「是是，但讓我繼續發藥，好不？人很多呢。」他用一個人撫摸兇惡出名的動物會抱持的警戒親切，拍了拍野人的手臂。

「就讓我……」

「不要！」野人大喊。

「但聽我說啊，朋友……」

「丟掉，那恐怖的毒藥。」

「丟掉」這幾個字割穿了層層密封的不理解，直直刺進代爾塔們的意識中。群眾中響起憤怒的低語。

「我前來帶給你們自由。」野人轉過身對著孿生子們說。

「我前來……」

替補副司庫已經沒在聽了；他溜出前廳，在電話簿上找著一

62. 一《凱撒大帝》第三幕第二場。

個號碼。

「不在他自己房間。」伯納德作出結論。「也不在我房間、不在你房間、不在阿芙蘿黛蒂館、不在學院中心。他還能去哪呢？」

何姆霍茲聳聳肩。他們工作回來，正指望野人會在他們平常會面的其中一處等他們，但都沒看到他。這讓他們不太高興，因為他們本來打算搭何姆霍茲的四人座跑機跨海去一趟比亞里茨。如果他再不來，晚餐就要遲到了。

「再給他五分鐘。」何姆霍茲說。「如果到時候他沒出現，我們就……」

電話鈴聲打斷他說話。他拿起話筒。「你好。請說。」聽了好一陣子之後：「福他的T型車！」他大罵。「我馬上去。」

「出什麼事了？」伯納德問。

「是我在公園弄醫院認識的一個人。」何姆霍茲說。「野人在那邊。好像抓狂了。不管怎樣，情況緊急。你要跟我來嗎？」

他們一起快速通過走廊往電梯去。

「你們喜歡當奴隸嗎？」當兩人進醫院時，野人正這麼說著。他的臉一片通紅，眼睛因激情憤慨而發亮。「你們喜歡當嬰兒嗎？是的，嬰兒。啼哭嘔吐[63]。」他補上這句，同時被他們野獸般的愚笨所激怒，進而侮辱起他前來救助的人們。這種侮辱碰上他們厚重的愚蠢甲殼便彈了開來；他們只是用一種枯燥乏味的空洞表情與一種惱怒的憤慨眼神瞪著他。「沒錯，嘔吐！」他

63. 《終成眷屬》第二幕第七場。

略為提高聲量地喊著。悲傷與悔恨，同情心和責任——現在全部遭他遺忘，而且可說是被一種針對這些不算人的怪物的壓倒性強大仇恨所呑沒。「你們不想要自由、成為人類嗎？你們難道連什麼是人類和自由都不了解嗎？」盛怒使他口齒流利起來；用詞可以輕易快速地浮現。「你們不想嗎？」他重複了問題，但完全沒獲得回答。「那好吧。」他絕望地說下去。「我就來教教你們，我就來**讓**你們自由，管你們要不要。」然後他便打開一扇對著醫院內廳的窗戶，開始一把一把地將小小的**梭麻**藥盒拋到窗外那頭去。

卡其色群眾沉默了一下，帶著驚嘆與恐懼，被這不顧後果的褻瀆奇景嚇呆了。

「他瘋了。」伯納德用張大了的眼睛盯著，悄悄說。「他們會殺了他。他們會……」群眾裡突然傳來大聲一吼；人們一整波動了起來，威脅地朝野人逼近。「願福特拯救他！」伯納德避開了眼神說。

「福助自助者。」何姆霍茲．華森大笑一聲，其實應該說是狂喜而笑，然後就推開人群擠了進去。

「自由，自由！」野人喊叫著，一隻手繼續把梭麻丟到另一邊，另一隻手則揍著朝他襲來的同一套臉孔。「自由！」突然間何姆霍茲也站在他這邊。「來得好啊老何！」——他也揍個不停——「總算像個人了！」——並在打人的空檔也一把一把將那毒藥扔出窗口。「沒錯！人！人！」然後毒藥就這麼一點也不剩了。他拿起錢箱並向他們展示那黑色的空虛。「你們自由了！」

嚎叫的代爾塔人加倍憤怒地進攻。

「他們完蛋了。」在戰場邊緣躊躇不前的伯納德說著，並在一股突然的衝動驅使下，衝上去幫他們；但想想又覺得不好而停下腳步；接著，出於羞愧，又往前走了幾步；接著想想又覺得不好，就站在那兒因屈辱的優柔寡斷而痛苦著——想著如果他不去幫忙，**他們**就要被宰了，但如果去的話就換成**他**被宰——直到戴著大眼豬鼻防毒面具的警察趕到現場（讚美福特呀！）。

伯納德衝過去和他們會合。他揮舞著手臂；那可是個動作，他有在做點什麼。他喊了好幾聲「救人啊！」，一次比一次大聲，好讓自己有種在救人的幻覺。「救人啊！**救人啊！**救人啊！」

警察把他推開並繼續辦事。三個肩上扣著噴灑器的人朝著空氣噴灑濃濃的梭麻蒸汽。另外兩個人忙著操作攜帶式合成音樂盒。另外四個帶著強力麻醉藥水槍的警察推擠進人群中，有條不紊地將最兇猛的打鬥者一發一發放倒。

「快，快！」伯納德喊著。「你們再不快一點，他們就要被宰了。他們就……噢！」被他這樣喋喋不休惹毛的一個警察用水槍對他射了一發。頭一、兩秒伯納德還在蹣跚行走，但那兩條腿彷彿沒了骨頭、沒了肌腱、沒了肌肉而變成兩條果凍，最後連果凍也當不成——就只是水；他在地板上跌成一團。

突然間，合成音樂盒裡有個聲音開始說話。理智的聲音，感覺良好的聲音。音軌捲筒解開的是合成反暴動演說第二號（中等強度）。那個打從不存在之心靈的深處直接傳出的聲音說：「我的朋友們，我的朋友們！」那聲音極其感傷地說著，它使用的音符是如此無限溫柔斥責，連警察在防毒面具底下都淚眼模糊了片刻。「這是為了什麼？你們為什麼沒有全體一同歡喜和善。」那聲音重複道。「歡喜和善，和平吧，和平吧。」聲音顫抖著，減弱為悄悄話而一度消失無蹤。「噢，我真想要你們都快快樂樂。」這聲音用一種迫切的誠摯再度開口。「我真想要你們都乖乖的！拜託，拜託乖一點然後……」

兩分鐘後，聲音和梭麻蒸汽生效了。代爾塔們帶著淚彼此親吻擁抱——六個孿生子同時擁抱成一團。甚至連何姆霍茲和野人都幾乎要哭了。公庫那邊拿來了一批全新的藥片盒；分發工作很快就重新進行，接著，在那男中音的深情告別中，孿生子們紛紛散去，像是心要碎了一樣地哭訴著。「再會了，我最親愛、最親愛的朋友們，願福特照顧你們！再會了，我最親愛、最親愛的朋友們，願福特照顧你們。再會了，我最親愛、最親愛……」

當最後一名代爾塔離去後，警察便切斷電源。天使般的聲音沉默下來。

「你們可以靜下來跟我們走嗎？」警官問：「還是我們得麻醉？」他威脅地指著自己的水槍。

「喔，我們會安靜跟著。」野人回答，同時來回摸著他割傷的嘴唇、抓傷的頸子，還有被咬傷的左手。

仍用手帕壓住鼻血的何姆霍茲點頭同意。

醒過來且雙腿恢復功能的伯納德，這一刻選擇盡量不引人注目地往門邊移動。

「嗨，就是你。」警官喊道，然後一個豬面具警察就立刻越過房間，手拍在這年輕人的肩上。

伯納德轉身時露出憤怒的無辜表情。逃跑？這種事他根本想都沒想過。「你找我到底有什麼事？」他對警官說：「我實在想不到。」

「你是這幾個囚犯的朋友，不是嗎？」

「這個嘛……」伯納德邊說邊猶豫起來。不，他實在不能否認。「我怎麼會不是呢？」他問。

「那就過來。」警官說，領著他到門口，警車等在外頭。

第十六章

三個人被帶進的房間，是控制者的書房。

「福下過一會兒就到。」伽瑪管家招呼他們獨自留下。

何姆霍茲大聲笑了出來。

「跟審判比起來，這比較像咖啡因溶液聚會。」他說完就自己倒進一張最奢華的充氣扶手椅中。「開心點嘛，伯納德。」他看見他朋友鐵青的臉孔，便補上這句。但伯納德沒有因此開心起來；他不只沒回話，甚至連看都不看何姆霍茲，就去坐上全屋最不舒服的一張椅子，暗中希望這樣小心的選擇或許有辦法稍微緩和至高掌權者的盛怒。

同時野人不安地在房間裡繞來繞去，以一種走馬看花的好奇心瞧著書架上的書，看著那些分門別類按編號擺放的音軌捲筒和閱讀機筒狀軸。窗邊的桌子上放著一本用軟綿綿黑色仿皮革裝幀的大書，上頭印了一個巨大的金色T字。他拿起書並翻開。《我的一生與成果，吾主福特著》。這本書是在底特律由福特知識宣傳協會所出版。他隨隨便便翻個幾頁，這邊讀個一句，那邊讀個一段，當他得出這本書他沒興趣的結論時，門打開了，西歐常駐世界控制者輕快地走進房間。

穆斯塔法．蒙德和三個人都握了手；但他只跟野人說了話。「所以你不怎麼喜歡文明呀，野人先生。」他說。

野人望著他。他原本準備好要說謊，要來勢洶洶，要一直繃著臉毫無反應；但在控制者那張好脾氣有智慧的臉孔勸服下，他決定說開門見山地說實話。「不喜歡。」他搖了搖頭。

伯納德嚇了一跳，看起來恐懼不已。控制者會怎麼想？如果被貼上「宣稱不喜歡文明者之友」（公然宣稱，而且對其他人就算了，居然是對控制者宣稱）的標籤，那實在是太慘了。「可是，約翰啊……」他開口說。穆斯塔法·蒙德以一個視線逼他卑微地安靜下來。

「當然——」野人接著坦承：「是有一些非常棒的事物。好比說，空氣中的那些音樂……」

「有時成千的樂器在我耳邊撥響，有時則是歌聲。」[64]

野人的臉孔瞬間快樂地亮了起來。「你也讀過嗎？」他問。「我以為英格蘭這裡沒有人知道這本書。」

「幾乎沒有人。我是極少數之一。你知道，這是禁書。但既然是我定了這裡的規則，我也就能打破規則。而且還免於受罰呢，馬克思先生。」他補上這句，轉頭望向伯納德。「但我想你就免不了了。」

伯納德陷入更為絕望的悲慘中。

「但為什麼要禁呢？」野人問。遇到一個讀過莎士比亞的人，他太興奮，瞬時忘光了其他事情。

控制者聳了聳肩。「因為那是舊東西；那是最主要的理由。在這裡，舊東西對我們來說一點用也沒有。」

「就算很美也沒用嗎？」

「要是很美就更沒用了。美會吸引人，而我們不希望人被舊東西吸引住。我們希望他們喜歡新東西。」

「但新東西既愚蠢又恐怖。那些表演，裡頭就只有直升機飛來飛去然後你感受到人們在親吻而已。」他作了個怪臉。「發情

64. ——《暴風雨》第三幕第二場。

的山羊跟猴子！[65]」他只有在《奧賽羅》的詞句中才能找到夠格的媒介來傳達他的蔑視和痛恨。

「無論如何，都是些溫馴的好動物。」控制者低聲作出註解。

「那你為什麼不讓他們改讀《奧賽羅》？」

「我剛跟你說了；那都舊了。況且，他們又沒辦法懂。」

是的，那是真的。他記得何姆霍茲是怎麼嘲笑《羅密歐與朱麗葉》的。「好吧。」他停了一陣子之後說：「那讓他們讀一些像《奧賽羅》的新東西，他們就能懂了。」

「那就是我們一直想寫出來的東西。」何姆霍茲打破了他漫長的沉默。

「而那是你們永遠都不會寫的東西。」控制者說。「因為，如果那真的就像《奧賽羅》，那就沒人能懂了，不管多新都一樣。而如果那是新的，就不可能像《奧賽羅》了。」

「為何不可能？」

「是呀，為何不可能？」何姆霍茲重複著這句話。他也忘了當下情況有多糟。只有臉色因焦慮憂懼而發青的伯納德記得當下有多慘；其他兩人都當他不在似的。「為何不可能？」

「因為我們的世界和奧賽羅的世界不一樣。沒有鋼就作不出T型車——沒有社會不安定就寫不出悲劇。社會現在很安定。人們都很幸福；他們要什麼有什麼，沒有的他們就不會去要。他們很富足；他們很安全；他們從不生病；他們不害怕死亡；他們幸福地對激情和老年都一無所知；沒有父母折磨他們；他們沒有要賦予強烈情感的妻子，或者小孩，或者愛人；他們被制約得如

65. 一《奧賽羅》第四幕第一場。

此優秀，以至於他們實際上根本難以自拔地循規蹈矩。而且，如果哪邊出了什麼問題，還有**梭麻**。也就是你們奉自由之名扔到窗外的東西啊，野人先生。**自由！**」他笑了。「居然指望代爾塔知道什麼是自由！然後現在指望他們會懂《奧賽羅》！你實在是呀……！」

野人沉默了一陣。「不管怎樣——」他固執地堅持：「《奧賽羅》很好，《奧賽羅》比那些感觸電影要好。」

「當然比較好。」控制者同意。「但那是我們得為安定付出的代價。在幸福和以前人們所謂的高雅藝術之間，你得作個選擇。我們便犧牲了高雅藝術。相對地我們便擁有了感觸電影和香味風琴。」

「但它們沒有一點意義。」

「它們的存在就是種意義；對觀眾來說，它們意味著許多令人愉悅的感覺。」

「但它們……它們是蠢人說的故事[66]。」

控制者笑了。「你這樣對你朋友華森先生不太禮貌呢。他可是我們最傑出的情感工程師之一……」

「但他說得對。」何姆霍茲憂鬱地說。「因為那就是很蠢。明明沒什麼可以說卻還在寫……」

「確實如此。但那反而需要最強大的智慧。你是在用最小量的鋼材製造T型車——僅僅以純然知覺來作出藝術作品。」

野人搖了搖頭。「在我看來實在是太恐怖了。」

「當然恐怖。若要和不幸所獲得的過度補償相比，實際上的幸福看起來總是十分窮酸。而且，安定當然遠不如不安定來得壯

66. ——《馬克白》第五幕第五場。

烈。滿足的狀態完全不具備對抗不幸之戰鬥的那種魅力，也完全不具備面對誘惑之掙扎、被激情或疑惑所擊敗而死的那種詩情畫意。幸福從來都不壯觀。」

「我想也是。」沉默了一陣子之後野人說。「但非得要跟那些孿生子一樣慘嗎？」他的手在眼前比劃，彷彿想把記憶中的畫面——組裝台前整排一模一樣的侏儒、布蘭福特單軌車站入口排著隊的孿生人群、琳達臨終病床周圍蠕動的人蛆、朝他攻擊過來的無數重複面孔——全部都抹掉一樣。他看了看他包著繃帶的左手，發著抖。「太恐怖了！」

「但多麼有用！我看得出來你不喜歡我們的博卡諾夫斯基組；但我向你保證，他們是所有其他事物的建設基礎。他們是讓國家火箭飛機穩定維持準確路徑的陀螺儀。」他低沉的聲音激動地鳴響；他揮舞的手指向四面八方，有如勢不可擋的機械撞擊。

穆斯塔法·蒙德的口才幾乎達到合成的水準。

「我在想——」野人說：「既然什麼樣的人你都能從瓶子裡弄出來，那你為何要生出他們這種人。既然有辦法做到，那為何不把每個人都作成雙正阿爾法呢？」

穆斯塔法·蒙德笑了。「因為我們不希望被人割喉嚨啊。」他回答。「我們相信幸福和安定。一個全都是阿爾法的社會必然會不穩定而悲慘。稍微想像一個全部員工都是阿爾法的工廠——也就是說，整間工廠都是一個個擁有優秀遺傳又制約成能夠（在既定範圍內）自由抉擇並承擔責任的不相干個人。想像一下！」他重複道。

野人試圖想像，但並不成功。

「根本就荒謬。一個從脫瓶到制約都是阿爾法的人如果去作艾普西隆的半白癡工作，是會發瘋的——或者開始砸東西。阿爾法可以徹底社會化——條件是你非得讓他們做阿爾法的工作。你只能指望由艾普西隆來作艾普西隆式的犧牲奉獻，因為千真萬確的一點是，那些對他來說並不是犧牲；那些都是最沒有阻力的工作。他所受的制約替他得走的路鋪好了軌道。他不由自主、他註定失敗。就算他脫了瓶之後，他還是在瓶子裡——一個因固戀於嬰兒和胚胎狀態而生成的隱形瓶子。」控制者語帶思索地繼續說：「當然，我們每個人都得在瓶內度過一生。但如果我們碰巧成為阿爾法，那麼我們的瓶子相對來說就會滿大的。如果把我們關到比較小的瓶子裡，我們就會嚴重受苦。你不能把比較高階的替代香檳倒到比較低階的酒瓶裡。剛剛說的顯然都是理論上的說法。但實際操作中也證實了這說法。塞浦路斯實驗的結果就很有說服力。」

「那是什麼？」野人問。

穆斯塔法．蒙德笑了。「這個嘛，你要稱它作重新裝瓶實驗也行。那是在福特四七三年開始的。控制者們先清光原本住在塞浦路斯島上所有居民，然後讓一批特地準備的阿爾法，共兩萬兩千人重新殖民該島。所有的農耕和工業設備都交給他們自理，然後就放任他們自治。其結果完全符合所有理論預測。土地並沒有妥當發揮產能；所有工廠都出現罷工；法律遭到蔑視，秩序無人遵守；所有分派輪替到低階工作的人都暗中謀取著高階工作，而所有高階工作者都不計代價地反抗篡奪，好留在原位上。才第六年他們就打起了很夠水準的內戰。當兩萬兩千人中的一萬九千人都死了之後，倖存者一致向世界控制者們請願，請求他們恢復對該島的統治。而控制者們也就照辦了。世上空前絕後的阿爾法社會就這樣終結了。」

野人大大嘆了口氣。

「最佳的人口分配——」穆斯塔法．蒙德說：「是以冰山為模型——九分之八在吃水線以下，九分之一在上頭。」

「那他們在吃水線下頭開心嗎？」

「比在上頭開心。舉例來說，比你這邊這兩位朋友開心。」他指著他們。

「就算做那麼糟糕的工作也開心？」

「糟糕？**他們**又不這麼覺得。相反地，他們可喜歡呢。那又輕鬆，又跟小孩玩耍一樣簡單。不論是心靈還是肌肉都沒什麼負擔。一天適度不疲憊地勞動七個半小時，然後就有**梭麻**配給和運動比賽和不受限的性行為和感觸電影。他們夫復何求？」他補充道：「當然，他們可能會要求縮短工時。當然我們會給他們縮短工時。技術上來說，讓所有低階者的工作時間，減少到每天三或四小時，其實一點也不難。但他們會因此比較開心嗎？不，他們不會。這個實驗已經嘗試過了，早在一個半世紀之前。整個愛爾蘭都開始施行一天四小時制。結果呢？動亂和梭麻用量大幅增加；就這樣而已。增加的三個半小時休息時間根本沒成為幸福快樂泉源，人們覺得自己是被迫為放假而放假。發明部滿滿都是各種節約勞力流程計畫。成千上萬個。」穆斯塔法·蒙德做了個鋪張的手勢。「那為什麼我們不將這些計畫付諸實行呢？為了勞動者啊；用過量的休息折磨他們只不過是徹底的殘酷。農業也是一樣的情況。如果我們想的話，每一口食物都可以合成出來。但我們沒做。我們比較想讓三分之一的人口維持務農。這是為了他們自己——因為從土地耕作作物比用工廠生產更花時間。況且，我們還要考慮安定。我們不想改變。每個改變都威脅著安定。這便是我們對新發明投入實作一事格外謹慎的另一個理由。每一項純科學的新發現都潛藏著顛覆破壞性。就算是科學，有時也得當成潛在的敵人看待。是的，連科學也是。」

科學？野人皺起眉頭。他認得這個詞。但那實際上指的是什麼，他卻說不出來。莎士比亞和村裡的老人從來沒提過科學，而他從琳達口中也只蒐集到一些最模糊的線索：科學是某種用來做直升機的東西、某種讓你會嘲笑玉米舞的東西，某種會讓你不長滿皺紋、不掉牙齒的東西。他拚了命想了解控制者的意思。

「是的。」穆斯塔法．蒙德說著：「那是安定代價中的另一項。和幸福不相容的不是只有藝術；還有科學。科學很危險；我們得極其謹慎地將它鍊好並套上嘴套。」

「什麼？」何姆霍茲驚愕地說。「但我們一直都在說科學就是一切啊。那是睡眠學習的陳腔濫調了。」

「十三到十七歲之間每週三回。」伯納德插話。

「還有我們在學院做的那些科學相關宣傳……」

「對；但那都是哪種科學呢？」穆斯塔法．蒙德挖苦地問。「你們沒有受過科學訓練，所以你們無法判斷。我年輕時曾經是個滿厲害的物理學家呢。厲害過頭——厲害到察覺我們一切的科學都只是一本烹飪書，裡頭有一種誰都不准質疑的正統烹飪理論，還有一份除非主廚特別許可否則不能增添項目的食譜清單。現在我就是主廚。但我曾經是個喜歡鑽研打聽的年輕夥計。我後來就開始自己煮點東西看看。離經叛道的烹飪、社會不容的烹飪。其實，就是鑽研了一點真正的科學。」他沉默下來。

「後來怎麼了？」何姆霍茲．華森問。

控制者嘆了口氣。「就幾乎跟你們這些年輕人之後的下場一樣了。我差點被送去某個小島。」

這幾個字讓伯納德觸電般地產生劇烈而不合宜的舉動。「送我去小島？」他跳起來，跑過整間房間，在控制者面前比手劃腳起來。「你不能連我也送去啊。我又沒做啥。是他們兩個。我跟你發誓是他們兩個做的。」他責難地指著何姆霍茲和野人。「噢，求求你，別送我去冰島。要我做什麼我保證都做。再給我一次機會。請你再給我一次機會啊。」眼淚開始流下來。「我跟你說，都是他們的錯。」他啜泣著。「不要讓我去冰島，噢，求求你了，福下大人，求求你……」接著，出於一種不可控而突然其來的屈從感，他在控制者面前雙膝一跪。穆斯塔法・蒙德想要拉他起身；但伯納德堅持要卑躬屈膝；他口中的話滔滔不絕。到最後控制者只能按鈴召喚第四祕書。

「帶三個人過來。」他下令：「找間臥房安置馬克思先生。讓他好好吸一陣梭麻蒸汽，把他丟到床上就別理他了。」

第四祕書離開後帶著三個綠制服的孿生男僕回來。還在大哭大吼的伯納德就被抓了出去。

「別人看到還以為他要被割喉處死了。」門關上後控制者說。「然而只要他動點腦筋，就會了解他要受的處罰其實是獎勵。他會被送到一座島嶼上。也就是說，他會被送到一個能和全世界最有趣的一群人相會的地方。那裡的每一個人，都是出於各自的理由而變得太有自我意識且獨特，以至於無法融入群體生活。所有人都不滿足於正統思想，都有著自己的獨立想法。換句話說，每個人都是單一個人。我都快要羨慕起你們了，華森先生。」

何姆霍茲笑了出來。「那你自己幹麼不到島上待著？」

「因為呢，到頭來，我還是比較喜歡這邊。」控制者回答。「他們讓我選：送去島上，可以繼續研究我的純科學，或者送去控制者議會，未來有可能在適當時候繼承掌控權。我選擇了這個，放棄了科學。」他沉默了一下，補充道：「有時候呢，我會有點想念科學。幸福是一名嚴苛的主宰——他人的幸福就更嚴苛了。如果人無法制約到毫無疑問地接受幸福，那麼它就會是比真理更嚴苛的主宰了。」他嘆了口氣，再度沉默，接著以更輕快的語調說了下去。「然而呢，該做的就得做。不能只顧著自己的喜好。我對真理有興趣，我喜歡科學。但真理帶來威脅，科學是種公眾危險。有多少益處，就有多危險。它帶給我們史上最穩定的平衡狀態。相比之下中國就不安穩到了絕望的地步；甚至連原始的母系社會都不如我們安定。這都多虧了科學，我在這邊重複強調一下。但我們不能讓科學毀壞它自身的良好成果。因此我們才那麼小心地限定科學研究範圍——我也差點因為這樣而被送去某個小島。我們不能讓科學去處理當下即刻以外的問題。其他的種種科學探求，我們都以最努力小心的方式做了阻撓。」他暫停了一下繼續說道：「如果去讀一讀吾主福特那時代的人們怎麼以文字描述科技進展，其實滿有意思的。他們似乎想像科技可以無限進展，什麼別的事都不用管。知識就是至高之善，真理有著最高價值；其他都是次要的二等貨。的確，即便那時候，人們的想法就已經開始起變化了。吾主福特自己就花了一番功夫，將人們重視之物從真理和美轉換成舒適和幸福。大規模生產迫使轉變成真。普世幸福能讓巨輪持續穩定轉動；真理和美就沒辦法。當然，一旦大眾掌控了政治權力，那麼要緊的就是幸福而不是真理和美了。不過儘管一切如此，不受限制的科學研究仍然獲准進行。人們還是繼續討論著真理和美，就好像這兩個就是極致的善一樣。這樣一直持續到九年戰爭的時候。那總算是讓他們確實徹底改口了。炭疽炸彈在你身邊爆來爆去的時候，還要真理、美或者知識做什麼？那就是科學開始受控的時刻——九年戰爭結束後。那時候的人們連慾望都準備好要給別人控制了。為了平靜的生活，一切都可以付出。從此我們就開始控制至今。當然，這對真理滿有害的。但這對幸福來說就非常有益。人不能平白就有所得。幸福得要付出代價。你就正在付出代價呢，華森先生——因為你不巧對美太有興趣，所以正在付出代價。我以前也對真理太有興趣了；我也就付過了。」

「但你又沒有去到哪個島上。」野人打破漫長沉默。

控制者笑了。「這就是我付出的代價呀。選擇效命於幸福。不是說我的——是其他人的幸福。」他頓了頓又說：「滿幸運的是，世上像這樣的島嶼還有很多。如果沒有的話還真不知道該怎麼辦。可能就都關進毒氣室吧。啊對了，華森先生，你喜歡熱帶氣候嗎？比如說馬貴斯群島；或者薩摩亞？或者再心曠神怡一點的？」

何姆霍茲從他那張充氣椅起身。「我會喜歡那種差到極點的氣候。」他回答。「我相信氣候差會讓人寫得更好。舉例來說，如果有一大堆狂風暴雨的話……」

控制者點頭稱許。「華森先生，我喜歡你這種幹勁。我真的非常喜歡。檯面上我有多不贊同這種幹勁，實際上我就有多喜歡。」他微笑著。「福克蘭群島如何？」

「好，我覺得那樣可以。」何姆霍茲回答。「現在如果你不介意的話，我要去看看可憐的伯納德情況如何。」

第十七章

「藝術、科學——為了你們的幸福，你們似乎付出相當高的代價呢。」只剩他們兩人時，野人說道。「還有什麼嗎？」

「這個嘛，當然還有宗教。」控制者說。「過去有某個叫做上帝的東西——在九年戰爭之前。唉呀我忘了；上帝的事情你都知道，應該吧。」

「這個嘛……」野人猶豫了。他原本想說一些有關孤單、有關夜晚、有關月下蒼白平頂山、有關峭壁、有關投身於陰影黑暗、有關死亡的事。原本他願意開口；但沒有言詞可用。連莎士比亞裡都沒有。

同時，控制者來到房間另一頭，解鎖書架間一個嵌入牆壁的巨大保險櫃。沉重的櫃門搖擺著打開了。在裡頭的黑暗中翻找片刻後，他說：「這個主題我一向都很有興趣。」他取出一本厚重的黑色書冊。「好比說，你就從來沒讀過這個。」

野人接了過去。「《新舊約聖經合訂本》。」他大聲讀著扉頁。

「這本也是。」那是一本沒了封面的小書。

「《師主篇》[67]。」

「或者這本。」他拿出另一本書。

「《宗教經驗之種種》。威廉·詹姆士著。」

67. *The Imitation of Christ*，原拉丁書名*De Imitatione Christi*，作者可能是中世紀宗教作家托馬斯·肯皮斯（Thomas à Kempis, 1380 –1471）。

「我還有一大堆呢。」穆斯塔法．蒙德回到座位繼續說。「整批的淫穢古書。上帝進保險箱，福特上書架。」他笑了笑指著他檯面上的書庫——指著擺滿書的書架，或說擺滿了閱讀機筒狀軸和音軌捲筒的架子。

「但如果你知道上帝，為什麼不告訴他們呢？」野人憤慨地問。「為什麼不把這些有關上帝的書給他們？」

「就跟我們不給他們《奧賽羅》的理由一樣：這些書很舊；這些書講的是幾百年前的上帝。不是現在的上帝。」

「但上帝始終不變。」

「可是人會變。」

「那會有什麼不一樣？」

「一切都會因此不一樣。」穆斯塔法．蒙德說。他再次起身，走向保險櫃。「以前有個人叫做紐曼樞機主教[68]。」他說。

「所謂樞機主教——」他附帶地解釋：「就有點像是大唱堂的群體大主唱。」

「『我，潘杜爾夫，米蘭的樞機主教。[69]』我在莎士比亞裡面讀過。」

「當然。總之呢，就如我說的，以前有個人叫做紐曼樞機主教。啊，書在這裡。」他拿起書本。「既然都到這了，我就把這本也拿出來吧。這是由一個叫做門努・德・比朗[70]的人寫的。他是個哲學家，不知道你清不清楚那是什麼。」

68. 若望・亨利・紐曼（John Henry Newman, 1801-1890），英國神學家及詩人，原為英國國教牧師，後改信舊教並成為樞機主教，在英格蘭宗教史上深具影響力。

69. 《約翰王》第三幕第一場。

70. 門努・德・比朗（Maine de Biran, 1766-1824），法國哲學家。

「沒有夢想到天地之間許多事情[71]的人。」野人立刻說。

「差不多。我來給你念一段他真有那麼一刻夢想過的東西。同時，聽聽這個古代的群體大主唱是怎麼說的。」他打開書頁中插了張紙標記出來的地方，開始朗讀。「『我們不是我們自己，就如我們所擁有的亦不代表我們自己。我們沒有創造自己，我們無法超越自己。我們不是我們自己的主宰。我們是上帝的財產。能這樣審視這問題會不會是我們的幸福？認為我們就是我們自己，是否會帶來幸福，或者帶來寬慰？年輕氣盛的人或許會同意。這些人可能會覺得，一切照他們所願、一切隨他們所使——不仰賴任何人——不去思考視線以外之物，並把持續認識、持續祈禱、持續隨他人意志而做了什麼之類的討厭事情都擺脫掉，都會是很棒的事情。但隨著時間過去，他們，就跟所有人一樣，會發現獨立並不是為人所安排的——那是個不自然的狀態——

在一段期間內獨立有其效果，但不會帶領我們平安地走到最後……』[72]」穆斯塔法．蒙德暫停下來，放下第一本書，然後拿起另一本翻開書頁。「好比說這段。」說完，他再一次用他低沉的嗓音開始讀起：「『一個人變老了；他感覺到體內伴隨年紀增長而來的嚴重虛弱感、倦怠感、不適感；而且，有了這些感覺後，他進而想像自己只是生病了而已，而以一種概念——認為這種不舒服的狀態起於他希望能從中康復的特殊因素，好比說疾病——平息了他的恐懼。這真是徒勞無功的想像！那種病就是年老；而那確實是可怕的疾病。他們說，害怕死亡和死亡之後的事，讓人們年紀增長後轉而投身宗教。我自己的經驗讓我深信，宗教感

71. 《哈姆雷特》第一幕第五場。
72. 出自紐曼樞機主教著作《Parochial and Plain Sermons》。

絕非來自任何此類恐懼或想像，而是隨我們年紀增長而來；因為激情消退，隨著幻想和感受本身不那麼刺激、也更沒那麼能刺激我們，理性運作起來便沒那麼困難、沒那麼像以前那樣因專注於想像、慾望和各種娛樂消遣而變得一片模糊，宗教感因而開展；於是上帝就像從烏雲後浮現似地現身；我們的靈魂感受到、看見，並轉身朝向所有光明的源頭；自然而然且不可避免地轉了過去；因為過往將生命和吸引力給予感知世界的那一切事物，如今都逐漸開始從我們身上失去，如今知覺的存在已經不再由內外在的印象所支撐，我們感覺到我們需要倚靠在某種能夠撐住的東西上，某種始終不會欺騙我們的東西——一個真實，一個絕對而永恆的真理。是的，我們不可避免地轉身投向上帝；因為這宗教感是那麼純粹地出於本質，對於體驗到的人來說是如此地愉悅，使得它足以補償我們其他的所有損失。[73]』」穆斯塔法．蒙德闔上書並躺回椅子上。「天地之間這些哲學家沒有夢想到的許多事情之一，就是這邊。」（他揮了揮手）「我們，這個現代世界。『只有你們年輕氣盛時才能獨立於上帝；獨立不會帶領你們平安地走到最後。』結果呢，我們現在可是讓人到最後一刻都年輕氣盛呢。所以呢？很顯然地，我們可以獨立於上帝。『宗教感會補償我們所有的損失。』可是我們又沒有損失要補償；宗教感根本是多餘的。而且，如果青春慾望從未失落，為什麼我們還要追尋青春慾望的替代品？如果我們能一直享受所有的愚蠢老套直到最後一刻，為什麼還要去找替代品來取代娛樂消遣？如果我們的身心持續在活動中愉悅，那還需要什麼休息？當我們有梭麻，還需要什麼慰藉？當我們有社會秩序時，幹麼還需要什麼不可動搖的事

73. 一疑出自門努・德・比朗著作《Nouveaux essais d'anthropologie》。

物？」

「所以你們認為沒有上帝？」

「不，我認為相當有可能存在著一位。」

「那為什麼？……」

穆斯塔法．蒙德阻止他說下去。「但祂面對不同人以不同方式體現。在前現代時期，祂體現為這幾本書中描述的存在。現在的話……」

「祂現在是如何體現的呢？」野人問。

「這個嘛，祂現在體現為不存在；就好像祂根本不在那似的。」

「那是你的錯。」

「就算作是文明的錯吧。上帝無法與機械、科學藥物和普世幸福共存。你必須做抉擇。我們的文明選擇了機械、藥物和幸福。因此，我得把這些書鎖進保險櫃。它們都是淫穢著作。人們如果讀了會震驚於……」

野人打斷了他：「但感覺到上帝的存在難道不是自然而然的嗎？」

「你大概也會去問說，穿褲子時拉緊拉鍊，是不是自然而然的事情。」控制者挖苦地說。「你倒提醒了我還有一個老傢伙叫做布萊德利。他將哲學定義為，替一個人直覺相信的事物尋找爛理由的過程[74]。講得好像人相信什麼都是憑直覺一樣！人會相信事物，是因為他被制約成要相信那些事物。替一個人因爛理由而相信的事物尋找另一個爛理由——那才叫哲學。人們相信上帝是

---

74. 布萊德利（Francis Herbert Bradley, 1846-1924），英國唯心主義哲學家，該哲學定義引自其著作《Appearance and Reality》。

因為他們被制約成要相信上帝。」

「但不管怎樣──」野人堅持：「當你孤獨一人時，相信上帝是很自然的事──一個人孤獨在夜裡，思索著死亡時……」

「但現在又沒有人孤獨。」穆斯塔法．蒙德說。「我們讓他們討厭孤立；然後我們又安排好他們的生命，所以他們幾乎是始終都不可能擁有孤獨。」

野人憂鬱地點頭。在惡地，他因為他們將他排除在村落共同活動外而痛苦，但在文明的倫敦，他又因為始終逃不出那些共同活動、始終無法靜靜獨處而痛苦不堪。

「你還記得《李爾王》裡面的那一小段嗎？」野人終於說了出口：「『諸神公正，以我們的愉悅惡行為工具懲罰我們。他在黑暗墮落處生下你，而以喪失雙眼為代價。』而艾德蒙回答說──你應該記得，他受傷，快要死了──『你說得沒錯，這是實話。命運的車輪已轉滿一圈；我便在其下。』[75] 這你又怎麼說？這裡看起來不就有一位上帝在掌管事物、在處罰、在獎賞嗎？」

「喔，有嗎？」輪到控制者來質問。「你要跟不孕女性沉溺於多少次愉悅惡行都可以，都完全不用冒著眼睛被兒子情婦挖出來的風險。『命運的車輪已轉滿一圈』但現在的話艾德蒙會在哪裡？他會坐在充氣椅子上，手繞著女孩子的腰，嚼著他的性賀爾蒙口香糖並看著感觸電影。諸神是公正的。這毫無疑問。但他們的法典到頭來還不是由組織社會的人所聽寫下來的；天命還是受人啟發。」

「你確定嗎？」野人問。「你確定坐在充氣椅子上的艾德蒙，就沒有被像重傷流血致死的艾德蒙那樣，被好好重罰一頓

75. —《李爾王》第五幕第三場。

嗎？諸神是公正的。祂們難道就沒有利用他的愉悅惡行當成一種工具來使他沉淪墮落嗎？」

「從哪邊往下沉淪墮落呢？身為一個快樂、勤勞、消費物資的公民，他十分完美。當然，如果你選擇了別於我們的標準，那你或許可以說他沉淪墮落。但你得要堅守一套基本條件。你不能根據離心柱球的規則來打電磁高爾夫啊。」

「但價值不能憑私心愛憎決定。」野人說。「評價與尊嚴不僅決於出價者，也決於自身之可貴。[76]」

「喂喂。」穆斯塔法．蒙德抗議：「不覺得這有點扯過頭了嗎？」

「如果你允許自己思索上帝，你就不會允許自己因愉悅惡行而沉淪墮落。你就有理由去耐心承擔、去勇敢行事。我在印第安人身上就看過這點。」

「我相信你一定有看過。」穆斯塔法．蒙德說。「但我們不是印第安人。一個文明人完全不用承擔任何嚴重不愉快的事。至於勇敢行事方面——福特願他不要讓這種想法進到自己腦袋裡。如果人開始憑己行事，那會擾亂整個社會秩序。」

「那克己自制呢？如果你有一個上帝，你就有理由去克己自制。」

「可是，不克己自制才可能有工業文明。自我放縱到衛生與經濟一同強加的極限。不然的話輪子就會停止轉動。」

「但你有理由要守貞吧！」野人說出這幾個詞的時候稍稍臉紅起來。

「但禁慾就意味著激情，禁慾就意味著神經衰弱。而激情和

76.　—《特洛勒斯與克瑞西達》第三幕第二場。

神經衰弱就意味著不安定。而不安定就意味著文明終結。若是沒有多種愉悅惡行，你就沒辦法擁有一個長存的文明。」

「但上帝是一切崇高美好英勇的理由。如果你有一個上帝……」

「親愛的年輕人啊——」穆斯塔法．蒙德說：「文明完全不需要崇高或英雄主義。這些東西都是政治缺乏效率的症狀。在一個像我們這樣組織妥當的社會中，沒有人有任何機會崇高或英勇。環境得要先徹底不穩，這種機會才會浮現。有戰爭的地方，當人們針鋒相對，有誘惑需要抵抗、有所愛對象要爭取或捍衛的場合——顯然，要到了那種情況，崇高和英勇才有一點意義。但現在根本沒有戰爭。世界以最全面的照護來避免你太愛一個人。沒有針鋒相對這種事，因為你受的制約太好，使你不由自主地做著你應該要做的事。而你應該要做的事情總的來看都是十分愉悅的，有太多的自然衝動獲准放任自流，也就沒有什麼誘惑要去抵抗了。就算萬一有什麼不愉快的事情因為太倒楣而不知怎麼就是發生了，還是有梭麻來讓你離開現實放個假。總是有梭麻能澆熄你的怒火，讓你和敵人和解，讓你有耐心且能長時間吃苦。過去，你只能藉由拚命努力以及多年的艱困道德訓練，才能達到這境界。現在，你只要吞下兩、三片半公克藥片就行了。現在任何人都可以品德高尚了。差不多一個藥瓶就可以攜帶你至少一半的道德感。沒有眼淚的基督信仰——梭麻的本質就是這種東西。」

「但眼淚是不可或缺的。你不記得奧賽羅怎麼說的嗎？『若每次暴風後都有如此平靜，但就讓風儘管吹，直到死亡都被吹醒。』[77]以前印第安老人們告訴我們一個馬查其女孩的故事。想

77. 《奧賽羅》第二幕第一場。

要和她結婚的年輕男人們，早上得在她的院子裡鋤地。乍看之下很簡單；但那邊有蒼蠅蚊子，而且是魔法蚊蠅。大部分的年輕男人受不了叮咬。但忍得住的那個人——他就得到了女孩。」

「真可愛！」控制者說：「可是在文明國家裡，你不用替女生鋤地也可以用她們；也沒有蒼蠅蚊子來叮你。早在幾個世紀前，我們就徹底消滅牠們了。」

野人點頭，皺著眉。「你們把牠們徹底消滅了。是的，這正是你們一貫的行事作風。消滅所有令你們不愉快的東西，而非學習忍受。何者心靈更高貴呢，是飽受惡毒命運的彈弓箭矢折磨，還是挺身反抗無涯的苦難並將其終結[78]……但你們兩種都不做。既不受折磨也不反抗。你們就只是扔了彈弓和箭矢。太輕鬆了。」

他突然沉默下來，想著自己的母親。琳達在她那三十七樓的房間裡，漂浮在一片海洋中，海裡有著歌唱的光線和芳香的撫摸——她越漂越遠，漂出了空間、漂出了時間，漂出了她的記憶、她的習慣、她那年老臃腫身體所打造的監獄外。還有孵化制約中心前主任湯馬金，湯馬金現在還在放假——以假期擺脱了羞辱和痛苦，來到一個美麗的世界；在那裡他聽不到那些言語、那些嘲笑，也看不到那些醜惡臉孔，也感覺不到纏在他脖子上的潮濕鬆垮手臂……

「你需要的——」野人繼續説：「是某個帶眼淚的東西，好讓你換換口味。在這裡，什麼的代價都太便宜了。」

（「一千兩百五十萬元。」之前野人説起同一句話時，亨利．佛斯特是這樣反駁的。「一千兩百五十萬元——新的制約中

78. 《哈姆雷特》第三幕第一場。

心造價就是這麼高。一毛都少不得。」）

「以有限不定之身挑戰命運、死亡和危險，即便只為一片蛋殼[79]。不覺得這句話有什麼意義嗎？」他仰望著穆斯塔法・蒙德問道。「先除上帝不論——儘管上帝當然是這麼作的理由——活在艱險中難道沒什麼意義嗎？」

「有很大的意義。」控制者回答。「男男女女不時就得刺激一下腎上腺。」

「什麼？」野人無法理解地問。

「那是我們的完美健康制約手段之一。所以我們才會強制推行VPS療程。」

「VPS？」

「暴烈激情替代療法[80]。一個月固定一次。我們讓腎上腺素流動於全身系統。物理上來說這完全等同於恐懼和憤怒。具有所有將苔絲狄蒙娜殺掉或者被奧賽羅殺掉的滋潤效果，但完全屏除殺人的不便之處。」

「但我喜歡不便之處。」

「我們不喜歡。」控制者說。「我們喜歡舒服行事。」

「但我不要舒適。我要上帝、我要詩歌、我要真正的危險、我要自由、我要美德。我要受罪。」

「事實上——」穆斯塔法．蒙德說：「你是在要求擁有不快樂的權利。」

「好啊。」野人挑釁地說：「那麼，我就要求擁有不快樂的權利。」

---

79. 《哈姆雷特》第四幕第四場。

80. 暴烈激情替代療法（Violent Passion Surrogate）。

「這還不提衰老、變醜的權利；罹患梅毒與癌症的權利；糧食不足的權利；生活糟糕的權利；始終擔憂明日而活的權利；罹患傷寒的權利；被每一種無法描述的痛苦所折磨的權利。」

沉默持續了好一陣子。

「我要求擁有這一切權利。」最後野人開口。

穆斯塔法．蒙德聳了聳肩。「那你請便。」他說。

第十八章

門半開著；他們便走了進去。

「約翰！」

浴室裡傳來獨特的不愉快聲響。

「出了什麼事嗎？」何姆霍茲喊。

沒有回應。那個不愉快的聲響又持續了兩下；然後一片安靜。接著，喀啦一聲，浴室門打開，臉色極度蒼白的野人走了出來。

「哇塞。」何姆霍茲擔憂地驚呼。「你看起來真的很不舒服啊，約翰！」

「你吃了什麼東西不舒服嗎？」伯納德問。

野人點了點頭。「我吃了文明。」

「什麼？」

「它讓我中毒；我被玷汙了。」他以較低沉的聲音說，「接著，我吃了我自己的邪惡。」

「是，但到底是什麼？……我是說，你剛剛在……」

「我現在被淨化了。」野人說。「我喝了一些芥末和溫水。」

兩人驚愕地盯著他。「你的意思是說你故意這樣做？」伯納德問。

「印第安人都是這樣淨化自身的。」他坐了下來，然後嘆了口氣，手扶著額頭。「我要休息一下。」他說：「我滿累的。」

「這我倒不意外呢。」何姆霍茲說。沉默片刻後：「我們是來說再見的。」他用另一種口吻說了下去。「我們明天早上要走了。」

「是的，我們明天要走了。」伯納德說，此時野人注意到他臉上有一種全新的、聽天由命的表情。「對了，約翰。」他繼續說，坐在椅子上往前靠，手按在野人的膝蓋上：「我想說，昨天的事情我實在是很抱歉。」他臉紅了。「實在是太丟臉了。」儘管聲音古怪，但他還是繼續說下去：「實在是很……」

野人打斷他的話，並舉起他的手，深情地握了起來。

「何姆霍茲對我實在是太好。」頓了頓之後，伯納德又說下去。「如果不是他的話，我早就……」

「好啦好啦。」何姆霍茲抗議。

三人一時無話。儘管這三個年輕人如此悲傷——或者更該說，「因為」他們如此悲傷；因為他們的悲傷是對彼此有愛的一種症候——他們反而十分快樂。

「我今天早上去見了控制者。」野人終於開口。

「做什麼？」

「問說我能不能和你們一起去小島。」

「那他怎麼說？」何姆霍茲急切地問。

野人搖搖頭。「他不讓我去。」

「為什麼不准呢？」

「他說他想繼續實驗。」野人瞬間憤怒起來追加一句：「但我死也不要，我死也不要繼續實驗。就算全世界所有控制者求我也不要。我自己明天也要離開了。」

「可是你要去哪？」另外兩人齊問。

野人聳了聳肩。「哪邊都可以，我不在乎。只要能獨自一人就好。」

從吉爾福德出發的下行路線，沿著韋谷前往戈達爾明，然後，經過米爾福德和威特利之後，繼續前往哈斯爾米爾，然後從彼得斯菲爾德往樸茨茅斯而去。大致與其平行的上行路線，則是通過沃爾普雷斯登、同漢、普騰漢、艾爾斯特德和葛雷斯赫特。在豬背山和辛赫德之間，兩條飛航路線有好幾個地方相距不到六、七公里。對於不當心的飛行員來說這距離實在是不夠——尤其晚上當他們吃了太多片半公克梭麻之後就更不夠了。曾經發生過事故。滿嚴重的事故。因此決定將上行路線往西挪個幾公里。在葛雷斯赫特和同漢之間，四座廢棄的空用燈塔，標記出過去從樸茨茅斯到倫敦的路線。燈塔上空既安靜又空蕩。現在直升機日以繼夜大呼小叫地飛過的，是塞爾伯恩、博登和法那姆的頭頂。

野人選擇那座矗立在普騰漢和艾爾斯特德之間山坡上的燈

塔，作為他的隱居處。這座建築以鋼筋混凝土製成，而且狀態極佳——簡直舒服過頭，野人第一次探索此地時心想著，簡直奢華到太文明了。他因此向自己承諾要更嚴苛自律來補償這種奢華，要更全面徹底淨化自己，好撫平他的良心不安。在隱居處的第一晚，他刻意不入睡。他整晚跪著祈禱，作為他祈禱對象的天堂，一下是那有罪的克勞迪[81]乞求原諒的那個天堂、一下是以祖尼語向阿沃納威羅那、一下向耶穌和普康、一下向自己的守護獸老鷹祈禱。他不時伸展手臂，就好像自己在十字架上一樣，並且就那麼撐著而持續疼痛，並逐漸將疼痛累積成令他顫抖且極其劇烈的痛苦；他就像自願釘上十字架般地撐住手臂，同時在咬緊了的牙齒間反覆念著（同時汗水從臉上傾瀉而下）：「噢，原諒我！噢，讓我純潔！噢，助我向善！」就這樣唸個不停，直到因痛苦而昏過去。

當早晨到來時，他便自認獲得了能夠住在燈塔的權利：是的，即便燈塔多數窗戶的玻璃還在，即便燈塔平台看去的景色有那麼美。他之所以選擇這燈塔的理由，幾乎立刻就成為了該換其他地方的理由。他決定住在這裡是因為這裡的景觀實在太美，是因為，從他觀察的位置來看，他彷彿像是在望著神聖存在的體現。但他憑什麼能享有這種無時不刻都可看見的美好風光呢？他憑什麼住在上帝可視的體現之中呢？他夠格住的地方應該只有某個骯髒的豬圈；地底下某個另一頭不通的洞。因為一整晚的痛苦而僵硬且依舊疼痛、但也因此內心安穩的他，爬上了他這座塔的頂端平台，向外看著明亮日出照耀的世界，這個他重新獲得居住

81. 克勞迪為《哈姆雷特》中哈姆雷特的叔叔，於劇中第三幕第三場為了殺兄竄位之事私下下跪懺悔。

權利的世界。視野的北方被豬背山頂漫長的白堊山脊圍住，山脊最東端的後方聳立著構成吉爾福德城的七座摩天大樓。看到那些樓，野人忍不住臉色一變；但到頭來他會跟它們妥協；因為到了晚上它們會和幾何架構的星座一起興高采烈地閃爍，不然就是亮著泛光燈，把它們發亮的指頭（以一種全英格蘭如今只有野人知道它們有多明確的手勢）莊嚴地指向深不可測的天際神祕。

將燈塔所立基的沙質山丘與豬背山分隔開來的谷地裡，坐落著普騰漢這個九層樓高的普通小村莊，村裡有著許多筒倉、一座家禽農場，以及一間小小的維他命D工廠。燈塔的另一邊，也就是南方，地表順著長滿石南的斜坡向下傾斜，直到底部一連串的小池塘。

在這片景色之外，十四層樓的艾爾斯特德塔聳立在樹林之上。在英格蘭霧濛濛空氣中模糊的辛赫德和塞爾伯恩，已經使人們的視線來到一片藍色浪漫的最遠景。但吸引野人來到他這座燈塔的不只是遠景而已；近景也和遠景一樣誘人。有樹林，有一整片開闊的石南和黃色荊豆，有幾株冷杉、有發亮的池塘和懸垂水面上的樺木，水中還有睡蓮，還有燈心草的花壇——對於習慣了美洲沙漠乾旱景象的眼睛來說，這一切不僅是美，而且驚人。然後還有那孤獨啊！一整天下來他一個人都見不到。燈塔離查令T字塔只有十五分鐘航程，但惡地的山坡卻不會比這片薩里郡的石南荒原來得更荒涼。每天離開倫敦的群眾只會為了打電磁高爾夫或網球而離開。普騰漢沒有海邊高爾夫球場；最靠近的黎曼曲面網球要到吉爾福德。這裡唯一吸引人的就只有花朵和地景。因此，既然沒什麼好理由來這邊，也就沒有人來。頭幾天，野人獨自不受打擾地生活著。

約翰剛抵達文明世界時領取的個人生活費，幾乎都拿去買裝備了。離開倫敦前，他買了四張人造羊毛毯、粗細繩線、釘子、膠水、少數工具、火柴（雖然他打算未來在適當時候改用鑽木取火）、一些壺罐和平底鍋，二十四包種子，還有十公斤的小麥麵粉。「不，不要合成澱粉和棉花渣做的替代麵粉。」他當時堅持道。「雖然那比較營養。」但到了泛腺體餅乾和維他命化替代牛肉，他就沒能抵抗店員的推銷。如今他看著那些罐頭，開始痛責自己的軟弱。噁心的文明貨！他下定決心，就算挨餓也絕對不會吃那些東西。「現在知道厲害了吧。」他報復地想著。後來他也會知道文明有多厲害。

他數了數錢。他希望剩下的一點錢夠他度過冬天難關。到了明年春天，他的園子就能出產足夠收穫，讓他獨立於此外的世界。同時，總是有野味可以打。他已經看到不少兔子，池塘裡還有水鳥。他立刻就開始製作弓箭。

燈塔附近有梣樹，而且有一整片小灌木林，裡頭都是又直又美的榛樹樹苗可以做箭桿。他先砍倒一棵年幼的梣樹，砍下六呎的出枝樹幹，剝掉樹皮，然後像老米契馬教他的那樣，一層一層削去白色木頭，直到他有一根跟自己一樣高的木棍，粗厚的中段堅挺，細長的兩端彈力十足。這項工作令他十分愉悅。在倫敦經歷好幾週的懶散安逸，經歷了要什麼就按個鈕或轉個手把的無所事事生活之後，能做一些要求技術和耐心的東西使他純然愉悅。

木棍快要削出形狀的時候，他驚訝地發現自己正在**哼歌**——哼歌！這種感覺就好像他人在自己身外，偶然逮到自己犯了什麼滔天大罪一樣。他愧疚地臉紅起來。畢竟，他來這裡不是為了唱歌享樂的。他是來逃避邪惡文明生活的進一步汙染；他的目標是淨化並彌補罪過；目標是主動改過。他氣餒地發現，自己全神貫注於削弓時，居然忘記了自己發誓要一直記得的事——可憐的琳達，還有自己對她那兇惡不仁的態度，還有那些噁心的孿生子，像頭蝨一樣在她死亡的神祕感上群起爬動，不僅用他們的存在侮辱他自己的悲傷和悔悟，更羞辱著諸神。他曾經發誓要記住，他曾經不停發誓要改過。而他現在卻這樣，開心地坐在這弄他的弓材，哼著歌，還真的唱了出來⋯⋯

他進屋，打開裝芥末的盒子，並弄了些水在火上煮沸。

半小時後，三名來自普騰漢某一博卡諾夫斯基組的負代爾塔莊稼人正要開車去艾爾斯特德，卻在山坡頂上驚見一名年輕人站在荒廢的燈塔外，上身到腰部脫得精光，並用打了結的繩鞭抽打著自己。他的背上都是深紅色的水平條痕，一道道傷痕上都透著薄薄的血滴。卡車司機把車停到路邊，和兩名同伴張大了嘴盯著這反常的奇觀。一下、兩下、三下——他們數著鞭擊。到了第八下時，年輕人停下了自我懲罰，跑去樹林邊緣，並在那裡猛烈地嘔吐。當他完事後，他又拿起鞭子再次打起自己。九下、十下、十一下、十二下……

「福特！」司機悄聲說。而他的兩個學生兄弟也有志一同。

「福特啊！」他們說。

三天後，就像紅頭美洲鷲落在屍體上一樣，記者來了。

在嫩枝點起的溫火上烤乾烤硬的弓已經完成了。野人現在忙著造箭。三十根榛樹桿子已經削好並烤乾，頂端裝上了尖釘，並小心翼翼地刻好了筈。有天晚上他突襲了普騰漢的家禽農場，現在便有了足夠的羽毛來裝備整套武器。當他正在替箭桿上羽毛時，第一個記者找到了他。穿著氣墊鞋而走路無聲的這個人從他背後現身。

「早安，野人先生。」他說。「我是《鐘點廣播報》的代表。」

野人像被蛇咬到一樣，驚嚇地跳了起來，把箭、羽毛、膠水罐和刷子弄得東倒西歪。

「實在不好意思。」記者打從心底內疚地說。「我無意……」他碰了碰他的帽子——那頂內裝無線收發器的鋁製大禮帽。「請原諒我不脫帽。」他說。「這有點重。總之，如我所言，我是《鐘點廣播報》的代……」

「你要幹麼？」野人問，同時怒目而視。記者回敬自己最討好的微笑。

「這個呢，想當然，我們的讀者會相當有興趣……」他的頭歪向一邊，微笑變得像在賣弄風情。「講幾句話就好，野人先生。」接著在一連串儀式般的快速手勢中，他從腰上用扣環扣住的可攜式電池上拔出兩條電線頭；同時將電線頭接上他那頂鋁帽的邊緣；碰了頭頂上的一個彈簧——然後天線就朝天空展開；

又碰了帽檐邊緣的另一個彈簧——然後就像玩偶盒那樣，跳出了一隻麥克風掛在那邊，在他鼻子前面六吋[82]的地方抖動著；他又從耳朵上頭拉下一對聽筒；按下帽子左邊的開關——裡頭就傳出了微弱的黃蜂嗡嗡聲；他轉了轉右邊的旋鈕——嗡嗡聲被一個立體的氣喘聲和細碎爆裂聲打斷，被打嗝聲和突然的尖叫聲打斷。

「哈囉。」他對麥克風說。「哈囉，哈囉……」帽子裡突然響起鈴聲。「是你嗎？艾德澤？我這邊普立摩．梅隆。對，我跟他接上線了。野人先生現在會拿起麥克風說幾句話。會吧，野人先生？」他帶著他另一套勝利微笑，抬頭看著野人。「就跟我們讀者講講你為何來這裡。是什麼事情讓你這麼突然（等我一下，艾德澤！）就離開倫敦。還有，當然啦，那個鞭子。」（野人嚇了

82. 一十五．二四公分。

一跳。他們怎麼會知道鞭子的事？）「我們實在是太想了解鞭子了。接著是關於文明的一點看法。你知道就像那一類的嘛。『我對文明女孩有什麼想法』。幾句話就好，少少地……」

野人不安地照字面服從。他就只說了五個詞——五個詞，就跟他對伯納德談到坎特伯里群體大主唱時講的那五個詞一樣。

「*Háni! Sons éso tse-ná!*」接著他抓住記者肩膀，把他轉了一圈（那年輕人顯然保護得很妥當，很欠人踹這一下），對準，然後用足口球冠軍選手的所有力量和精準度，對他全力一踢。

八分鐘後，《鐘點廣播報》的新刊就在倫敦街頭開賣了。

「鐘點廣播報記者尾骨遭神祕野人踢擊」，頭版頭條這樣寫著。

「薩里郡大驚奇」。

「連在倫敦都是大驚奇。」記者回程時讀著這些字句時心想。此外，還是相當痛的大驚奇。他小心翼翼地坐下來吃午餐。

另外四名分別代表紐約《時報》、法蘭克福《四維空間報》、《福特科學箴言報》和《代爾塔鏡報》的記者，並沒有被同僚尾骨上的警告瘀傷嚇到，他們當天下午就前往燈塔訪問，並獲得逐步增加的暴力行為招待。

「愚蠢的笨蛋！」《福特科學箴言報》那人在安全距離外邊揉著屁股邊說：「你幹麼不吃**梭麻**？」

「滾開！」野人搖著拳頭。

其他人退後了幾步，然後又回過頭。「吃點**梭麻**，邪惡就不真。」

「*Kohakwa iyathtokyai!*」他的口吻在嘲諷中帶著威脅。

「痛苦是錯覺。」

「喔，是嗎？」野人說完便撿起一根榛樹粗枝，大步向前。

《福特科學箴言報》那人連忙往直升機衝。

那之後野人清靜了一陣子。少數直升機飛來並好奇地繞塔盤旋。他對最靠近、最糾纏不休的那架射了一箭。那一箭射穿了座艙的鋁製地板；裡頭發出尖聲慘叫，然後機器就以引擎增壓器所能提供的最大力加速直直往高空離去。那之後，其他的直升機便恭敬有禮地保持距離。野人忽略他們令人疲憊的嗡嗡聲（他在想像中認為自己就像是少女馬查其[83]的追求者之一，在有害飛蟲之間仍堅持不懈、屹立不搖），挖著他的園子。過了一陣子，那些害蟲顯然是厭倦而飛走了；他頭頂上的天空連續幾小時都空蕩蕩，而且除了雲雀之外，一片寧靜。

天氣熱到無法呼吸，雷聲在空氣中響起。他已經挖了一整個早上，此時正在休息，大字型躺在地板上。突然間心中想起的列寧娜成了真實的存在，裸體而有形地，說著「太好了！」以及「把手繞在我身上！」——只穿著鞋襪，渾身香氣。不要臉的娼婦！可是啊，啊，她的雙臂纏繞在他的頸上，她乳房那樣地挺起，她的嘴！永恆在我們的嘴唇和眼睛裡。列寧娜……不、不、不、不！他整個人彈起來，半裸著身衝出屋外。荒野的邊緣處立著一叢老刺柏。他猛力往上撲去，他擁抱著，不是擁抱他慾望的滑順肉體，而是滿手臂的綠色針刺。上千根尖銳針頭刺著他。他試著去想可憐的琳達，無法呼吸、有口難言，雙手緊握，眼中充滿說不出的恐懼。那個他發誓要記住的可憐琳達。但纏繞著他的，依舊是列寧娜的形體。他承諾要遺忘的列寧娜。即便是在刺柏樹針的螫刺間，他抽搐的肉體還是感受到她，無法逃避地

---

83. 少女馬查其（Maiden of Mátsaki）是祖尼民間故事中〈情人的考驗：或少女馬查其與紅羽毛〉（*The Trial of Lovers: or The Maiden of Mátsaki and The Red Feather*）的角色。

真實。「太好了，太好了……如果你也要我的話，你為什麼不……」

鞭子用一根釘子掛在門上，準備好要打擊前來的記者。在極度激動中，野人衝回了家，拿起了它，開始揮舞。打了結的粗繩打進他的肉體。

「娼婦！娼婦！」他每打一下就喊一聲，彷彿他鞭笞的是列寧娜（同時他並未察覺，他是多麼狂烈地希望真的就是啊！），又白、又溫暖、又香、又不知恥的列寧娜。「娼婦！」接著，他以絕望的聲音說：「噢，琳達，原諒我。原諒我，上帝。我糟糕。我邪惡。我……不、不，妳這娼婦，妳這娼婦！」

三百公尺外的樹林中，感觸電影公司經驗最豐富的大牌攝影師達爾文·波拿巴在他小心打造的藏身處裡目睹了一切經過。他的耐心和技術有了回報。他已經在一棵人工櫟樹的樹幹裡頭坐了三天，整整三個晚上都在石南間匍匐移動，在荊豆叢裡藏著麥克風，在柔軟的灰色沙土中埋下電線。非常不舒服地過了七十二小時。但現在偉大的一刻來了——最偉大的一刻，當達爾文·波拿巴在器材間來回移動時，他有充分的時間思考著，這是他自從拍出知名的大猩猩婚禮全嚎叫立體感觸電影之後最偉大的一刻。當野人開始他那驚人的表演後：「太棒了！」他便對自己說。「太棒了！」他小心地將各台望遠攝影機都對準——緊黏著它們移動中的目標；掛上更強的電源好拍到發狂扭曲的面孔特寫（太妙了！）；切換成慢動作拍個半分鐘（一種強烈的滑稽效果，他這樣指望著）；同時，也聽著錄在膠卷邊緣音軌上的鞭打聲、呻吟聲和野蠻又胡言亂語的詞句，並嘗試了稍微放大的效果（是的，那明顯好多了）；並很高興在片刻間歇時分聽到雲雀的尖聲歌唱；並希望野人可以轉過來好讓他拍到極佳的背部血痕特寫——

幾乎就在下一秒鐘（運氣好到嚇死人！），這個樂於配合的傢伙就真的轉過來了，讓他得以拍下完美特寫。

「哇，這了不起！」當一切都結束之後他對自己說。「這實在了不起！」他擦了擦臉。當他們在攝影棚把感觸電影效果加進去之後，那就成了一部好電影。達爾文．波拿巴心想，幾乎就跟《抹香鯨的愛情生活》一樣好——而那部片呢，福特啊，那可是傑作呢！

十二天後《薩里郡的野人》上映，全西歐每一間頂級感觸戲院都可以看到、聽到、感觸到。

達爾文．波拿巴這部片的效應來得又快又巨大。晚間首映後的第二天下午，約翰那質樸的孤立，就突然被頭頂上成群殺來的直升機打破了。

當時他正在園子裡挖土——也在他心裡頭挖著，艱苦地翻動思維的本質。死亡——鏟子鏟進土中、再往下鏟、又往下鏟。我們所有的昨日都替愚者照亮了通往死亡的塵路[84]。他又舉起滿滿一鏟的土。琳達為什麼死了？為什麼會讓她漸漸不成人形直到最後……他渾身顫抖。陽光親吻的腐肉[85]。他的腳踏在鏟上，猛力將鏟子踩進堅硬的地表中。諸神掌握著我們，一如頑童握著蒼蠅，好玩就殺了我們[86]。雷聲再響；聲明自身為真的言詞——不知怎麼地比真實本身還真。然而同一個葛羅斯特卻又稱祂們是永遠仁慈的神。況且，睡眠是最好的休息，也是你最渴望的；但對於不過也如此的死亡，你卻極其恐懼[87]。死亡就只是全然的睡眠

84.《馬克白》第五幕第五場。
85.《哈姆雷特》第二幕第二場。
86.《李爾王》第四幕第一場。
87.《惡有惡報》第三幕第一場。

而已。睡吧。或許能作夢[88]。他的鏟子鏟到了一塊石頭；他彎身將之撿起。在那死之睡眠裡，會有什麼夢？[89]……

頭頂的嗡嗡響變成了吼聲；突然他就處在陰影下，有什麼東西擋在他和太陽之間。他停止挖掘內心，驚訝地往上看；他帶著眩惑的眼睛往上看，心仍漫步在那個比真實更真的另一個世界中，還在專注於死亡和神的巨大；他往上看，看到頭頂上不遠處大群盤旋的直升機。它們像蝗蟲一樣前來，滯留空中，降落在他四周的石南上。然後這些大蝗蟲的肚子裡走出了穿著白色人造法蘭絨的男人，穿著人造山東稠睡衣，或者棉製天鵝絨短褲，以及拉鍊半開的無袖襯衫的女人（因為天氣如此炎熱）——一個接一個來。幾分鐘內就有十來人繞著燈塔遠遠站成一圈，盯著、笑著、按著相機快門、丟著花生（像丟給一隻猩猩那樣），丟著一包包性荷爾蒙口香糖，泛腺體小牛油餅乾。而且每一分鐘過去

——現在直升機川流不息地從豬背山那一頭飛來——數量都不停增加。就像在惡夢裡一樣，十來個變成幾十個，幾十個變成幾百個。

野人後退企圖遮蔽自己，而如今，則是以困獸之鬥的姿勢，背靠著燈塔牆壁站著，帶著無言的恐懼瞪著一張張臉，就像失去理智的人一樣。

一包口香糖丟得夠準而打在他臉頰上，這股衝擊將他從神智不清的狀態喚起，進入到一種更迫切的現實感。驚人痛苦的衝擊——使他完完全全清醒，清醒而且極其憤怒。

「走開！」他喊著。

——

88.《哈姆雷特》第三幕第一場。

89.同前註。

猩猩説話了；現場爆出笑聲和鼓掌。「野人棒喔，好哇，好哇！」而在這一片鬧哄哄之中，他聽到有人喊著「鞭子、鞭子，揮鞭子！」

順著這番話的建議，他從門後鐵釘上拿起那一串打了結的粗繩，並對著折磨他的人們搖起來。

一陣尖酸的喝采聲喊了起來。

他威脅地朝他們前進。一名女子害怕地喊了起來。隊伍從最受威脅的那段開始搖晃起來，然後再度僵直，堅定地立著。意識到自己有壓倒性力量，讓這些觀光客獲得了野人不預期他們會有的勇氣。吃了一驚的他停下來環顧四周。

「你們為什麼不肯放過我？」他的憤怒中有一種幾乎是悲傷的語調。

「來點鎂鹽杏仁吧！」那名若野人往前進就會第一個遭攻擊

的人說。他遞出了一包。「這真的很棒，你知道的。」他帶著相當緊張的安撫微笑補上一句。「而且鎂鹽會讓你保持年輕。」

野人不理會他的施捨。「你們找我要幹麼？」他的視線接連對上一張又一張的笑臉。「你們找我要幹麼？」

「鞭子。」幾百個聲音混亂地回答。「來玩鞭子那招，給我們看看鞭子那招。」

接著，在緩慢沉重的韻律齊唱中：「我們——要——鞭子。」隊伍末端的一群人吼著。「我們——要——鞭子。」

其他人立刻接棒跟著喊，然後這句子就鸚鵡學舌地一直重複，一遍又一遍，音量不斷加大，直到第七還第八遍的時候，已經沒有人在喊別的話了。「我們——要——鞭子。」

他們全都一起喊著；接著，陶醉於聲音、全體一致性、節奏調和感的他們，彷彿持續了好幾個鐘頭——幾乎可以無止盡地持續下去。不過到了大約是第二十五次重複時，這個行動被驚人地打斷了。又一架直升機越過豬背山抵達這裡，在人群上空滯留，接著就在離野人站立之處不到幾碼的地方降落，就降落在看熱鬧的人和燈塔之間的空地上。旋翼的吼聲瞬時淹沒了喊叫；接著，當機器觸地、引擎關閉時：「我們——要——鞭子；我們——要——鞭子，」又再度以同樣大而持續的單音調爆響起來。

直升機門打了開來，踏出來的先是一名好看且臉龐紅潤的年輕人，接著，是穿戴綠色棉製天鵝絨短褲、白襯衫和騎師帽的年輕女人。

一看見那年輕女人，野人便驚恐、退縮、臉色蒼白起來。

那年輕女人站在那，對著他笑——一個不確定的、懇求的、幾乎卑微的笑。時間一秒秒過去。她的雙唇動了起來，她說著什麼；但她的聲音卻被看熱鬧人群響亮的反複疊句蓋了過去。

「我們——要——鞭子！我們——要——鞭子！」

年輕女人兩手都壓在身體左邊，而她那張娃娃般漂亮的亮桃色臉孔，則浮現著一種不協調到古怪的渴望煩亂表情。她藍色的雙眼似乎開始變大、變亮；突然兩滴淚水從她臉頰滑落。她再度說起無法聽見的話；接著，她以一個快速而熱切的手勢將雙臂伸向野人，並往前走。

「我們——要——鞭子！我們——要……」

突然間，他們如願以償了。

「娼婦！」野人像瘋子一樣衝向她。「臭鼬！」他像瘋子一樣用打著小結的鞭子鞭笞她。

嚇壞了的她轉身逃走，卻絆倒在石南叢上。「亨利，亨利！」她喊著。但她的紅臉夥伴卻逃到了直升機後頭安全的地方。

人群在興奮鼓舞的高聲喊叫中潰散了；人們朝著磁場吸引的中心聚集起來亂竄。痛苦是迷人的恐懼。

「煎熬吧，淫慾，煎熬吧！[90]」發了狂的野人再度揮擊下去。

他們飢餓地聚集起來，互相推擠爬動就好像飼料槽邊的豬玀。

「噢，這身肉體！」野人咬牙切齒。這次鞭子落在他的肩膀上。「殺了它！殺了它！」

被恐懼與痛苦的魅力所淹沒，又被制約工程根深蒂固植入內心的那種習於合作的習慣、那種想要全體一致調和的慾望所驅使，他們開始模仿起他瘋狂的手勢，像野人擊打自己反叛的肉體那樣，或者說像他擊打在腳邊石南堆裡扭動著的豐滿邪惡化身那樣，開始互相毆打。

「殺了它、殺了它、殺了它……」野人繼續吼著。

接著突然間有人開始唱起「群交雜交」，一瞬間他們所有人都趕上了副歌並唱了起來，並開始跳舞。群交雜交，一圈一圈又一圈，彼此互打六八拍。群交雜交……

最後一架直升機起飛時已經是午夜過後。因梭麻而昏沉、因長時間感官狂樂而疲憊不堪的野人在石南間睡著了。當他醒來時，太陽已經高掛天頂。他躺了一會兒，面孔嚴肅而茫然不解地對著光線眨眼；接著突然想起——所有的一切。

「噢，我的上帝，我的上帝啊！」他用手摀住雙眼。

90. ──《特洛勒斯與克瑞西達》第五幕第二場。

那天傍晚，嗡嗡穿越豬背山前來的大群直升機，有如十公里長的烏雲。所有的報刊都描述了昨晚的群交調和。

「野人！」第一批抵達的人從直升機上下來時喊著。「野人先生！」

沒有回應。

燈塔的門半敞著。他們將門推開，並走進窗板擋住的微弱光線中。他們可以透過房間另一頭的拱門，看見通往樓上的樓梯底端。拱頂下頭一點的地方懸著一雙腳。

「野人先生！」

緩緩地，十分緩慢地，就像兩根從容不迫的指南針一樣，那雙腳朝右轉去；北、東北、東、東南、南、南南西；接著停了下來，然後，過了幾秒之後，又一樣從容不迫地往左轉回去。南南西、南、東南、東……

儘管組成的細胞
可能會代謝，
社會體還是會
留存下來！

賞析

為什麼心滿意足還不夠？《美麗新世界》的提問

文／朱家安　哲學作家

《美麗新世界》吸引我們去問一個問題：人怎樣才算活得好？如果心滿意足還不夠，怎樣才夠？

價值哲學的一個核心議題，是問價值的基礎是什麼：東西到底是因為什麼而有價值？鑽石超級貴，這價格如果反映了價值，那鑽石的高價值是怎麼來的？鑽石的莫氏硬度是十級，但它是因為堅硬而昂貴嗎？或者它是因為漂亮、稀少而昂貴嗎？有些人會說，不管是堅硬、美麗還是稀缺，即便能帶來價值，但卻不是價值本身，真正直接決定東西價值的，是人的慾望。人想要什麼，什麼就有價值：價值就是受到欲求。

從這種說法，很容易發想支持案例。關於鑽石價值的議題之所以值得討論，是因為我們打從一開始先覺得鑽石有價值。然而，假若人們不喜歡堅硬的東西，對堅硬的東西沒有慾望，那我們就不會覺得鑽石有價值。同樣的，假若人們不喜歡鑽石那種外觀，即便鑽石稀有，也不會因此有現在的價值。鑽石有價值，最根本的基礎，似乎就是因為它受到欲求。

慾望是價值的基礎嗎？

我們很容易想到各種例子來說明鑽石的價值來自受到欲求，而不是來自於其他我們一般認為鑽石擁有的好性質。然而反過來說，我們似乎不太容易想到什麼例子，可以用來說明鑽石的價值並非來自欲求。

你能想像什麼東西明明受到強烈欲求，但我們卻不認為它有價值嗎？有些人或許會想到毒品或成癮性的藥物，成癮者很想要，但一般人則會認為這些東西不值得嘗試。然而退後一步想，毒品之所以沒有價值，甚至有負的價值，似乎也跟欲求脫不了關係：毒品成癮之後，人很可能因此無法實現其他更重要的慾望，像是過正常的生活。

價值來自受到欲求，這種說法不好反駁，因為我們很難想到什麼東西明明受到欲求卻缺乏價值，並且其缺乏價值的原因，也跟當下的其他欲求無關。然而，赫胥黎的反烏托邦小說《美麗新世界》卻一口氣提供了不只一組，而是一整個社會的案例。

心滿意足，足夠嗎？

《美麗新世界》的社會井然有序，所有人都由人工生成，不但事先篩選基因，並且在胚胎階段就接受身心改造教育，確保社會上不同階級不但各司其職，而且心滿意足。這個社會的資源分配一點也不均勻，例如阿爾發階級從來都是被服務而不需要服務，但沒有任何人抱怨，因為所有人基於教育和環境氛圍，都幾乎百分百認同自己的身分和受到的待遇。

《美麗新世界》社會裡的人上班辛勤工作，下班放肆玩樂，夜間充分休憩，不管用什麼格式的滿意度調查，恐怕都會獲得比臺灣人更高的幸福指數。然而考慮到這些快樂背後的基礎，我們會認為這些人的人生有價值嗎？

他們之所以滿意自己的生活，並不是因為他們有能力深思熟慮，規劃其他選擇，並且衡量自己要過什麼樣的日子，而是因為他們被成功設計、製造成擁有特定慾望組合的人。給定《美麗新世界》裡的基因工程和身心改造教育，沒有任何階級的人會對自己的生活不滿意，也沒有任何人會質疑自己為什麼要這樣過日子。（當然，除非如同故事所述，發生了一些不該發生的事）

若你對上述說法有同感，表示你也認為價值不純然只是受到欲求，要知道對於一個人來說，怎樣的生活算是有價值，並不是單單看他有哪些慾望就足夠，還得看這些慾望是怎麼來的。謹守本分，安居樂業的生活聽起來不錯，但如果這種生活是洗腦而來，那就是另一回事了。

人生究竟怎樣才算好？

然而，如果有價值的人生不僅僅來自於人對自己的生活心滿意足，那還需要哪些條件？若針對《美麗新世界》來反思，我們可能會列舉：要有夠多「其他選項」對人開放、人的整個慾望系統不能來自操弄、人要有能力自己思考選擇人生等等。

《美麗新世界》到了今天依然值得我們對照參考，就是因為這些條件不但在科幻故事裡不成立，在我們的現實生活中也不見得都充分成立：給定社會的資源分配，只要我們夠努力，就能獲得自己想要的人生嗎？我們的價值觀完全沒有受到教育和環境的操弄嗎？在存活下來都不容易的時代，我們花多少時間思考自己想要什麼樣的生活？藉由虛構的科幻技術，《美麗新世界》呈現了真實的人類困境。

在這個年代，我們怎麼靠近這本小說

——《美麗新世界》譯後記

唐澄暐

一九八六年出版的《漢聲小百科》在以「未來」為主題的十二月中，連續花了兩天的篇幅，讓小百科帶著阿明和阿桃遊覽未來世界。他們先是以巨人的角度掃描從海底到地下再到地表的種種新科技，接著又化為常人大小，飛進未來的日常生活。在那個被巨大玻璃罩包住的城市裡，無人公車只要按個鈕就會在預期時間內抵達，上課不管算數畫圖都是一人一台電腦，晚飯只要按個鈕就可以從中央廚房直接送上餐桌（而且真的從餐桌中央浮出來），那種光滑貼身的未來衣服只要黏一下就可以直接穿上身，不要的衣服還能直接溶掉。

再把時間往前調一些，來到曾經是一代人童年夢魘的《瀛寰搜奇》。在那些靈異照片、牆上鬼臉、人體自燃的恐怖祕聞之後，這本書其實也描繪了一個「更老」的未來：大城市可以打造幾十公里的自動步道來解除交通擁塞，而核能則是無所不能，可以應用在各種從大到小、從居家到工作的生活機能中。

從人察覺到明日不再與今日相似的那一刻起，未來世界的想像就這樣一個接一個浮現，但真實抵達的未來卻也再三戳破那些想像。核能汽車之類的奇想，在核電廠風險逐漸曝露後就沒人再提，倒是無人公車和全電腦教室仍在努力發展中；但因為沒有網路概念，即便它們確實有幾分成了真，也還是帶著一股過時的味道。

這些想像在往未來前進的某個點上和現實錯了開來，而走上一條死路，成為了某種離奇的生物化石；雖然有一部分精準預告了我們當前面對的，但整體來說，它仍是處在它自身年代的生物，不管它想說的是多遙遠以後的故事，也終究擺脫不了它誕生時的氣氛。

在翻譯《美麗新世界》時，我便是把它當成這樣的古生物化石在端詳著。即便它確實點出了我們當下沉溺且畏懼的、那種操控下的機械幸福感，但本質上它仍是一部在一九三〇年代就完成的小說，通往一個從那時開始便與現實平行的未來。那會是個什麼樣的未來呢？科技會以當時的模樣前進，但有些新東西卻永遠不會出現，就像是飛機再怎麼先進也仍轉著螺旋槳，而不會有噴射引擎那樣。

翻譯時我沉浸的就是這樣的世界，一個既舊且新，而帶著某種虛假的世界，就好像只是《瀛寰搜奇》上一張印刷粗糙而帶著未知恐懼的黑白照片。雖然翻譯不能像寫小說一樣盡情把想像世界描繪出來，但我還是盡可能讓自己保持在這樣的想像中去翻譯，和小說保持著一種略為畏懼而又略帶好奇的距離，但又得讓文字描繪的景色帶有一點生冷觸感（比如說「人件經理」）。在可能的範圍內，我盡量試著讓那些小說獨創的科技發明帶有一點陳舊味道，不過我相信光是小說本身的安排，就足以讓讀者看出這一點——而我著實期待讀者也能沉浸在這種不合時宜的古怪氛圍中。

不過在角色對話方面，我倒是試著貼近當下口語，避免翻出太漂亮的對白。我希望能呈現角色習於那一套生活而自然產生的對話，像平日一樣抱怨、像平日一樣接受所處的世界，即便那世界為了集體的幸福已經奪走太多人性。比較有趣的是牽涉到讚美和咒罵的部分；因為這世界雖然早已禁絕宗教，卻又把福特推到了至高無上的地位，同時父母親情又被當成下流骯髒之事，於是在翻譯讚美、咒罵這兩種不時就遇到上帝和父母的用詞上都要特別小心，也得創造一些符合這情境的用語，比如說「喔，你他福特的！」等等。

但這終究會是徒勞之舉吧？就像那些被現在戳破的未來想像

一樣，我想像著某個時代而完成的翻譯，終究也擺脫不了我當下的思維、我所處時代的語境，而那總有一天會冒出我並沒有要追求的古早味。但也就像《瀛寰搜奇》或《漢聲小百科》一樣，它們想像的未來是沒到來，但我們卻能從中得知那時候的人們如何想像，也就能看見它們。《美麗新世界》是一本經典小說，終究會有因應新時代的翻譯；我的用詞到那時應該已經不中用了，但或許還能給那時候的讀者感受一下這名譯者、這個年代是怎麼靠近這本小說的吧。

言寺 71 美麗新世界

作者：阿道斯．赫胥黎
翻譯：唐澄暐
插畫：阿諾
總編輯：陳夏民
責任編輯：馬立軒
封面設計：小子
版面設計：陳恩安
出版：逗點文創結社
地址｜桃園市中央街十一巷四之一號
網站｜www.commabooks.com.tw
電話｜03-335-9366
傳真｜03-335-9303

總經銷：知己圖書股份有限公司
地址：台北公司｜台北市大安區辛亥路一段三十號九樓
電話｜02-2367-2044
傳真｜02-2299-1658
台中公司｜台中市工業區三十路一號
電話｜04-2359-5819
傳真｜04-2359-5493
印刷：通南彩色印刷有限公司

初版：二〇二〇年十一月
定價：新台幣三八〇元

Printed in Taiwan

國家圖書館出版品預行編目（CIP）資料——美麗新世界／阿道斯．赫胥黎（Aldous Huxley）作；唐澄暐譯. -- 初版. -- 桃園市：逗點文創結社，2020.11｜頁數472面；10.5×14.5cm公分｜譯自：Brave new world.｜ISBN 978-986-98170-8-0（平裝）｜873.57｜109008684